EL LOBO DE SIBERIA

James Patterson

EDICIONES B
GRUPO ZETA

Barcelona • Bogotá • Buenos Aires • Caracas • Madrid • México D.F. • Montevideo • Quito • Santiago de Chile

Título original: *The Big Bad Wolf*
Traducción: Cristina Martín
1.ª edición: febrero 2006
1.ª reimpresión: mayo 2006

© 2003 by James Patterson
© Ediciones B, S.A., 2006
   Bailén, 84 - 08009 - Barcelona (España)
   www.edicionesb.com

ISBN: 84-666-2814-2

Impreso por Quebecor World.

El lobo
de Siberia

James Patterson

Traducción de Cristina Martín

Para Joe Denyeau

Prólogo

Los padrinos

La historia de un asesinato tan improbable como abominable cometido por Lobo había pasado a formar parte de las leyendas de la policía. Se había extendido rápidamente de Washington a Nueva York, y más tarde a Londres y Moscú. Nadie supo si se trataba ciertamente de Lobo, pero la historia nunca fue desacreditada oficialmente, y guarda coherencia con otros episodios atroces en la vida de este gángster ruso.

Según se decía, Lobo había acudido a la prisión de máxima seguridad de Florence, Colorado, un sábado por la noche de principios de verano. Había pagado para entrar a fin de entrevistarse con el capo de la mafia italiana Augustino Palumbo, apodado Little Gus. Antes de su visita, Lobo tenía fama de ser impulsivo y en ocasiones impaciente. Aun así, llevaba casi dos años planificando aquella entrevista con Little Gus Palumbo.

Palumbo y él se reunieron en la Unidad de Seguridad de la prisión, donde el gángster de Nueva York llevaba siete años encarcelado. El propósito de dicha reunión era llegar a un acuerdo para unir la familia que tenía Palumbo en la Costa Este con la Mafiya Roja, para así formar una de las bandas criminales más poderosas y despiadadas del mundo.

Jamás se había intentado nada parecido. Al parecer, Palumbo se mostraba escéptico, pero aceptó la entrevista sólo para ver si el ruso era capaz de entrar en la cárcel de Florence… y después arreglárselas para salir.

Desde el momento mismo en que se encontraron, el ruso mostró respeto por aquel capo de sesenta y seis años. Le dedicó una leve inclinación de la cabeza al tiempo que se estrechaban la mano y adoptó una actitud casi tímida, contraria a su reputación.

—No ha de haber contacto físico —les advirtió el jefe de los guardias por el intercomunicador. Se llamaba Larry Ladove y era uno de los que habían recibido 75.000 dólares por organizar el encuentro.

Lobo no hizo caso del jefe Ladove.

—Tiene usted buen aspecto, dadas las circunstancias —le dijo a Little Gus—. Muy bueno, ciertamente.

El italiano sonrió apenas. Tenía un cuerpo menudo, pero firme y fuerte.

—Hago ejercicio tres veces al día, a diario. Casi nunca bebo alcohol, y desde luego no por deseo propio. Como bien, y tampoco por deseo propio.

Lobo sonrió y contestó:

—Según parece, no tiene usted intención de cumplir aquí la condena entera.

Palumbo rió y tosió al mismo tiempo.

—Es muy posible. ¿Cumplir tres cadenas perpetuas a la vez? No obstante, la disciplina forma parte de mi naturaleza. ¿El futuro? Nadie puede estar seguro de esas cosas.

—¿Quién sabe? En cierta ocasión escapé de un gulag en el círculo polar ártico. Le dije a un poli de Moscú: «He

pasado un tiempo en un gulag, ¿cree que va a asustarme?»
Y, dígame, ¿qué más hace aquí dentro, aparte de ejercicio
y comer sano?

—Procuro cuidar de mis negocios de Nueva York.
A veces juego al ajedrez con un loco enfermizo que hay al
fondo del pasillo y que antes estaba en el FBI.

—Kyle Craig —repuso Lobo—. ¿Cree que está loco,
como dicen?

—Sí, del todo. Bien, dígame, *pakhan*, ¿cómo vamos a
hacer para que funcione esa alianza que usted sugiere? Yo
soy un hombre al que le gusta la disciplina y planificarlo
todo muy bien, a pesar de mis actuales circunstancias.
A juzgar por lo que me han contado, usted es más bien temerario, le gusta participar personalmente. Se mete hasta
en las operaciones más pequeñas. Extorsión, prostitución... Pero ¿robar coches? ¿Cómo puede funcionar algo
así entre nosotros?

Lobo sonrió y sacudió la cabeza.

—Me gusta participar personalmente, como usted dice. Pero no soy temerario, en absoluto. Lo que cuenta es
el dinero, ¿no? Eso es lo importante. Voy a revelarle un
secreto que nadie sabe. Le sorprenderá, y quizá sirva para
demostrarle que tengo razón.

Lobo se inclinó hacia delante y le contó su secreto al
oído, y de repente los ojos del italiano se agrandaron de
miedo.

Entonces, con una rapidez asombrosa, Lobo agarró a
Little Gus por la cabeza, se la retorció con fuerza y le
rompió el cuello con un sonoro y nítido chasquido.

—Quizá sea un poco temerario —dijo. A continuación se volvió hacia la cámara que había en la sala y habló
al jefe Ladove—. Oh, se me olvidó que estaba prohibido
tocar.

A la mañana siguiente Augustino Palumbo fue hallado muerto en su celda. Tenía rotos casi todos los huesos del cuerpo. En el inframundo de Moscú, esta simbólica clase de asesinato se conocía como *zamochit*. Significaba un dominio total y absoluto por parte del atacante. Lobo afirmaba audazmente que ahora el padrino era él.

PRIMERA PARTE

EL CASO *CHICA BLANCA*

1

El centro comercial Phipps Plaza de Atlanta era un montaje espectacular de suelos de granito rosa, amplias escalinatas con ribetes de bronce, diseño de dorados napoleónicos y una iluminación que brillaba como focos halógenos. Un hombre y una mujer observaban al objetivo —*Mamá*—, que en aquel momento salía de Niketown con unas zapatillas de deporte y un montón de cosas más para sus tres hijas bajo el brazo.

—Es muy guapa. Entiendo por qué le gusta a Lobo. Me recuerda a Claudia Schiffer —comentó el hombre—. ¿Le ves el parecido?

—Todas las mujeres te recuerdan a Claudia Schiffer, Slava. No la pierdas. No pierdas a tu bonita Claudia, o de lo contrario le servirás de desayuno a Lobo.

El equipo de secuestro, la pareja, iba vestido con un costoso atuendo, y eso le facilitaba mezclarse con el público del Phipps Plaza, situado en el distrito elegante Buckhead de Atlanta. A las once de la mañana, el centro comercial no estaba muy abarrotado, y eso podía constituir un problema.

Resultó beneficioso que el objetivo se moviese de un

lado a otro en su pequeño círculo de absurda actividad, entrando y saliendo de Gucci, Caswell-Massey, Niketown, y luego Gapkids y Parisian (para ver a su dependienta personal, Gina), sin prestar atención a las personas que la rodeaban.

Mediante breves vistazos consultaba continuamente una agenda forrada de cuero y cumplía con las visitas señaladas de manera rápida, eficiente y experta: comprar unos vaqueros descoloridos para Gwynne, un neceser de cuero para Brendan y relojes de bucear Nike para Meredith y Brigid. Hasta había concertado una cita con el peluquero Carter-Barnes.

El objetivo tenía estilo, y también una sonrisa agradable para los dependientes que la atendían en las elegantes tiendas. Le sostenía la puerta a la persona que entraba detrás de ella, aunque fuera un hombre que luego se desvivía por dar las gracias a una rubia tan atractiva. *Mamá* era sexy al estilo limpio y saludable de muchas americanas de clase alta que vivían en una urbanización de las afueras. Y, en efecto, se parecía a la supermodelo Claudia Schiffer. Aquello fue su perdición.

Según las especificaciones de aquel trabajo, la señora Elizabeth Connolly era madre de tres chicas; se había graduado en Vassar, promoción del 87, con lo que ella denominaba «una titulación en historia del arte que en la práctica carece de todo valor en el mundo real (sea lo que sea eso), pero que para mí no tiene precio». Antes de casarse había sido reportera del *Washington Post* y el *Atlanta Journal-Constitution*. Tenía treinta y siete años, aunque no aparentaba más de treinta. Esa mañana llevaba el pelo recogido con un pasador de terciopelo, vestía una chaquetilla de manga corta y cuello vuelto, un jersey de punto de ganchillo y pantalones ajustados. Era inteligente, religiosa

—pero sensata— y dura cuando hacía falta, al menos según decían las especificaciones.

Bien, pues pronto iba a tener que ser dura.

La señora Elizabeth Connolly estaba a punto de ser secuestrada.

Había sido comprada, y probablemente fuera el artículo más caro que estaba a la venta aquella mañana en el Phipps Plaza.

El precio: 150.000 dólares.

2

Lizzie Conolly se sintió mareada y se preguntó si su caprichoso nivel de azúcar en la sangre no estaría jugándole otra de las suyas.

Tomó nota mentalmente de comprar el libro de cocina de Trudie Styler; en cierto modo admiraba a Trudie, que era cofundadora de la Fundación para las Pluviselvas además de esposa de Sting. Dudaba seriamente que pudiera terminar el día con la cabeza todavía atornillada mirando al frente, y no vuelta del revés como la pobre niñita del *El exorcista*. Linda Blair, ¿no era así como se llamaba la actriz en cuestión? Lizzie estaba bastante segura de que sí. Oh, pero ¿qué importancia tenía eso? ¿De que servían las trivialidades para cambiar las cosas?

Aquel día iba a ser un auténtico tiovivo. En primer lugar, era el cumpleaños de Gwynnie, y la fiesta a la que había invitado a sus veintiún amigos más íntimos del colegio, once chicas y diez chicos, estaba fijada para la una en punto, en casa. Lizzie había alquilado un castillo inflable y ya tenía preparado el almuerzo para los niños, por no mencionar a sus madres y niñeras. Hasta había alquilado un carrito de helados por tres horas. Pero una nunca sabía qué esperar de aquellos convites, aparte de risas, lágrimas, emociones y churretones.

Tras la fiesta de cumpleaños, Brigid tenía clase de natación y Merry una visita al dentista programada hacía tiempo. Brendan, el que llevaba catorce años siendo su marido, le había dejado escrita una «breve lista» de las cosas que necesitaba. Por supuesto, todo lo necesitaba LAPC, es decir, «lo antes posible, cariño».

Después de adquirir en Gapkids una camiseta con adornos de pedrería para Gwynnie, lo único que le quedaba por comprar era el neceser de cuero de Brendan. Ah, sí, y la cita en la peluquería. Y por supuesto, diez minutos con su salvadora en Parisian, Gina Sabellico.

Conservó la calma durante las etapas finales («que nunca te vean sudar») y después corrió hasta su nuevo monovolumen Mercedes 320, cómodamente estacionado en un rincón del nivel P3 del aparcamiento subterráneo de Phipps. No le quedaba tiempo para tomarse su té rojo preferido en Teavana.

Apenas había nadie en el aparcamiento, por ser lunes por la mañana, pero estuvo a punto de toparse con un hombre de cabello largo y oscuro. Lizzie le sonrió maquinalmente, mostrando unos dientes perfectos, recién blanqueados y abrillantados, además de calidez y atractivo sexual, aun cuando no quisiera mostrarlo.

En realidad no prestaba atención a nadie, absorta como estaba en la próxima fiesta de cumpleaños, cuando una mujer que pasó por su lado de repente la agarró por la espalda como si ella fuera un jugador de fútbol americano intentando cruzar la «línea de espinaca», como la había llamado en una ocasión su hija Gwynnie. El abrazo de la mujer fue como un torno. Tenía una fuerza endiablada.

—¡Pero qué hace! ¿Está loca? —chilló Lizzie. Se debatió furiosamente, soltó las bolsas de las compras, oyó que se rompía algo—. ¡Eh! ¡Socorro! ¡Suélteme!

En ese momento apareció un segundo atacante, un tipo con una chaqueta de chándal de BMW, que la aferró por las piernas, de hecho le hizo daño, y la redujo hasta tumbarla sobre el sucio y grasiento suelo de hormigón, junto con la mujer.

—¡No me des patadas, puta! —le gritó furioso—. No te atrevas a darme ni una jodida patada.

Pero Lizzie no dejó de patalear ni de vociferar.

—¡Socorro! ¡Que alguien me ayude! ¡Por favor!

Entonces los dos la levantaron en vilo como si no pesara nada. El hombre murmuró algo a la mujer. No fue en inglés; tal vez un idioma centroeuropeo. Lizzie tenía un ama de llaves eslovaca. ¿Habría alguna relación?

La mujer la sujetó rodeándole el pecho con un brazo y se valió de la otra mano para apartar material de tenis y golf y hacer sitio en la parte de atrás del monovolumen. A continuación Lizzie fue introducida a empujones en su propio coche. Le pusieron sobre la nariz y la boca un trapo maloliente y se lo apretaron con tanta fuerza que le hicieron daño en los dientes. Notó el sabor de la sangre. «La primera sangre —pensó—. Mi sangre.» Su cuerpo se inundó de adrenalina, y de nuevo empezó a revolverse con todas sus fuerzas, lanzando puñetazos y patadas. Se sintió como un animal atrapado luchando por recuperar la libertad.

—Tranquila —le dijo el hombre—. Tranqui, tronca... Elizabeth Connolly.

«¿Elizabeth Connolly? ¿Me conocen? ¿Cómo? ¿Por qué? ¿Qué está pasando aquí?»

—Eres una mamá muy sexy —añadió él—. No me extraña que le gustes a Lobo.

«¿Lobo? ¿Quién es Lobo? ¿Qué significa todo esto? ¿A quién conozco que se llame Lobo?»

Por fin los ácidos efluvios del trapo fueron más fuertes que Lizzie, que perdió el conocimiento. Se la llevaron dormida en la parte trasera de su monovolumen. Pero sólo hasta el otro lado de la calle, al centro comercial Lenox Square, donde Lizzie Connolly fue trasladada a una furgoneta Dodge azul que al instante partió.

«Compra finalizada.»

3

A primera hora del lunes me encontraba ajeno al resto del mundo y sus problemas. Así era como se suponía que debía ser la vida, sólo que rara vez parecían salir tan bien las cosas. Por lo menos no según mi experiencia, que era limitada en lo que se refiere a todo lo que pudiera considerarse «buena vida».

Aquella mañana llevaba a Jannie y Damon al colegio Sojourner Truth. El pequeño Alex caminaba alegremente a mi lado. «Cachorrito», lo llamaba yo.

El cielo de Washington DC se hallaba parcialmente cubierto, pero de vez en cuando el sol asomaba y caldeaba nuestras cabezas y nucas. Yo ya había tocado el piano —Gershwin— durante cuarenta y cinco minutos. Y había tomado el desayuno con Nana Mama. Tenía que estar a las nueve en Quantico para la clase de orientación, pero eso me dejaba tiempo para ir andando hasta el colegio alrededor de las siete y media. Y eso era lo que había estado buscando últimamente, o así lo creía yo. Tiempo para estar con mis hijos.

Tiempo para leer a un poeta al que había descubierto recientemente, Billy Collins. Primero leí su obra *Nueve caballos*, y ahora estaba con *Navegando a solas por la habitación*. Billy Collins hacía que lo imposible pareciera fácil y sin esfuerzo, y por tanto posible.

Tiempo para conversar con Jamilla Hughes todos los días, a menudo durante horas. Y cuando no podía, para comunicarme con ella por correo electrónico y, de forma ocasional, mediante largas y fluidas cartas. Ella todavía trabajaba en homicidios, en San Francisco, pero yo tenía la sensación de que la distancia entre nosotros estaba acortándose. Deseaba que así fuera, y abrigaba la esperanza de que ella lo deseara también.

Mientras tanto, los críos cambiaban más deprisa de lo que yo era capaz de seguirlos, sobre todo el pequeño Alex, que estaba transformándose ante mis propios ojos. Necesitaba dedicarle más tiempo, y ahora podía. Aquél era mi trato. Por esa razón me había incorporado al FBI, o por lo menos en parte.

El pequeño Alex ya medía más de ochenta centímetros y pesaba trece kilos y medio. Aquella mañana llevaba puesto un mono a rayas y una gorra de los Orioles. Se movía por la calle como si lo impulsara un viento de popa. Su omnipresente animalito de peluche, una vaca llamada *Mu*, le representaba cierto lastre, de modo que iba a todas partes escorado ligeramente hacia la izquierda.

Damon caminaba dando tumbos y siguiendo un ritmo distinto, más insistente. Cielos, cómo quería yo a aquel crío. Excepto por su sentido de la moda. Aquella mañana llevaba un pantalón vaquero corto de pernera larga, zapatillas de deporte y una camiseta gris con un jersey de Alan Iverson con la leyenda «La Respuesta». Sus delgadas piernas empezaban a cubrirse de pelusa, y daba a la sensación de que todo su cuerpo estuviera creciendo hacia arriba. Pies grandes, piernas largas, torso juvenil.

Aquella mañana me daba cuenta de todo. Tenía tiempo para ello.

Jannie llevaba su atuendo típico: una camiseta gris con el rótulo «Aero Athletics 1987» en letras rojo vivo, un pantalón de chándal con una franja roja vertical en cada pierna y unas zapatillas de deporte Adidas con franjas rojas.

En cuanto a mí, me sentía bien. De vez en cuando todavía me paraba alguien y me decía que me parecía a Muhamad Alí de joven. Sabía quitarle importancia al cumplido, pero me gustaba oírlo más de lo que dejaba entrever.

—Esta mañana estás muy callado, papá. —Jannie enlazó sus brazos alrededor de mi brazo libre y añadió—: ¿Tienes algún problema en la academia? ¿Estás contento de ser agente del FBI?

—No está mal —respondí—. Va a haber un período de pruebas de dos años. Las clases están bien, pero en su mayor parte a mí me resultan repetitivas, sobre todo lo que ellos llaman «habilidades prácticas». Prácticas de tiro, limpieza del arma, ejercicios para prender a los delincuentes. Por eso algunos días intento llegar tarde.

—Así que ya te has convertido en el alumno favorito del profesor —dijo ella al tiempo que me guiñaba un ojo.

Sonreí.

—No creo que los profesores estén demasiado impresionados conmigo ni con otros polis callejeros. ¿Qué tal os va a ti y Damon este año? ¿No estáis ya en fechas de entregarme una cartilla de notas, o algo?

Damon se encogió de hombros.

—Sacamos notas buenísimas en todo. ¿Por qué siempre que hablamos de ti intentas cambiar de tema?

Asentí con la cabeza.

—Tienes razón. En fin, mis clases van muy bien. En Quantico, una puntuación de ochenta se considera un suspenso. Espero obtener la nota máxima en la mayoría de los exámenes.

—¿La mayoría? —Jannie enarcó una ceja y me dirigió una de las miradas «turbadas» de Nana Mama—. ¿Qué es eso de «la mayoría»? Nosotros esperamos que saques la nota máxima en todos los exámenes.

—Estoy falto de forma.

—Nada de excusas.

Le contesté con una de sus propias frases:

—Hago todo lo que puedo, y eso es lo máximo que se le puede pedir a nadie.

Ella sonrió.

—Vale, muy bien, papá. Siempre que haciendo todo lo que puedas saques sobresalientes.

Cuando llegamos a un par de calles del colegio les di los abrazos correspondientes a Jannie y Damon, para no hacerles sentirse violentos delante de sus superguais compañeros de clase. Ellos me abrazaron a su vez y dieron un beso a su hermano pequeño, y acto seguido se fueron corriendo.

—Adióóó —exclamó el pequeño Alex, y lo mismo repitieron Jannie y Damon al despedirse de su hermanito:

—¡Adióóó, adióóó!

Yo tomé al pequeño en brazos y emprendimos el regreso a casa; más tarde llegaría el momento en que el futuro agente Cross del FBI tendría que irse a trabajar.

—Papi —dijo el pequeño Alex mientras yo lo llevaba en brazos.

Aquello sonó bien. Papi. Las cosas empezaban a arreglarse para la familia Cross. Después de todos aquellos años, por fin mi vida empezaba a acercarse al equilibrio. Me pregunté cuánto duraría aquello; abrigaba la esperanza de que por lo menos el resto del día.

4

La formación de agentes nuevos en la Academia del FBI en Quantico, en ocasiones denominada «Club Fed», estaba convirtiéndose en un programa difícil, arduo y tenso. En su mayor parte me gustaba, y me esforzaba por mantener a raya mi escepticismo. Pero había entrado en el FBI con fama de saber atrapar a los asesinos que seguían una pauta, y ya me habían asignado el apodo de Matadragones. De modo que bien podía ser que la ironía y el recelo se transformaran en un problema a no mucho tardar.

La formación se había iniciado seis semanas antes, un lunes por la mañana, cuando un AES (agente especial de supervisión) de anchos hombros y corte de pelo al rape, el doctor Kenneth Horowitz, se plantó delante de nuestra clase e intentó contarnos un chiste: «Las tres mentiras más grandes del mundo son: "Lo único que quiero es un beso", "El cheque está en el correo" y "Soy del FBI y sólo estoy aquí para ayudarle".» Toda la clase se echó a reír, tal vez porque el chiste era de lo más tópico, pero al menos Horowitz lo había intentado, y quizá de eso se trataba precisamente.

El director del FBI, Ron Burns, había dispuesto las

cosas de forma que mi período de formación durase tan sólo ocho semanas. Además me había hecho otras concesiones. La edad máxima para entrar en el FBI es treinta y siete; yo tenía cuarenta y dos. Burns había hecho que la limitación de edad no contara en mi caso, y también expresó la opinión de que era un requisito discriminatorio y había que modificarlo.

Cuanto más conocía a Ron Burns, más me parecía que era una especie de rebelde, quizá porque él mismo también había sido poli callejero en Filadelfia. Me había introducido en el FBI como GS13, la categoría más alta que podía alcanzar yo siendo agente uniformado. También se me habían prometido misiones como asesor, lo cual implicaba una mejora en el sueldo. Burns quería tenerme en el FBI, y me tuvo. Me dijo que podría obtener los recursos que razonablemente necesitara para el desempeño de mi trabajo. Yo aún no había hablado con él de eso, pero pensé que no me vendría mal contar con un par de detectives de la policía de Washington: John Sampson y Jerome Thurman.

El único asunto sobre el que Burns no se pronunció fue el relativo al supervisor de mis clases en Quantico, un agente veterano de nombre Gordon Nooney, que dirigía la formación de novatos. Antes de eso se había encargado de examinar perfiles de candidatos, y antes de convertirse en agente del FBI había sido psicólogo de una prisión de New Hampshire. A mí me parecía un simple contable, como mucho.

Aquella mañana, Nooney estaba de pie esperando cuando llegué para mi clase de psicología patológica, una hora y cincuenta minutos de charla sobre cómo entender la conducta de los psicópatas, algo que yo no había logrado en mis quince años en la policía de Washington.

Se oyeron unos disparos, probablemente de la cercana base naval.

—¿Qué tal el tráfico desde Washington? —preguntó Nooney.

No se me escapó el dardo que había detrás de aquella pregunta: a mí se me permitía dormir en mi casa, mientras que los demás agentes en período de formación debían pasar las noches en Quantico.

—Sin problemas —contesté—. Cuarenta y cinco minutos de tráfico fluido por la Noventa y cinco. Me ha sobrado un montón de tiempo.

—El FBI no suele saltarse las reglas en casos particulares —dijo Nooney, y me ofreció una sonrisa breve, tensa, que se pareció horriblemente a un ceño—. Por supuesto, usted es Alex Cross.

—Estoy agradecido —repuse. Y lo dejé así.

—Espero que la excepción merezca la pena —musitó Nooney al tiempo que se alejaba en dirección a Administración.

Yo sacudí la cabeza y entré en clase, que estaba teniendo lugar en una especie de anfiteatro, de los que se usan para los simposios.

Aquel día la clase del doctor Horowitz me resultó interesante. Se centró en el trabajo del profesor Robert Hare, el cual había llevado a cabo una original investigación sobre los psicópatas mediante escáners del cerebro. Según los estudios de Hare, cuando a las personas normales se les muestran palabras neutrales y palabras emocionales, reaccionan intensamente a estas últimas, como «cáncer» o «muerte». Los psicópatas registran esas palabras de igual manera, pero para ellos una frase como «Te quiero» no significa más que «Voy a tomar un café». Tal vez menos. Según el análisis efectuado por Hare, los intentos de reformar a los psicópatas sólo consiguen volverlos más manipuladores. Desde luego, era un punto de vista.

Aunque ya conocía parte del material, decidí anotar las características de la personalidad y la conducta psicópatas según Hare. Eran cuarenta. A medida que las iba escribiendo, descubrí que la mayoría de ellas resultaba cierta.

Labia y encanto superficial.
Necesidad de estimulación constante / tendencia
al aburrimiento.
Falta de remordimiento y de sentimiento de culpa.
Respuesta emocional superficial.
Total falta de empatía.

Me estaba acordando de dos psicópatas en particular: Gary Soneji y Kyle Craig. Me gustaría saber cuántas de las cuarenta características compartían aquellos dos, y empecé a añadir las iniciales G.S. y K.C. junto a las que me parecieron apropiadas.

En aquel momento alguien me tocó el hombro. Aparté la mirada del doctor Horowitz.

—El agente Nooney necesita verlo ahora mismo en su despacho —dijo un ayudante, y a continuación se alejó andando con la plena seguridad de que yo lo seguiría.

Y así fue.

Ya me encontraba en el FBI.

5

El agente *senior* Gordon Nooney estaba esperando en su pequeño y atestado despacho del edificio de Administración. Se notaba que estaba alterado, lo cual tuvo el efecto deseado: me pregunté qué habría hecho mal desde la última vez que habíamos hablado, que fue antes de la clase.

No tardó mucho en comunicarme la causa de su irritación.

—No se moleste en sentarse. Estará fuera de aquí dentro de un minuto. Acabo de recibir una llamada insólita de Tony Woods, desde el despacho del director. Tenemos una «situación» en Baltimore. Al parecer, el director quiere que vaya usted allí. Esto tendrá prioridad sobre sus clases de formación.

Nooney encogió sus anchos hombros. Por la ventana que tenía detrás vi densos bosques, y también Hoover Road, por donde corrían un par de agentes.

—Qué diablos, ¿para qué va a necesitar usted formación, doctor Cross? Usted atrapó a Casanova en Carolina del Norte. Usted es el hombre que detuvo a Kyle Craig. Es igual que la Clarice Starling del cine, ya se ha convertido en una estrella.

Respiré hondo antes de contestar.

—No pienso pedir disculpas por haber atrapado a Casanova y a Kyle Craig.

Nooney hizo un gesto con la mano quitando importancia al asunto.

—No tiene por qué pedirlas. Por hoy ha sido dispensado de las clases. Un helicóptero lo está aguardando en el ERR. Supongo que ya sabe dónde se encuentra el Equipo de Rescate de Rehenes, ¿no es así?

—Lo sé.

Clase suspendida, iba pensando mientras me dirigía al helipuerto. Oí los estampidos de las armas en el campo de tiro. Al instante siguiente me encontraba a bordo del aparato abrochándome el cinturón de seguridad. Menos de veinte minutos después, el helicóptero Bell aterrizó en Baltimore. Todavía no me había recuperado de mi entrevista con Nooney. ¿Habría entendido que yo no había solicitado esta misión? Ni siquiera sabía por qué me encontraba en Baltimore.

Dos agentes estaban esperándome en un sedán azul oscuro. Uno de ellos, Jim Heekin, se hizo cargo de inmediato y también me puso en mi sitio.

—Usted ha de ser el JN —dijo al tiempo que me estrechaba la mano.

No estaba familiarizado con lo que significaban aquellas siglas, de modo que cuando subimos al coche le pregunté a Heekin qué significaban.

Él sonrió, y también su compañero.

—El Jodido Nuevo —dijo Heekin—. De momento tenemos una negociación —explicó—. Está implicado un detective de homicidios de Baltimore. Probablemente por eso ha pedido por usted. Se ha hecho fuerte en su propia casa, y retiene a su familia. No sabemos si es un suicida, un homicida o ambas cosas, pero por lo visto ha tomado a la familia como rehén. Se parece a una situación creada por un policía del sur de Jersey el año pasado. La familia de ese policía se encontraba reunida para la fiesta de cumpleaños de su padre.

—¿Sabemos cuántas personas hay en la casa? —pregunté.

Heekin negó con la cabeza.

—Estimamos que una docena, incluidos un par de niños. El detective no nos permite hablar con ninguno, y tampoco contesta a nuestros requerimientos. Y a los vecinos no les hace ninguna gracia vernos por allí.

—¿Cómo se llama? —pregunté al tiempo que tomaba rápidamente unas notas. No podía creer que estuviera a punto de participar en una negociación con rehenes. Seguía sin tener lógica para mí… pero la tenía.

—Dennis Coulter.

Levanté la vista, sorprendido.

—Lo conozco —dije—. Trabajé con él en un caso de homicidio. Y en una ocasión tomamos una ración de cangrejos en Obrycki's.

—Lo sabemos —repuso Heekin—. Ha preguntado por usted.

6

El detective Coulter había preguntado por mí. ¿Qué diablos significaba aquello? No sabía que fuéramos tan íntimos. Porque no lo éramos; tan sólo lo había visto un par de veces. Nos llevábamos bien, pero no éramos exactamente amigos. Entonces, ¿por qué quería Dennis Coulter que yo fuera allí?

Tiempo atrás, había trabajado con Coulter en una investigación de narcotraficantes que intentaban conectar y controlar el mercado en Washington y Baltimore y en todos los puntos intermedios. Coulter era un tipo duro, muy egoísta, pero bueno en su trabajo. Me acordé de que era un gran admirador de Eubie Blake, y de que Blake era de Baltimore.

Coulter y sus rehenes permanecían parapetados en algún lugar de la casa, una construcción de madera y piedra gris de estilo colonial, situada en la avenida Ailsa de Lauraville, en el nordeste de Baltimore. Las ventanas tenían cerradas las persianas venecianas. A saber lo que estaba ocurriendo allí dentro. Tres escalones de piedra conducían al porche, donde había una mecedora y un columpio de madera. La casa estaba recién pintada, lo cual me hizo pensar que probablemente Coulter llevaba una vida de familia normal. Así pues, ¿qué había sucedido?

La casa estaba rodeada por policías de Baltimore, entre ellos varios miembros del SWAT. Empuñaban las armas y algunos apuntaban hacia las ventanas y la puerta principal. La unidad de helicópteros Foxtrot de la policía estatal había enviado un aparato.

Aquello no pintaba nada bien.

—¿Qué le parece si todo el mundo baja las armas, para empezar? —le dije al jefe de operaciones—. Ese tipo no le ha disparado a nadie, ¿verdad?

El jefe de operaciones y el jefe del SWAT conferenciaron brevemente, y acto seguido las armas que rodeaban el perímetro dejaron de apuntar, al menos las que pude ver. Mientras tanto, el helicóptero continuó suspendido en el aire muy cerca de la casa.

Me volví hacia el jefe de operaciones. Necesitaba tenerlo de mi parte.

—Gracias, teniente. ¿Han hablado con él?

Señaló un hombre agazapado detrás de un todoterreno.

—El detective Fescoe ha tenido el honor. Lleva más o menos una hora al teléfono con Coulter.

Fui hasta donde se encontraba Fescoe para presentarme.

—Mick Fescoe —dijo él, pero no pareció alegrarse de conocerme—. Ya me habían dicho que vendría. Por aquí sabemos ocuparnos de nuestros asuntos, ¿sabe?

—No ha sido idea mía —dije—. Acabo de dejar el cuerpo de Washington. Y no me apetece inmiscuirme en el trabajo de nadie.

—Pues no se inmiscuya —replicó Fescoe. Era un individuo esbelto y fibroso, con aspecto de haber practicado algún deporte.

Me froté la barbilla y pregunté:

—¿Tiene idea de por qué el secuestrador ha pedido por mí? No lo conozco tanto.

La mirada de Fescoe se desvió hacia la casa.

—Dice que los de Asuntos Internos intentan tenderle una trampa. No se fía de nadie relacionado con la policía de Baltimore. Sabe que usted se ha pasado hace poco al FBI.

—¿Le importa decirle que estoy aquí? Pero dígale también que en este momento me están informando de la situación. Quiero oír su voz antes de hablar con él.

Fescoe asintió con la cabeza y a continuación marcó el número. El timbre sonó varias veces antes de que contestaran.

—Dennis, acaba de llegar el agente Cross. Ahora lo están poniendo al corriente —dijo Fescoe.

—Y una mierda. Que se ponga al teléfono. No me obligue a disparar aquí dentro, estoy a punto de crear un problema de verdad. ¡Que se ponga ahora mismo!

Fescoe me tendió el teléfono.

—Dennis, soy Alex Cross. Estoy aquí. Antes quería que me pusieran al tanto de la situación.

—¿Eres Alex Cross de verdad? —preguntó Coulter con tono de sorpresa.

—Sí, soy yo. No conozco los detalles, salvo que crees que los de Asuntos Internos te la están jugando.

—No es que lo crea yo, es que es verdad. Y también puedo decirte por qué. Soy yo el que va a ponerte al tanto de la situación. Así tendrás la información sin distorsionar.

—Adelante —le dije—. De momento estoy de tu parte. A ti te conozco, Dennis; a Asuntos Internos de Baltimore, no.

Coulter me interrumpió.

—Quiero que me escuches, no que hables.

—De acuerdo —respondí—. Soy todo oídos.

Me senté en el suelo detrás de un todoterreno de la policía y me preparé para escuchar al hombre armado que retenía como rehenes a una docena de miembros de su familia. Dios, ya estaba de vuelta en el tajo.

—Quieren matarme —empezó Dennis Coulter—. La policía de Baltimore me la tiene jurada.

7

¡Pop!

Di un brinco. Alguien había abierto una lata de refresco y me tocó el hombro con ella.

Al levantar la vista vi nada menos que a Ned Mahoney, el jefe del Equipo de Rescate de Rehenes de Quantico, que me entregaba una Coca-Cola *light* sin cafeína. Me había dado un par de clases durante el curso de orientación. Era un experto, por lo menos en el aula.

—Bienvenido a mi infierno particular —le dije—. A propósito, ¿qué estoy haciendo yo aquí?

Mahoney me guiñó un ojo y se agachó a mi lado.

—Es usted una estrella en alza, o tal vez una estrella ya consumada. Ya sabe cómo funciona esto. Hágalo hablar, que no deje de hablar. Sabemos que a usted se le dan muy bien estas cosas.

—¿Y qué hace usted aquí? —quise saber.

—¿Qué cree? Observar, estudiar su técnica. Usted es el ojito derecho del director, ¿no? Él está seguro de que posee un don.

Bebí un sorbo y después apreté la lata contra mi frente. Vaya mierda de presentación del FBI para el JN.

—Dennis, ¿quién quiere matarte? —dije de nuevo por el teléfono móvil—. Cuéntame todo lo que puedas sobre lo que está pasando aquí. También tengo que preguntarte por tu familia. ¿Están todos bien ahí dentro?

Coulter se encrespó.

—¡Coño! No perdamos tiempo con la mierda de las negociaciones. Estoy a punto de ser ejecutado. Eso es lo que está pasando aquí. No te equivoques, mira a tu alrededor, tío. Es una ejecución.

No podía ver a Coulter, pero me acordaba de él. No medía más de uno setenta, con perilla, caderas anchas, siempre contando algún chiste de sabihondillo, muy duro y con complejo de pequeñajo. Empezó a relatarme su historia, su forma de ver las cosas, y por desgracia yo no tenía ni idea de qué conclusión extraer de todo lo que me decía.

Según Coulter, varios detectives de Baltimore habían aceptado sobornos de narcotraficantes. Ni siquiera él sabía cuántos habían sido, pero sí que eran muchos. Él había amenazado con denunciarlo. Y lo siguiente que ocurrió fue que se encontró su casa rodeada de polis. Entonces lanzó la bomba:

—También yo aceptaba sobornos. Alguien me entregó a Asuntos Internos. Uno de mis compañeros.

—¿Por qué iba a hacer algo así un compañero?

Coulter lanzó una carcajada.

—Porque me volví avaricioso. Deseaba un trozo más grande de la tarta. Ellos no lo vieron del mismo modo.

—¿Y cómo hiciste para cogerlos de las pelotas?

—Les dije a mis compañeros que tenía copia de los documentos, de quién había cobrado qué. Documentos relativos a un par de años.

Ahora estábamos llegando a alguna parte.

—¿En serio los tienes? —pregunté.

Coulter titubeó. ¿Por qué? O los tenía o no los tenía.

—Podría tenerlos —dijo por fin—. Pero ellos creen que los tengo. Así que quieren eliminarme. Hoy han venido por mí… Se supone que no he de salir vivo de esta casa.

Yo intentaba oír otras voces o sonidos de la casa mientras él hablaba, pero no percibí nada. ¿Seguirían vivas todas las personas que había allí dentro? ¿Qué le había hecho Coulter a su familia? ¿Hasta dónde alcanzaba su desesperación?

Miré a Ned Mahoney y me encogí de hombros. En realidad, no estaba seguro de si Coulter estaba diciendo la verdad o era simplemente un poli que se había vuelto loco. Mahoney también parecía escéptico. Tenía una expresión que decía: «A mí no me pregunte.» Iba a tener que acudir a otra parte en busca de consejo.

—¿Qué hacemos, entonces? —le pregunté a Coulter.

Él reprimió una carcajada.

—Esperaba que a ti se te ocurriera algo. Se supone que eres tú el pez gordo, ¿no?

«Eso es lo que no deja de repetir todo el mundo», pensé.

8

Las cosas no mejoraron durante las horas siguientes. Si acaso, empeoraron. Resultaba imposible impedir que los vecinos salieran al porche de su casa a contemplar aquella situación estancada. Entonces la policía comenzó a evacuar a los vecinos más próximos, muchos de los cuales eran amigos de Coulter. Se habilitó un refugio provisional en la cercana escuela Garrett Heights que servía para recordarle a todo el mundo que probablemente había niños atrapados en la casa del detective Coulter. Su familia. ¡Dios!

Miré alrededor y sacudí la cabeza consternado al ver la cantidad de policías que pululaban por allí, incluido el SWAT, y también el Equipo de Rescate de Rehenes de Quantico. Una muchedumbre de curiosos expectantes se arremolinaba al otro lado de las vallas, algunos durante horas con la esperanza de ver si le disparaban a algún poli, el que fuera.

Me acerqué a un grupo de agentes que esperaban detrás de una furgoneta de emergencias. No hizo falta que me dijesen que no les hacía gracia que interfirieran los federales. A mí tampoco me la hacía cuando estaba en la policía de Washington DC. Me dirigí al capitán Stockton James Sheehan, con el cual había hablado brevemente a mi llegada.

—¿Qué opina?

—¿Ha aceptado dejar salir a algún rehén? —repuso—. Eso es lo primero que hay que lograr.

Negué con la cabeza.

—Ni siquiera desea hablar de su familia. No quiere confirmar ni desmentir que estén en la casa.

—Bien, ¿y qué pretende?

Le conté parte de lo que me había revelado Coulter, pero no todo. ¿Cómo iba a hacerlo? Omití lo de que había policías de Baltimore implicados en un soborno a gran escala, y, todavía peor, que él tenía documentos que los incriminaban.

Sheehan comentó:

—O suelta a unos cuantos rehenes, o tendremos que entrar por la fuerza. No matará a tiros a su propia familia.

—Él asegura que sí. En eso consiste su amenaza.

Sheehan sacudió la cabeza.

—Correremos el riesgo. Entraremos cuando se haga de noche. Ésa será nuestra oportunidad.

Asentí sin mostrar acuerdo ni desacuerdo, y a continuación me alejé. Quedaba aproximadamente una media hora de luz. No me gustaba lo que iba a suceder cuando se hiciera de noche.

Llamé otra vez a Coulter. Contestó enseguida.

—Tengo una idea —le dije—. Creo que es lo mejor para ti. —También pensaba que era lo único que podía hacer.

—Desembucha —repuso él.

Se lo dije.

Diez minutos después, el capitán Sheehan me estaba gritando que yo era el «peor cabrón gilipollas del FBI» con el que hubiera tratado en toda su vida. Supongo que yo estaba aprendiendo deprisa; a lo mejor ni siquiera necesitaba las clases de orientación que me estaba perdiendo en Quantico. Desde luego no si era «el rey de los cabrones gilipollas del FBI». Lo cual era una forma de decir que la policía de Baltimore no aprobaba mi plan de reducir la tensión con el detective Coulter.

Hasta Mahoney tenía sus dudas.

—Imagino que a usted no se le da muy bien eso de lo políticamente correcto —comentó cuando le conté cómo había reaccionado Sheehan.

—Yo creía que sí, pero supongo que no. Espero que esto funcione. Y más vale que funcione. Creo que quieren matarlo, Ned.

—Sí, yo también. Opino que estamos haciendo lo correcto.

—¿Quiénes? —pregunté.

—Estoy en esto con usted, amigo. Sin riesgo no hay gloria. Es un asunto para el FBI.

Minutos después, Mahoney y yo contemplamos cómo la policía de Baltimore se retiraba a regañadientes de la casa.

Yo le había dicho a Sheehan que no quería ver por allí un solo uniforme azul ni un mono del SWAT. El capitán tenía su propia idea de lo que constituía un riesgo aceptable, y yo tenía la mía. Si entraban en tromba en la casa, era seguro que moriría alguien. Si mi idea fracasaba, por lo menos nadie resultaría herido, salvo yo.

Volví a telefonearle a Coulter.

—La policía de Baltimore se ha marchado —le dije—. Ahora debes salir, Dennis. Antes de que tengan oportunidad de pensárselo dos veces.

Al principio Coulter no respondió, pero al final dijo:

—Lo único que necesitan es un francotirador con visor nocturno.

Era verdad, pero no importaba; teníamos esa única oportunidad.

—Sal con los rehenes —insistí—. Yo mismo iré a recibirte en los escalones de la entrada.

Coulter no dijo nada más y temí haberlo perdido. Me concentré en la puerta principal de la casa y procuré no pensar en que allí dentro podía estar muriendo gente. «Vamos, Coulter, usa la cabeza. Éste es el mejor trato que vas a conseguir.»

Por fin habló de nuevo.

—¿Estás seguro de esto? Porque yo no lo estoy. A lo mejor estás loco, ¿sabes?

—Estoy seguro.

—De acuerdo, voy a salir —dijo, y agregó—: Tuya es la responsabilidad de lo que ocurra.

Me volví hacia Mahoney.

—En cuanto salga al porche le ponemos un chaleco antibalas. Rodéelo con sus hombres. No quiero que haya cerca ningún policía de Baltimore. ¿Es posible?

—Eso es tener cojones. —Mahoney sonrió de oreja a oreja—. Lo intentaremos.

—Te sacaré de ahí, Dennis —dije por el teléfono—. Voy para allá.

Pero Coulter tenía su propio plan. Dios, si ya estaba en el porche, con las manos levantadas por encima de la cabeza. Se veía claramente que estaba desarmado. Un blanco perfecto. Temí oír disparos y verlo desplomarse en el suelo. De modo que eché a correr.

En ese momento se abalanzaron sobre Coulter media docena de hombres del ERR para protegerlo y se lo llevaron a toda prisa hacia la furgoneta que aguardaba.

—Lo tenemos en la furgoneta. El sujeto se encuentra a salvo —informó alguien del ERR—. Vamos a sacarlo de aquí cagando leches.

Me giré hacia la casa. ¿Y los familiares? ¿Dónde estaban? ¿Se habría inventado Coulter aquella historia? Oh, Dios, ¿qué había hecho Dennis Coulter?

Entonces los vi saliendo en fila por la puerta de la casa. Era una escena increíble. Se me erizó el vello de la nuca. Un anciano de camisa blanca, pantalones negros y tirantes. Una mujer mayor con un vestido rosa y tacones altos, sollozando. Dos niñas con vestidos de fiesta blancos. Un par de mujeres de mediana edad cogidas de la mano. Tres chicos de veintitantos años, cada uno de ellos con las manos en alto. Una mujer con dos bebés pequeños. Varios adultos llevaban cajas de cartón.

Me imaginé lo que contendrían. Sí, lo sabía. Eran los documentos, los indicios, las pruebas. Así pues, el detective Dennis Coulter había dicho la verdad. Su familia lo había creído. Acababan de salvarle la vida.

Mahoney me propinó una fuerte palmada en la espalda.

—Buen trabajo, sí señor. Muy bien hecho.

Sonreí y repliqué:

—No está mal para un JN. Esto ha sido una prueba, ¿verdad?

—No lo sé. Pero si lo ha sido, usted la ha superado.

9

«¿Una prueba? Joder. ¿Por eso me han enviado a Baltimore? Espero que no.»

Aquella noche llegué tarde a casa, demasiado tarde. Me alegré de que no hubiera nadie levantado, sobre todo Nana; en aquel momento no habría soportado una de aquellas miradas suyas de desaprobación que te perforaban el alma. Necesitaba una cerveza, e irme a la cama. A dormir, si era posible.

Me deslicé por la casa con sigilo para no despertar a nadie. No se oía el menor ruido, salvo un levísimo zumbido eléctrico. Tenía pensado llamar a Jamilla en cuanto subiese al piso de arriba. La echaba tremendamente de menos. La gata, *Rosie*, se deslizó por mi lado y se frotó contra mi pierna.

—Hola, pelirroja —susurré—. Hoy me han salido bien las cosas.

En ese momento oí un llanto.

Me apresuré a subir las escaleras y fui a la habitación del pequeño Alex. Estaba despierto y enfrascado en una buena llorina. Yo no quería que Nana ni los otros chicos tuvieran que subir a atenderlo. Además, no veía a mi niño desde primeras horas de la mañana y echaba de menos contemplar su carita.

Estaba sentado en su camita y pareció sorprenderse de verme. Entonces sonrió y batió palmas. «Tienes a papá en el bote. Papá es el bobo más grande de toda la casa», pensé.

—¿Qué haces despierto, cachorrito? Es muy tarde —le dije.

La camita de Alex es de escasa altura. La construí yo mismo y tiene barrotes de protección a un lado y otro para evitar que se caiga al suelo.

Me tendí a su lado.

—Hazle un poco de sitio a papá —susurré al tiempo que lo besaba en la frente. Yo no recuerdo que mi padre me besara nunca, así que beso a Alex a la menor oportunidad. Y lo mismo hago con Damon y Jannie, por mucho que ellos protesten conforme van haciéndose mayores y menos listos.

—Estoy cansado, viejo amigo —le dije mientras me tumbaba a lo largo—. ¿Y tú? ¿Has tenido un día duro?

Recuperé su biberón, que se había quedado entre el colchón y los barrotes. Él bebió un poco y luego se arrimó a mí. Asió su vaca de peluche, *Mu*, y se quedó dormido en cuestión de minutos.

Maravilloso. Era algo mágico. Ese olor dulce, de bebé, que adoro. Su suave respiración… el aliento de un bebé.

Aquella noche, los dos dormimos de un tirón.

10

La pareja se ocultó unos días en Nueva York, al sur de Manhattan. Allí resultaba muy fácil desaparecer del mapa. Además, Nueva York era una ciudad en la que podían obtener todo lo que les apeteciera, cuando les apeteciera. De momento sólo les apetecía sexo duro.

Llevaban más de treinta y seis horas fuera del alcance de su jefe. Su contacto, Sterling, por fin dio con ellos a través del teléfono móvil en una habitación del hotel Chelsea, en la calle 23 Oeste. Frente a la ventana había un letrero en forma de L que ponía: «Hotel Chelsea.» La palabra «Hotel», en vertical, era blanca, y roja la horizontal «Chelsea». Todo un icono de Nueva York.

—Llevo día y medio intentando dar con vosotros —dijo Sterling—. No volváis a apagar el móvil. Consideradlo una advertencia.

La mujer, Zoya, bostezó e hizo un gesto obsceno con el dedo en dirección al teléfono. Con la mano que le quedaba libre introdujo un CD, *East Eats West*, en el reproductor. Al instante comenzó a sonar a toda pastilla una música de rock.

—Estábamos ocupados, cariño. Y seguimos estándolo. ¿Qué diablos quieres? ¿Tienes más dinero que darnos? Poderoso caballero es don dinero.

—Baja la música, por favor. Hay un tipo que tiene una urgencia. Es muy rico. Hay mucho dinero de por medio.

—Como ya te he dicho, cariño, en este momento estamos ocupados. Vamos a salir a almorzar. ¿Es muy grande esa urgencia?

—Igual que la de la última vez. Muy grande. Ese tipo es amigo personal de Lobo.

Zoya se encogió al oír mencionar a Lobo.

—Dame detalles, datos concretos. No nos hagas perder el tiempo.

—Lo haremos igual que lo hacemos siempre, cariño. Una pieza del rompecabezas cada vez. ¿Cuándo podréis poneros en marcha? ¿Qué tal en treinta minutos?

—Tenemos una cosa que terminar aquí. Pongamos cuatro horas. ¿De qué se trata la dichosa urgencia?

—Un único sujeto, una mujer. Y no demasiado lejos de Nueva York. Primero os daré las instrucciones y luego los detalles concretos Así pues, cuatro horas.

Zoya miró a su compañero, el cual estaba repantigado en un sillón. Slava acariciaba distraídamente una correa para los genitales mientras escuchaba la conversación de Zoya. Por la ventana veía una pastelería, una sastrería, una tienda de revelado en una hora; el panorama típico de Nueva York.

—Aceptamos el encargo —dijo Zoya—. Dile a Lobo que su amigo quedará satisfecho. No hay ningún problema.

Y acto seguido colgó.

Miró a su compañero con un encogimiento de hombros y después contempló la enorme cama que había al otro extremo de la habitación, con su decorativo cabecero de hierro. En ella estaba tumbado un joven rubio, desnudo y amordazado, con las muñecas atadas a unas varillas verticales, situadas a espacios de unos treinta centímetros.

—Tienes suerte —le dijo Zoya al rubio—. Sólo te quedan cuatro horas para jugar, cariño. Sólo cuatro.

—Desearás que fueran menos —terció Slava—. ¿Has oído la palabra rusa *zamochit*? ¿No? Pues yo voy a enseñarte lo que es *zamochit*. Durante cuatro horas. Lo aprendí de Lobo. Ahora tú lo aprenderás de mí. *Zamochit* significa romperte todos los huesos del cuerpo.

Zoya le guiñó un ojo al muchacho.

—*Zamochit*. Las próximas cuatro horas van a parecerte una eternidad. No lo olvidarás jamás, cariño.

11

Cuando desperté por la mañana, el pequeño Alex dormía apaciblemente a mi lado, con la cabeza apoyada sobre mi pecho. No pude resistirme a darle otro beso a hurtadillas. Y otro más. Luego, allí tumbado junto a mi hijo, mis pensamientos volvieron al detective Dennis Coulter y su familia. Me había conmovido verlos salir de aquella casa. Su familia había salvado la vida a Coulter, y yo sentía debilidad por todo lo que tenía que ver con la familia.

Me habían pedido que hiciera una parada en el edificio Hoover, el «Departamento», de camino hacia Quantico. El director deseaba hablar conmigo acerca de lo sucedido en Baltimore. Yo no sabía lo que debía esperar, pero la visita me ponía nervioso. Quizás aquella mañana debería haberme saltado el café de Nana.

Quienes lo hayan visto estarán de acuerdo en que el edificio Hoover es una estructura extraña y de una fealdad extraordinaria. Abarca una manzana entera, entre la avenida Pennsylvania, la Novena, la Décima y la E. Lo más agradable que podría decirse de él es que se parece a una fortaleza. El interior es todavía peor. En el «Departamento» reina un silencio de biblioteca y posee la sordidez propia de un almacén. En sus largos pasillos reluce un blanco hospitalario.

Una vez que llegué a la planta del despacho del director, fui recibido por su ayudante, un hombre muy eficiente llamado Tony Woods, el cual me caía bastante bien.

—¿Qué tal está el jefe esta mañana, Tony? —le pregunté.

—Le ha gustado el desenlace que hubo en Baltimore. Su alteza se encuentra de un sorprendente buen humor.

—¿Lo de Baltimore ha sido una prueba? —quise saber, no muy seguro de hasta dónde podía sondearlo.

—Ha sido su examen final. Pero recuerde que todo es una prueba.

Fui conducido a la sala de reuniones del director, una estancia relativamente pequeña. Burns ya estaba sentado, esperándome. Alzó un vaso de zumo de naranja a modo de paródico brindis.

—¡Helo aquí! —exclamó sonriente—. Estoy haciendo que todo el mundo se entere de su hazaña en Baltimore. Es justamente la manera en que yo deseaba verlo empezar.

—Nadie resultó herido —dije.

—Logró el resultado esperado, Alex. El ERR quedó muy impresionado. Y yo también.

Me senté y me serví un café. Ya sabía que con Burns funcionaba lo de «sírvase usted mismo», sin formalidades.

—¿Está contándoselo a todo el mundo… porque tiene planes importantes para mí? —pregunté.

Burns lanzó una de sus carcajadas de conspirador.

—Por supuesto, Alex. Quiero que usted ocupe mi puesto.

Ahora me tocó reír a mí.

—No, gracias. —Bebí un sorbo de café, muy cargado

y un poco amargo pero delicioso, casi tan bueno como el de Nana Mama. Bueno, quizá la mitad de bueno que el mejor de Washington—. ¿Le importaría decirme cuáles son sus planes inmediatos para mí?

Burns rió de nuevo. Sí que estaba de buen humor.

—Lo único que quiero es que el FBI funcione de modo sencillo y eficaz. Así era cuando yo dirigía la oficina de Nueva York. Voy a decirle en qué no creo: en los burócratas y los vaqueros. En el FBI hay demasiados. Sobre todo burócratas. Quiero tener en la calle a individuos expertos en la calle, Alex. Ayer usted se arriesgó, aunque probablemente no lo vio así. Para usted aquello no tenía nada que ver con la política, sino únicamente con la manera correcta de cumplir su misión.

—¿Y si no hubiera funcionado? —pregunté al tiempo que depositaba mi café sobre un posavasos estampado con el emblema del FBI.

—Bueno, en ese caso no estaría aquí en este momento ni estaríamos hablando de esto. Pero, hablando en serio, hay una cosa de la que quiero prevenirle. Puede que le parezca obvia, pero es mucho peor de lo que se imagina. En el FBI no siempre es posible distinguir a los buenos de los malos. Nadie es capaz de hacerlo. Yo lo he intentado, y es casi imposible.

Reflexioné sobre lo que Burns estaba dando a entender, parte de lo cual era que él ya sabía que una de mis debilidades era buscar lo bueno de la gente. Yo entendía que a veces constituía una debilidad, pero no pensaba cambiar, o a lo mejor no podía cambiar.

—¿Es usted uno de los buenos? —pregunté.

—Por supuesto —respondió con una saludable sonrisa que podría haberle proporcionado un papel destacado en *El ala oeste de la Casa Blanca*—. Puede fiarse de mí,

Alex. Siempre. Del todo. Igual que se fiaba de Kyle Craig hace unos años.

Dios, me estaba dando escalofríos. O tal vez fuera que el director simplemente estaba intentando convencerme de que viera el mundo a su manera: «No te fíes de nadie. Dirígete al primero de la clase.»

12

Poco después de las once me encontraba de camino a Quantico. Incluso después de mi «examen final» en Baltimore, aún tenía que asistir a una clase sobre «cómo manejar el estrés y hacer cumplir la ley». Ya conocía la estadística operativa: «En el desempeño de sus funciones, los agentes del FBI tienen cinco veces más probabilidades de matarse entre ellos que de que alguien los mate.»

Mientras conducía me vino a la cabeza un poema de Billy Collins: «Otra razón más por la que no tengo un arma en casa.» Bonito concepto, buen poema, mal agüero.

En aquel momento sonó el móvil. Era Tony Woods, desde el despacho del director. Había un cambio de planes. Woods me transmitió la orden del director de que fuera directamente al aeropuerto nacional Ronald Reagan, donde me esperaba un avión.

¡Dios! Ya estaba metido en otro caso, una vez más debía saltarme las clases. Las cosas estaban sucediendo más deprisa de lo que había previsto, y no estaba seguro de si era bueno o malo.

—¿Sabe el agente Nooney que soy el escuadrón de

vuelo individual del director? —pregunté a Woods. «Dime que sí. No quiero más problemas en Quantico.»

—Le comunicaremos a dónde se dirige usted —aseguró Woods—. Me encargaré de ello personalmente. Vaya a Atlanta y no deje de informarnos de lo que encuentre allí. Le pondrán al corriente a bordo del avión. Es un caso de secuestro.

Pero aquello fue todo lo que Tony Woods quiso decirme por teléfono.

La mayoría de las veces, los vuelos del FBI parten del Reagan. Subí a un Cessna Citation Ultra, de color canela y sin distintivos. Era de ocho plazas, pero el único pasajero era yo.

—Un tipo importante, ¿eh? —comentó el piloto antes de despegar.

—No soy importante. No soy nadie.

El piloto sonrió.

—Pues abróchese el cinturón, don nadie.

Estaba claro que me había precedido una llamada del despacho del director. Allí estaba yo, recibiendo un trato propio de un agente *senior*. ¿El solucionador de problemas del director?

Justo antes de que despegáramos subió a bordo otro agente. Tomó asiento al otro lado del pasillo, a mi altura, y se presentó como Wyatt Walsh, de Washington. ¿Formaría parte también de la escuadrilla de vuelo del director? ¿Sería mi compañero?

—¿Qué ha ocurrido en Atlanta? —pregunté—. ¿Qué es eso tan importante, o tan poco importante, que requiere nuestros servicios?

—¿No se lo han dicho? —Pareció sorprenderse de mi ignorancia.

—Hace menos de media hora recibí una llamada del

despacho del director. Me ordenaron venir aquí. Me dijeron que la información sobre el caso me la darían a bordo.

Walsh me puso sobre las rodillas dos volúmenes de notas sobre el caso en cuestión.

—Ha ocurrido un secuestro en el distrito Buckhead de Atlanta. Una mujer de treinta y tantos años, raza blanca, clase acomodada. Esposa de un juez, lo cual convierte el caso en un asunto federal. Y más importante aún, ella no es la primera.

13

De repente, todo adquirió un ritmo apresurado. Nada más aterrizar, me llevaron en una furgoneta al centro comercial Phipps Plaza, en Buckhead.

Cuando entramos en el aparcamiento que había enfrente de Peachtree, resultó obvio que allí pasaba algo raro. Pasamos por delante de las tiendas imprescindibles: Saks Fifth Avenue y Lord & Taylor. Se encontraban casi vacías. El agente Walsh me dijo que la víctima, la señora Elizabeth Connolly, había sido raptada en el aparcamiento subterráneo que había cerca de otra gran tienda, la Parisian.

La escena del crimen la constituía el aparcamiento entero, en particular el nivel 3, donde habían sorprendido a la señora Connolly. Cada nivel estaba marcado con un adorno en forma de voluta de color morado y oro, pero ahora todos estaban cubiertos por la cinta policial que delimitaba el lugar. Se encontraba allí el Equipo de Análisis de Pruebas del FBI. El increíble grado de actividad indicaba que las comisarías locales se lo estaban tomando muy en serio. A mi mente acudieron las palabras de Walsh: «Ella no es la primera.»

Me resultaba un tanto irónico, pero me sentía más cómodo hablando con la policía local que con los agentes del FBI. Me acerqué a hablar con dos detectives, Pedi y Ciaccio, de la policía de Atlanta.

—Procuraré no inmiscuirme en su trabajo —les dije, y añadí—: Yo antes era de la policía de Washington DC.

—Lo han subastado, ¿eh? —comentó la detective Ciaccio, al tiempo que reprimía una risita. Se suponía que era un chiste, pero llevaba mucha verdad implícita. Sus ojos tenían un leve brillo gélido.

A continuación habló Pedi. Era un individuo unos diez años mayor que su compañera. Ambos eran muy atractivos.

—¿Por qué se interesa el FBI por este caso?

Les conté solamente lo que pensé que debía contarles, no todo.

—Ha habido otros secuestros, o al menos desapariciones, que guardan parecido con éste. Mujeres de raza blanca que viven en barrios residenciales. Hemos venido para investigar las posibles conexiones. Y, por supuesto, porque ésta es esposa de un juez.

Pedi preguntó:

—¿Estamos hablando de antiguas desapariciones ocurridas en la zona metropolitana de Atlanta?

Negué con la cabeza.

—No, que yo sepa. Las otras desapariciones tuvieron lugar en Texas, Massachusetts, Florida y Arkansas.

—¿Pidieron rescates? —continuó Pedi.

—En Texas sí. En los demás no. Hasta ahora no se ha encontrado a ninguna de las secuestradas.

—¿Sólo mujeres de raza blanca? —preguntó Ciaccio al tiempo que tomaba notas.

—Que sepamos, sí. Y todas pertenecían a clases acomodadas. Pero no se pidieron rescates. Y nada de lo que les estoy contando llegó a la prensa. —Recorrí el aparcamiento con la mirada—. ¿Qué tenemos hasta ahora? Ayúdenme un poco.

Ciaccio miró a Pedi.

—¿Joshua? —preguntó.

Él se encogió de hombros.

—Adelante, Irene.

—Sí tenemos algo. Había una pareja de adolescentes en uno de los coches estacionados en el momento de producirse el secuestro. No presenciaron la primera parte del crimen.

—Estaban ocupados en otra cosa —aclaró Joshua Pedi.

—Pero levantaron la vista al oír un chillido y vieron a Elizabeth Connolly. Los secuestradores eran dos, al parecer muy entrenados. Un hombre y una mujer. No vieron a nuestros jóvenes amantes porque estaban en la parte de atrás de una furgoneta.

—¿Y tenían la cabeza agachada? —pregunté—. ¿Ocupados en otra cosa?

—Eso, también. Pero cuando la levantaron para tomar aire, vieron al hombre y la mujer, a los que han descrito como de unos treinta y tantos años, bien vestidos. Ya tenían sujeta a la señora Connolly y la redujeron con gran rapidez. Después la metieron en la parte trasera de su propio monovolumen y se marcharon en él.

—¿Por qué los chicos no acudieron en su ayuda?

Ciaccio sacudió la cabeza.

—Han dicho que todo sucedió muy deprisa y que estaban muy asustados. Les parecía irreal. Seguramente también les preocupaba que se supiera que estaban jugueteando allí durante el horario de clase. Los dos asisten a un colegio privado de Buckhead. Estaban haciendo novillos.

«La ha secuestrado un equipo», pensé, lo que suponía un avance para nosotros. Según lo que había leído en el avión, en ninguno de los otros secuestros se había descubierto la presencia de un equipo. ¿Un equipo formado por un hombre y una mujer? Interesante, pero también curioso.

—¿Le importaría contestar una pregunta? —pidió el detective Pedi.

—Dispare.

Él miró a su compañera. Tuve la sensación de que ambos habían pasado un rato juntos en el asiento trasero de un coche, por el modo en que se miraban.

—Hemos oído comentar que quizás esto tenga que ver con el caso de Sandra Friedlander. ¿Es cierto? Ese caso lleva en Washington… cuánto, ¿dos años?… sin resolverse.

Miré al detective y negué con la cabeza.

—No, que yo sepa. Es usted el primero que menciona a Sandra Friedlander.

Lo cual no era exactamente cierto. Aquel nombre figuraba en los informes confidenciales del FBI que había leído en el vuelo desde Washington. Sandra Friedlander… y otras siete.

14

Tenía la cabeza como un bombo. Tras la rápida lectura de las notas, me enteré de que actualmente en Estados Unidos más de doscientas veinte mujeres figuraban como desaparecidas, y que por lo menos siete casos habían sido relacionados por el FBI con la trata de blancas. Aquél era el detalle desagradable. Las mujeres de raza blanca entre veinte y treinta años eran muy solicitadas en determinados círculos. Los precios podían volverse exorbitantes... si las ventas iban dirigidas a Oriente Próximo o Japón.

Sólo unos pocos años antes, Atlanta había sido el epicentro de otro escándalo de esclavas sexuales que consistió en la entrada ilegal de mujeres asiáticas y mexicanas a las que después se obligaba a prostituirse en Georgia y las Carolinas. Aquel caso tenía otra posible conexión con Juanita, México, donde en los últimos dos años habían desaparecido cientos de mujeres.

Mi mente repasaba a toda velocidad aquellos datos tan desagradables cuando llegué al domicilio del juez Brendan Connolly, en el distrito Tuxedo Park de Buckhead, cerca de la mansión del gobernador. La residencia de los Connolly había sido construida a imitación de la típica mansión de las plantaciones georgianas de la época esclavista, y el terreno abarcaba una hectárea. En la rotonda delante de la puerta principal estaba aparcado un Porsche Boxster. Todo parecía perfecto, todo en su sitio.

Abrió la puerta una jovencita con uniforme de colegiala. La insignia de su falda me dijo que asistía a la Pace Academy. Se presentó como Brigid Connolly, y advertí que llevaba un aparato de ortodoncia. Había leído algo sobre ella en las notas sobre la familia que me había facilitado el FBI. El vestíbulo de la casa era elegante, con una complicada araña en el centro y un bruñido suelo de madera de fresno.

Descubrí a dos niñas más jóvenes —sólo asomaban las cabezas— fisgando desde detrás de una puerta, más allá de dos acuarelas británicas. Las tres niñas Connolly eran guapas. Brigid tenía doce años, Meredith once y Gwynne seis. Según mis notas, las más pequeñas asistían al colegio Lovett.

—Soy Alex Cross, del FBI —le dije a Brigid, que irradiaba una curiosa seguridad en sí misma para su edad, sobre todo dadas las circunstancias—. Me parece que tu padre me está esperando.

—Mi padre bajará enseguida, señor —contestó. Acto seguido se volvió hacia sus hermanas y las reprendió—: Ya habéis oído a papá. Comportaos.

—Os aseguro que no muerdo —les dije a las niñas, que todavía me estaban observando desde el fondo del pasillo.

Meredith se sonrojó.

—Oh, perdone. No me refería a usted.

—Descuida.

Por fin sonrieron, y me fijé en que Meredith también llevaba aparato. Unas niñas muy bonitas, muy dulces.

Alguien llamó desde arriba:

—¿Agente Cross?

¿«Agente»? Aún no me había acostumbrado a aquella palabra.

Volví la vista hacia la escalinata al tiempo que descendía por ella el juez Brendan Connolly. Llevaba una camisa de vestir azul a rayas, pantalón azul oscuro y zapatos negros. Exhibía un aspecto cuidado y en forma, pero parecía cansado, como si llevara noches sin dormir. Por las notas del FBI, yo sabía que tenía cuarenta y cuatro años y que había estudiado en la Facultad de Tecnología de Georgia y en la Facultad de Derecho de Vanderbilt.

—Así pues —preguntó con una sonrisa forzada—, ¿muerde usted o no?

Le estreché la mano.

—Sólo muerdo a quienes se lo merecen. Alex Cross.

El juez señaló con un gesto una amplia biblioteca-refugio privado que, por lo que distinguí, estaba abarrotada de libros desde el suelo hasta el techo. También había espacio para un pequeño piano de cola sobre el que descansaban varias partituras de canciones de Billy Joel. En un rincón de la estancia había una cama… deshecha.

—Cuando el agente Cross y yo hayamos terminado, preparé la cena —les dijo a las niñas—. Hoy procuraré no envenenar a nadie, pero necesitaré que me echen una mano, señoritas.

—Sí, papá —respondieron ellas a coro. Al parecer, adoraban a su padre.

El magistrado cerró las puertas de roble correderas, y los dos quedamos dentro.

—Esto es terrible. Muy duro. —Dejó escapar un profundo suspiro—. Delante de ellas intento mantener el tipo. Son las mejores niñas del mundo. —Señaló con la mano la habitación forrada de libros—. Éste es el lugar favorito de Lizzie. Toca muy bien el piano, y las niñas también. Los dos somos fanáticos de los libros, pero a ella le gusta especialmente leer en esta habitación.

Tomó asiento en un sillón tapizado de cuero marrón.

—Le agradezco que haya venido a Atlanta. Me han comentado que es un experto en casos difíciles. Dígame cómo puedo ayudarlo.

Me senté frente a él en un sofá que hacía juego con el sillón. En la pared de detrás colgaban fotografías del Partenón, Chartres, las pirámides y una placa de honor del Parque Ecuestre de Chastain.

—Hay mucha gente trabajando para encontrar a la señora Connolly, y están investigando muchas vías diferentes. No entraré en demasiados detalles sobre su familia; eso pueden hacerlo los detectives locales.

—Gracias —dijo el juez—. Resulta desolador contestar a esas preguntas en este momento. Volver una y otra vez sobre lo mismo. Ya puede imaginárselo.

Asentí con la cabeza.

—¿Conoce usted a algún hombre o mujer al que se le pudiera haber despertado un interés inapropiado por su esposa? ¿Un enamoramiento de tiempo atrás, una obsesión potencial? Ése es el único aspecto privado que indagaré. En fin, cualquier detalle ínfimo que a usted le parezca que se sale de lo corriente. ¿Ha notado que alguien vigilara a su esposa? ¿Ha visto últimamente más caras de las habituales por aquí? Repartidores, Federal Express, otros servicios… Vecinos recelosos por alguna razón, compañeros de trabajo. Incluso amigos que puedan haber fantaseado con la señora Connolly…

Brendan Connolly asintió.

—Ya veo adónde quiere ir a parar.

Lo miré a los ojos.

—¿Se han peleado usted y su esposa últimamente? —pregunté—. Si es así, necesito saberlo.

De pronto surgió cierta humedad en las comisuras de los ojos de Brendan Connolly.

—Conocí a Lizzie en Washington, cuando ella trabajaba en el *Post* y yo era socio de Tate Schilling, una firma de abogados de allí. Fue amor a primera vista. Casi nunca discutíamos, rara vez nos levantábamos la voz. Y eso no ha cambiado. Agente Cross, yo amo a mi mujer. Y también la aman sus hijas. Le ruego que nos ayude a traerla a casa. Tiene que encontrar a Lizzie.

15

El padrino moderno de hoy en día: un ruso de cuarenta y siete años que vive en Estados Unidos y es conocido como Lobo. Afirmaban los rumores que no conocía el miedo, participaba directamente en las operaciones y se dedicaba a toda clase de cosas, desde venta de armas, extorsión y tráfico de drogas hasta negocios legales como la banca y el capital de riesgo. Por lo visto, nadie conocía su verdadera identidad, ni su nombre americano ni dónde vivía. «Muy listo. Invisible.» A salvo del FBI, y de todo el que pudiera andar buscándolo.

Era todavía un veinteañero cuando abandonó el KGB para convertirse en uno de los jefes más despiadados del crimen organizado de Rusia, la Mafiya Roja. Su homónimo, el lobo de Siberia, era un hábil cazador, pero también era cazado de forma implacable. El siberiano era un gran corredor, capaz de dominar a animales que pesaban mucho más que él, pero su sangre y sus huesos eran codiciados. El humano también era un cazador cazado... salvo que la policía no tenía ni idea de dónde cazarlo.

«Invisible. Y a propósito.» De hecho, se escondía a la vista de todos. Una cálida tarde, el hombre al que llama ban Lobo ofrecía una gran fiesta en su casa de 1.800 metros cuadrados frente al mar en Fort Lauderdale, Florida. El motivo era la aparición de su nueva revista masculina, *Instinto*, que iba a competir con *Maxim* y *Stun*.

En Lauderdale, Lobo era conocido como Ari Manning, un acaudalado hombre de negocios originario de Tel Aviv. En otras ciudades tenía otros nombres. Muchas ciudades, muchos nombres.

En aquel momento estaba cruzando la sala privada en la que unos veinte de sus invitados estaban viendo un partido de fútbol americano en varios monitores de televisión, entre ellos un Runco de 61 pulgadas. Un par de fanáticos del fútbol se hallaban inclinados sobre un ordenador que mostraba estadísticas en una base de datos. En una mesa cercana había una botella de Stolichnaya incrustada en un bloque de hielo. El vodka metido en hielo era el único toque ruso de verdad que permitía el dueño.

Con su metro ochenta y cinco, Lobo era capaz de transportar 120 kilos y aun así moverse con desenvoltura y elegancia. Circulaba entre sus invitados, siempre sonriendo y gastando bromas, sabedor de que ninguno de los presentes entendía por qué sonreía, sabedor de que ninguno de aquellos supuestos amigos o socios de negocios o conocidos de sociedad tenían la menor idea de quién era él.

Ellos lo conocían como Ari, no como Pasha Sorokin, y desde luego no como Lobo. No tenían ni idea de las ingentes cantidades de diamantes ilegales que adquiría en Sierra Leona, las toneladas de heroína que traía de Asia, las armas y hasta los aviones que vendía a los colombianos, ni las mujeres blancas que compraba para los saudíes y los japoneses. En el sur de Florida tenía fama de inconformista tanto en el plano social como en los negocios.

Aquella noche tenía más de 150 invitados, pero había encargado comida y bebida para el doble. Al chef lo había traído de Le Cirque 2000, de Nueva York, y también había hecho venir a un cocinero de sushi de San Francisco. Las camareras iban vestidas como las animadoras de los encuentros deportivos y llevaban el pecho al aire, lo cual le pareció una ironía que sin duda provocaría polémica. El famoso postre sorpresa eran unas tartas Sacher traídas en avión desde Viena. No era de extrañar que a Ari lo adorase todo el mundo. Ni que lo odiase.

Dio un jocoso abrazo a un ex jugador profesional que había estado en los Dolphins de Miami y conversó con un abogado que había ganado decenas de millones con el acuerdo sobre el tabaco en Florida, intercambiando anécdotas acerca del gobernador Jeb Bush. A continuación siguió avanzando entre la multitud. Había numerosos trepas, lameculos y oportunistas que habían acudido para ser vistos entre la gente adecuada y la inadecuada: creídos de sí mismos, malcriados, egoístas y, lo peor, más aburridos que el agua sin gas.

Caminó por el borde de una piscina cubierta en dirección a otra piscina descubierta, el doble de grande que la primera. Charló con sus invitados y a la esposa de alguien prometió un generoso donativo a una organización benéfica de una escuela privada. Conversó muy en serio con el propietario del hotel más importante del estado, un magnate agente de la firma Mercedes y jefe de un conglomerado, colega de cacería del ruso.

En el fondo sentía desprecio por todos aquellos presuntuosos, sobre todo por los que antes habían sido algo. Ninguno se había arriesgado de verdad en la vida. Y en cambio habían ganado millones, incluso miles de millones, y se creían tipos importantes.

Pensó en Elizabeth Connolly. Su dulce y sexy Lizzie. Se parecía físicamente a Claudia Schiffer, y recordó con nostalgia aquella época en que la imagen de la modelo alemana llenaba las vallas publicitarias de Moscú. Cuánto había suspirado él por Claudia —como todos los rusos—, y ahora tenía a una doble suya en su poder. ¿Por qué? Porque podía. Ésa era la filosofía que lo impulsaba en la vida. Y precisamente por tal razón, la tenía cautiva allí mismo, en su gran mansión de Fort Lauderdale.

16

Lizzie Conolly no podía creer que todo aquel horror le estuviera sucediendo a ella. Seguía sin parecerle posible. No lo era. Y en cambio allí estaba, ¡retenida como rehén!

La casa en que la tenían encerrada estaba llena de gente. ¡Repleta! Por lo que se oía, estaban celebrando una fiesta. ¿Una fiesta? ¡Increíble!

¿Tan seguro de sí mismo estaba su demencial captor? ¿Tan arrogante era? ¿Tan descarado? ¿Sería posible? Claro que sí. Había alardeado frente a ella de ser un gángster, el rey de los gángsters, tal vez el más grande que había existido nunca. Tenía unos repugnantes tatuajes por todo el cuerpo: en el dorso de la mano derecha, en los hombros, en la espalda, alrededor del dedo índice, y también en sus partes privadas, en el pene y los testículos.

Estaba claro que lo que se oía era una fiesta. Incluso lograba distinguir conversaciones: algunas frases acerca de un próximo viaje a Aspen; cotilleos de una aventura amorosa entre una niñera y una madre del barrio; la muerte de un niño en una piscina, uno de seis años como su hija Gwynne; anécdotas del fútbol; un chiste sobre dos monaguillos y un gato siamés que ella ya conocía.

¿Quién demonios sería toda aquella gente? ¿Dónde la tenían encerrada? «¿Dónde estoy, maldita sea?»

Lizzie intentaba no volverse loca, pero resultaba casi imposible. Todas aquellas personas y su cháchara estúpida... Estaban muy cerca de donde se encontraba ella atada y amordazada, secuestrada por un loco, probablemente un asesino.

Finalmente, empezaron a resbalarle las lágrimas por las mejillas. Aquellas voces, la proximidad, las risas, todo a escasos metros de ella.

«¡Estoy aquí! ¡Estoy aquí mismo! Maldita sea, que alguien me ayude. ¡Por favor, ayúdenme! ¡Estoy aquí mismo!»

Estaba rodeada por la oscuridad. No veía absolutamente nada.

La gente estaba al otro lado de una gruesa puerta de madera. Ella se encontraba encerrada en una pequeña habitación que era en parte un armario. Llevaba varios días allí dentro. Le permitían salir para ir al cuarto de baño, pero no mucho más.

Fuertemente maniatada con cuerdas y amordazada con cinta aislante. Lizzie no podía chillar... excepto mentalmente.

«Por favor, ayúdenme. ¡Que venga alguien, por favor! ¡Estoy aquí! ¡Estoy aquí! No quiero morir.»

Porque aquello era lo único que le había dicho su captor que era seguro: que iba a matarla.

17

Pero nadie podía oír a Lizzie Connolly. La fiesta continuó y fue haciéndose cada vez más grande, más ruidosa, más derrochadora, más vulgar. En once ocasiones a lo largo de la noche, otras tantas limusinas depositaron a invitados de clase adinerada delante de aquella casa de Fort Lauderdale frente al mar. Las limusinas no se quedaban a esperar a sus pasajeros. Nadie se percató de ello, por lo menos nadie comentó nada.

Y nadie prestó atención cuando esos mismos invitados se fueron aquella noche en coches en los que no habían venido. Coches muy caros, los mejores del mundo, todos robados.

Un jugador del NFL se marchó en un Rolls-Royce Corniche descapotable marrón oscuro que valía 363.000 dólares, «fabricado por encargo» desde la pintura hasta la madera, el cuero, los rebordes y la posición de las R entrecruzadas en el asiento del conductor. Una estrella del rap de raza blanca se fue conduciendo un Aston Martin Vanquish azul claro valorado en 228.000 dólares, capaz de acelerar de cero a cien en menos de cinco segundos. El coche más caro era el Saleen S7, fabricado en Estados Unidos, con puertas que se abrían hacia arriba, aspecto de tiburón y 550 caballos de potencia.

En suma, once automóviles muy caros, muy robados, que fueron entregados a sus nuevos dueños en la casa.

Un deportivo Pagani Zonda plateado valorado en 370.000 dólares cuyo motor ladró, aulló, rugió. Un Spyker C8 Double 12, con adornos anaranjados y 620 caballos de potencia. Un Bentley Azure Mulliner color bronce, descapotable; tuyo por 376.000 dólares. Un Ferrari 575 Maranello, 215.000 dólares. Un Porsche GT2. Dos Lamborghini Murciélago, dorados, a 270.000 dólares cada uno, cuyo nombre procedía, como el de todos los Lamborghini, de un famoso toro. Un Hummer H1, no tan potente como los otros coches, quizá, pero no había nada que se interpusiera en su camino.

El valor total de los coches robados superaba los tres millones de dólares; las ventas ascendieron a algo menos de dos millones. Lo cual pagaba de sobra las tartas Sacher traídas en avión desde Viena.

Lobo era un admirador de los coches bellos y rápidos... de todo lo que era bello y rápido.

18

Regresé en avión a Washington al día siguiente, y a las seis de la tarde ya estaba en casa, concluida la jornada. En ocasiones como aquélla, casi me hacía la ilusión de que tal vez había recuperado mi vida. Tal vez había actuado correctamente al entrar en el FBI. Tal vez…

Al apearme del viejo Porsche negro, vi a Jannie en el porche delantero de la casa. Estaba practicando con el violín. Quería ser la próxima Midori. Tocaba de manera impresionante, al menos me lo parecía a mí. Cuando Jannie quería algo, iba por ello.

—¿Quién es esta bella señorita que sostiene ese Juzek con tanta perfección? —exclamé mientras subía por el césped.

Jannie volvió la vista hacia mí y sonrió con complicidad, como si sólo ella conociera el secreto. Nana y yo participábamos en sus prácticas, lo cual era una característica del método de instrucción Suzuki. Nosotros lo habíamos modificado ligeramente para poder incluirnos. Los padres formaban parte de la práctica, y por lo visto eso pagaba dividendos. En el método Suzuki se ponía sumo cuidado en evitar la competición y sus negativos efectos. A los padres se les decía que escucharan incontables cintas grabadas y que asistieran a las clases. Yo mismo había acudido a muchas clases. Nana se encargaba del resto. De ese modo, los dos adoptábamos el papel dual de «profesor en casa».

—Eso es precioso. Un sonido maravilloso para cuando uno llega a casa —le dije a Jannie. Su sonrisa compensó todo por lo que yo había pasado aquel día en el trabajo.

Por fin habló:

—Para amansar a la bestia.

Con el violín bajo el brazo y el arco a un costado del cuerpo, Jannie hizo una reverencia y acto seguido comenzó a tocar de nuevo.

Me senté en los escalones del porche a escucharla. Los dos solos, la puesta de sol y la música. La bestia estaba amansada.

Una vez finalizada la sesión de prácticas, tomamos una cena ligera y después nos dimos prisa en ir al Kennedy Center para ver uno de los programas gratis en el Grand Foyer. Aquella noche ponían «Liszt y el virtuosismo». Pero espera, había más. Al día siguiente teníamos pensado escalar el nuevo «rocódromo». Después, con Damon, venía una fantasía de un videojuego titulada *Oscuridad Eterna; Réquiem por la Cordura* y *El Arte de la Guerra III: El Reino del Caos*.

Yo esperaba que pudiéramos seguir así. Incluso con los videojuegos. Ahora me encontraba en el camino correcto y me gustaba. Y también a Nana y los niños.

A eso de las diez y media, como broche final, telefoneé a San Francisco y conseguí pillar a Jamilla. Estaba en casa a una hora decente, cosa increíble.

—Hola —me dijo al oír mi voz.

—Hola, también a ti. ¿Puedes hablar? ¿Es un buen momento?

—Digamos que puedo dedicarte un par de minutos. Espero que estés llamando desde casa. ¿Es así?

—Llevo aquí desde las seis. Hemos tenido una velada en familia en el Kennedy Center. Todo un éxito.

—Me siento celosa.

Conversamos acerca de lo que estaba haciendo ella, después acerca de mi gran velada con los chicos y por último acerca de mi vida y mis experiencias en el FBI. Pero al cabo de unos quince minutos tuve la impresión de que Jamilla necesitaba colgar ya. No le pregunté si tenía algo previsto para aquella noche; ya me lo diría ella si le apetecía.

—Te echo mucho de menos —le dije, y lo dejé así. Esperaba que no sonara como que no me preocupaba. Porque sí me preocupaba por Jam. Ella ocupaba mi pensamiento a todas horas.

—Tengo que irme corriendo, Alex. Adiós —dijo.

—Adiós.

Jamilla tenía que irse corriendo. Y yo por fin estaba intentando dejar de correr.

19

A la mañana siguiente me dijeron que asistiera a una reunión con una persona clave acerca del secuestro de Connolly y la posibilidad de que guardase relación con otros ocurridos en los doce últimos meses. El caso había sido clasificado «de suma importancia» y había recibido el nombre de *Chica Blanca*.

Ya se había enviado a Atlanta un equipo especial del FBI. Se había ordenado tomar unas fotografías por satélite del centro comercial Phipps Plaza con la esperanza de poder identificar el vehículo utilizado por los secuestradores para llegar hasta allí antes de marcharse en el monovolumen de Connolly.

Había unas dos docenas de agentes en una sala destinada a «casos de suma importancia», sin ventanas, del edificio del FBI en Washington. Al llegar, me enteré de que Washington iba a ser la oficina central para el presente caso, lo cual significaba que para el director Burns se trataba de un asunto importante. La División de Investigaciones Criminales ya le había preparado un dosier informativo. La información más importante para el FBI era que había desaparecido la esposa de un juez federal.

Ned Mahoney, del ERR, estaba sentado a mi derecha y mostró una actitud no sólo abierta, sino amistosa. Me saludó con un guiño que quería decir: «Qué tal, estrella.» A mi izquierda se sentaba una mujer menuda de cabello oscuro y vestida con un mono negro. Se presentó como Monnie Donnelley, y me dijo que era la analista de crímenes violentos designada para aquel caso. Hablaba con una extraordinaria rapidez y una energía casi excesiva.

—Imagino que vamos a trabajar juntos —dijo al tiempo que me estrechaba la mano—. Ya me han contado muy buenas cosas sobre usted. Conozco su currículo. Yo también fui a la escuela de posgrado de Hopkins. ¿Qué le parece?

—Monnie es nuestro mejor fichaje, y la persona más inteligente que tenemos —terció Mahoney—. Y aún me quedo corto.

—Tiene mucha razón —asintió Monnie Donnelley—. Haga correr la voz, se lo ruego. Estoy cansada de ser un arma secreta.

Caí en la cuenta de que mi supervisor, Gordon Nooney, no se encontraba en aquella sala abarrotada de agentes.

Entonces comenzó la reunión sobre la chica blanca.

Un agente *senior* de nombre Walter Zelras salió a la palestra y empezó a pasar diapositivas. Era profesional pero muy seco. Casi tuve la sensación de haber entrado a trabajar en IBM o en el Chase Manhattan Bank. Monnie me susurró:

—No se preocupe, más adelante será peor todavía. Sólo está calentándose.

Zelras tenía una voz muy monótona que me recordó a un profesor que tuve mucho tiempo atrás en Hopkins. Tanto Zelras como mi antiguo profesor le daban a todo la misma entonación, en ningún momento parecían emocionados ni alterados por el material que estaban presentando. El tema de Zelras era la relación que podía tener el secuestro de Connolly con otros perpetrados meses atrás, así que debería haber resultado interesante.

—Es clavadito a Gerrold Gottlieb —me susurró Monnie. Yo sonreí y casi me eché a reír. Gottlieb era el profesor de Hopkins que hablaba con el mismo tono monótono.

—A lo largo del año pasado desaparecieron varias mujeres atractivas de clase alta —decía Zelras— a un ritmo ligeramente por encima del triple de la norma estadística. Esta pauta se ha repetido tanto aquí en Estados Unidos como en la Europa del Este. Voy a pasarles un catálogo auténtico que muestra varias mujeres que se pusieron a la venta hará unos tres meses. Por desgracia, no hemos podido averiguar el origen de dicho catálogo para saber quién lo ha confeccionado. Existía una conexión con Miami, pero no nos llevó a ninguna parte.

Cuando el catálogo llegó a mí, vi que era en blanco y negro y que sus páginas probablemente habían sido impresas desde Internet. Lo hojeé rápidamente. Contenía fotografías de diecisiete mujeres, todas desnudas, junto con detalles tales como las medidas de pecho y cintura, el color «auténtico» del pelo y el de los ojos. Todas tenían apodos poco creíbles, como Golosa, Morenaza, Gatita, Madonna y Jugosa. Los precios oscilaban entre 3.500 y 150.000 dólares. No había información biográfica sobre ninguna de ellas, y tampoco acerca de su personalidad.

—Estamos trabajando en estrecha colaboración con la Interpol en lo que sospechamos puede ser un caso de trata de blancas, es decir, compraventa de mujeres específicamente destinadas a la prostitución. En la actualidad, estas mujeres suelen ser asiáticas, mexicanas y sudamericanas, no de raza blanca, salvo en la Europa del Este. También se habrán fijado en que en estos momentos la esclavitud está más globalizada y tecnificada que nunca antes. Algunos países de Asia miran hacia otro lado cuando se venden mujeres y también niños, sobre todo en la India y Japón.

»En los dos últimos años se ha abierto un mercado de mujeres de raza blanca, en particular rubias. Se venden a precios que van desde unos cientos hasta cantidades de cinco cifras y posiblemente más. Como ya he dicho, un mercado significativo es Japón. Otro es Oriente Próximo, por supuesto. Los mayores compradores son los saudíes. Aunque cueste creerlo, hay mercado hasta en Iraq e Irán. ¿Alguna pregunta?

Hubo varias, en su mayoría buenas, las cuales me demostraron que las personas que integraban aquel grupo eran gente muy perspicaz. Finalmente formulé yo una pregunta, aunque con cierta renuencia, dado que era el JN:

—¿Por qué pensamos que Elizabeth Connolly está relacionada con los otros secuestros? —Señalé la sala con un gesto de la mano—. Quiero decir: así de relacionada.

Zelras contestó sin vacilar:

—Ha sido raptada por un equipo. Las bandas de secuestradores son muy comunes en la trata de esclavas, sobre todo en Europa del Este. Poseen experiencia y son muy eficientes, y además están conectados a una red. Por lo general, antes de secuestrar a una mujer como la señora Connolly suele haber ya un comprador. Ella representa un gran riesgo, pero también un beneficio muy grande. Lo que distingue a este tipo de secuestro es que no existe rescate alguno que pagar. El secuestro de Connolly encaja con nuestro perfil.

Alguien preguntó:

—¿Podría un comprador solicitar una mujer concreta? ¿Existe esa posibilidad?

Zelras asintió con la cabeza.

—Si la suma a pagar lo justifica, sí, por supuesto. El precio podría llegar hasta una cifra de seis dígitos. Estamos trabajando sobre ese punto.

El resto de aquella larga reunión se centró en hablar sobre la señora Connolly y las posibilidades de encontrarla con rapidez. El consenso fue que no. Se analizó en particular un detalle: ¿por qué la habían secuestrado en un lugar tan público? La lógica indicaba que por el rescate, pero no habían dejado ninguna nota exigiendo rescate alguno. ¿Sería que alguien había pedido específicamente comprar a Elizabeth Connolly? Y si así era, ¿quién? ¿Qué tenía ella de especial? ¿Y por qué en un centro comercial? Sin duda, había sitios más fáciles para llevar a cabo un secuestro.

Mientras hablábamos de la señora Connolly, en la pantalla situada a la cabecera de la sala permanecía una foto de ella y de sus tres hijas. Las cuatro parecían felices y muy unidas. Daba miedo y tristeza. Me quedé pensando en la noche anterior, cuando estuve con Jannie en el porche.

—¿Se ha encontrado a alguna de esas mujeres secuestradas? —preguntó alguien.

—A ninguna —respondió Zelras—. Lo que tememos es que estén muertas; que los secuestradores, o las personas a quienes se las hayan entregado, las consideren material desechable.

20

Volví a mis clases de orientación aquel mismo día después de la pausa para el almuerzo, justo a tiempo para otro de los horribles chistes de Horowitz. Sostuvo en alto una tablilla con un cuaderno para que lo viéramos.

—Ésta es la lista oficial de temas musicales de David Koresh. «Tú enciendes mi vida», «Estoy ardiendo», «Grandes bolas de fuego». Y mi preferida: «Reducir la casa a cenizas»; me encantan los Talking Heads.

El doctor Horowitz sabía que sus chistes eran malos, pero el humor negro funciona en la policía, y su inexpresiva manera de hablar era decente. Además, sabía quién había grabado «Reducir la casa a cenizas».

Tuvimos una sesión de una hora sobre «Gestión de casos integrados», seguida por otra sobre «Comunicación para el cumplimiento de la ley» y después «Dinámica del asesino que sigue un patrón». En la última sesión nos dijeron que los asesinos en serie van cambiando, que son «dinámicos». Dicho de otro modo: se van haciendo más listos y más expertos en matar. Lo que no cambia son las «características del ritual». No me molesté en tomar notas.

La siguiente lección tuvo lugar al aire libre. Todos íbamos vestidos con cazadoras de deporte, pero con almohadillas protectoras para la garganta y el rostro, para recibir una «clase práctica» en Hogans Alley.

El ejercicio consistía en que tres coches perseguían a un cuarto. Las sirenas aullaban. Los altavoces ladraban órdenes: «¡Alto! ¡Detenga el coche! ¡Salga del coche con las manos en alto!» Nuestra munición, marca Simunition, consistía en cartuchos que disparaban parches de tinta rosa.

Cuando terminamos el ejercicio ya eran las cinco de la tarde. Me duché y me vestí, y cuando estaba saliendo del edificio de instrucción para ir al de la cafetería, donde tenía un espacio propio para trabajar, vi al agente Nooney. Me indicó que me acercara. «¿Y si no me apetece?», pensé.

—¿Ya se iba a la ciudad? —me preguntó.

Asentí y me mordí la lengua.

—Dentro de un rato. Antes tengo unos informes que leer. El secuestro de Atlanta.

—Un asunto importante. Estoy impresionado. El resto de sus compañeros de clase pasan aquí la noche. Algunos de ellos creen que eso contribuye a crear camaradería. Yo también lo pienso. ¿Es usted un precursor de los nuevos tiempos?

Negué con la cabeza y después intenté sonreír. Pero no me salió.

—Desde el principio me dijeron que podría dormir en mi casa. Ya sé que eso no es posible para la mayoría.

Entonces Nooney comenzó a presionar con fuerza, en un intento de remover antiguos odios.

—He oído decir que también ha tenido problemas con el jefe de los detectives de Washington DC —dijo.

—Todo el mundo ha tenido problemas con el jefe de detectives Pittman —repuse.

Los ojos de Nooney adquirieron un brillo extraño. Era evidente que él no lo veía así.

—Igual que casi todo el mundo tiene problemas conmigo. Lo cual no significa que esté equivocado acerca de la importancia de formar aquí un equipo. No estoy equivocado, Cross.

Resistí la tentación de seguir hablando. Nooney estaba atacándome de nuevo. ¿Por qué? Había asistido a las clases en la medida en que me había sido posible; todavía tenía trabajo que hacer respecto al caso *Chica Blanca*. Le gustase o no, yo formaba parte del caso. Y no era un ejercicio de práctica, sino algo real. E importante.

—Tengo que terminar el trabajo —dije por fin.

Y me alejé de Nooney. Seguramente acababa de ganarme mi primer enemigo en el FBI. Un enemigo importante. Para qué empezar por pequeñeces.

21

Quizá fue el sentimiento de culpa generado por la confrontación con Gordon Nooney lo que me hizo quedar hasta muy tarde en mi puesto de la planta baja del edificio de la cafetería, donde tenía sus oficinas el Departamento de Ciencias del Comportamiento. Los bajos techos, la deficiente iluminación fluorescente y las paredes de ladrillos grises me daban la sensación de estar otra vez en mi distrito. Pero la vastedad de los archivos básicos y de investigación de que disponían los agentes del FBI era asombrosa. Los recursos del FBI eran mejores que todo lo que yo había visto en la policía de Washington.

Tardé un par de horas en examinar menos de una cuarta parte de los archivos sobre trata de blancas, y éstos eran sólo casos ocurridos en Estados Unidos. Un secuestro en particular me llamó la atención. Su víctima era una abogada de Washington llamada Ruth Morgenstern. Había sido vista por última vez a las nueve y media de la noche del 20 de agosto. Una amiga la había llevado en su coche hasta cerca de su apartamento de Foggy Bottom.

La señorita Morgenstern tenía veintiséis años, pesaba cincuenta y seis kilos y tenía los ojos azules y el cabello rubio y largo hasta los hombros. El 28 de agosto se encontró una de sus tarjetas de visita cerca de la entrada norte de la Estación Naval de Anacostia. Dos días después se halló su credencial gubernamental en una calle de la ciudad. Ruth Morgenstern continuaba desaparecida. En su expediente se leía lo siguiente: «Muy probablemente muerta.»

Me pregunté si en efecto estaría muerta.

¿Y Elizabeth Connolly?

A eso de las diez, cuando empezaba a bostezar en serio, tropecé con otro caso que me interesó. Leí el informe una vez, y después otra. Trataba del secuestro, ocurrido en Houston once meses atrás, de una mujer llamada Jilly Lopez. Se había producido en el hotel Houstonian. Un «equipo» formado por dos hombres había sido visto merodeando cerca del automóvil de la víctima en el aparcamiento del hotel. La señora Lopez era descrita como una mujer «muy atractiva».

Minutos después, me puse al habla con el agente de Houston que había llevado el caso. El detective Steve Bowen sintió curiosidad por mi interés en aquel secuestro, pero colaboró. No se había sabido nada de la señora Lopez desde su desaparición. Jamás se pidió ningún rescate.

—Era una persona realmente buena. Casi todos sus conocidos la adoraban.

Yo había oído el mismo comentario acerca de Elizabeth Connolly cuando estuve en Atlanta.

Ya estaba empezando a odiar aquel caso, pero no podía quitármelo de la cabeza. *Chica Blanca*. Las mujeres secuestradas eran todas adorables, ¿no? Era precisamente aquello lo que tenían en común. Quizás ése era el patrón que seguía el secuestrador.

Víctimas adorables.

¿Podía haber algo más horrendo?

22

Aquella noche llegué a casa a las once menos cuarto, pero tenía una sorpresa esperándome. Una sorpresa buena. En los escalones de la entrada estaba sentado John Sampson, con sus dos metros de estatura y sus ciento veinticinco kilos de peso. A primera vista parecía la siniestra Parca, pero entonces sonrió de oreja a oreja y pasó a ser la alegre Parca.

—¡Vaya vaya! Detective Sampson. —Le sonreí a mi vez.

—¿Cómo va eso, tío? —me saludó John mientras yo cruzaba el césped—. Otra vez trabajando hasta las tantas. Eres el mismo de siempre. Nunca cambias, tío.

—Hoy es el primer día que vuelvo a casa tan tarde —me justifiqué—. Así que déjalo estar.

—¿He dicho algo malo? ¿Acaso te he molestado con alguna observación sarcástica? Pues no que yo sepa. Estoy siendo bueno… para tratarse de mí. Pero, ya que estamos, sí que es verdad que no puedes evitarlo, ¿eh?

—¿Te apetece una cerveza fría? —le ofrecí, y abrí la puerta de la casa—. ¿Dónde has dejado hoy a la novia?

Sampson entró conmigo y cogimos un par de Heineken cada uno que nos llevamos a la habitación de los ventanales. Yo me senté en la banqueta del piano y John se dejó caer sobre la mecedora, que se quejó al recibir su peso. John es mi mejor amigo, y lo es desde que ambos teníamos diez años. Fuimos detectives de Homicidios y compañeros hasta que ingresé en el FBI. Todavía me guarda un poco de rencor por ello.

—Billie está estupenda. Hoy y mañana tiene turno de noche en el St. Anthony. Nos va bien. —Se bebió de un solo trago casi la mitad de su lata—. No me quejo de nada, socio. Ni mucho menos. Estás viendo a un campista feliz.

Solté una risotada.

—Parece que te sorprende. —Y también rió—. Supongo que no pensé que yo fuera de los que se casan. Ahora lo único que deseo es pasar todo el tiempo con Billie. Me hace reír, y hasta pilla mis chistes. ¿Qué tal Jamilla y tú? ¿Le va bien? ¿Y qué tal llevas el trabajo nuevo? ¿Qué se siente al ser miembro del selecto Club Fed?

—Precisamente ahora iba a llamar a Jam —contesté. Sampson conocía a Jamilla, le caía bien, y estaba al tanto de nuestra situación. Jam era también detective de homicidios, de manera que sabía lo que era la vida. A mí me gustaba de verdad estar con ella. Por desgracia, vivía en San Francisco… y le encantaba estar allí—. Está trabajando en otro caso de asesinato. En San Francisco también matan gente, ¿sabes? La vida en el FBI no va mal de momento. —Abrí mi segunda cerveza—. Pero tengo que acostumbrarme a los burócratas.

—Quién lo iba a decir —replicó Sampson y sonrió con malicia—. ¿Ya empieza a haber grietas en la pared? Conque los burócratas, ¿eh? ¿Problemas con la autoridad? Entonces, ¿por qué trabajas hasta tan tarde? ¿No estás en las clases de orientación, o como se llamen?

Le conté resumidamente lo del secuestro de Elizabeth Connolly, y después pasamos a temas más agradables. Billie y Jamilla, el atractivo del romance, la última novela de George Pelecanos, las habladurías sobre un detective amigo nuestro que salía con su compañera de trabajo y creía que no lo sabía nadie. Pero todos estábamos enterados.

Las cosas discurrieron como siempre que Sampson y yo nos juntábamos. Echaba de menos trabajar con él. Lo cual me hizo pensar que necesitaba idear una forma de meterlo en el FBI.

El grandullón se aclaró la garganta.

—Hay otra cosa sobre la que quiero hablar contigo. Es el verdadero motivo por el que he venido.

Enarqué una ceja.

—¿De qué se trata?

Él evitó mi mirada.

—Esto me resulta muy difícil, Alex.

Me incliné hacia delante, interesado.

Entonces sonrió, y supe que se trataba de algo bueno, fuera lo que fuese.

—Billie se ha quedado embarazada —declaró, y lanzó una fuerte carcajada que le salió de lo más hondo. Luego se puso en pie de un brinco y me dio un abrazo de oso que estuvo a punto de aplastarme—. ¡Voy a ser padre!

23

—Allá vamos otra vez, Zoya —dijo Slava susurrando en tono de conspiración—. A propósito, pareces una dama rica. Perfecta para la ocasión.

La pareja ofrecía el mismo aspecto que toda la gente de urbanizaciones residenciales que se paseaba por el centro comercial King of Prussia, «el segundo más grande de toda América», según anunciaban los carteles que había en las entradas. Existía una buena razón para que aquel centro comercial fuera tan popular: los ávidos compradores viajaban hasta allí desde los estados vecinos porque Pensilvania no gravaba con impuestos la ropa.

—Toda esta gente parece tener mucho dinero. Tienen la mierda recogida —dijo Slava—. ¿No crees? Conoces la expresión «tener la mierda recogida», ¿verdad? ¿No? Es jerga americana y quiere decir tener la vida organizada, estar satisfecho consigo mismo. —Zoya lanzó una risotada desagradable—. Dentro de una hora o así veremos qué tal tienen recogida la mierda, cuando hayamos terminado con lo nuestro. Se cagan de miedo a la mínima ocasión, igual que todo el mundo en este podrido país. Tienen miedo hasta de su propia sombra. Pero sobre todo temen al dolor, aunque sea sólo una pequeña incomodidad. ¿No ves que lo llevan pintado en la cara, Slava? Tienen miedo de nosotros. Sólo que todavía no lo saben.

Slava recorrió con la mirada el patio principal, dominado por Nordstrom y Neiman Marcus. Por todas partes había letreros del «Tour de compras y rock» de la revista *Teen People*. Mientras tanto, su objetivo acababa de gastarse cincuenta dólares en una caja de galletas Neimans. ¡Asombroso! Después compró otra cosa igual de absurda, un diario llamado *Perro rojo, blanco y azul*, que tenía un precio igualmente prohibitivo.

«Gente estúpida de verdad. ¡Mira que comprar un diario para un perro!», pensó Slava. Entonces localizó de nuevo el objetivo. Estaba saliendo de Skechers con sus niñitos detrás.

De hecho, el objetivo parecía un tanto aprensivo en aquel momento. A lo mejor tenía miedo de que la reconocieran y de tener que firmar un autógrafo o conversar un poco con sus admiradores. «El precio de la fama, ¿eh?» Iba caminando a toda prisa, conduciendo a sus queridos pequeñines hacia el restaurante Dick Clark's American Bandstand Grill, supuestamente para almorzar, pero tal vez para escapar de la muchedumbre.

—Dick Clark era de Filadelfia, cerca de aquí —comentó Slava—. ¿Lo sabías?

—Me importa una mierda Dick Clark, Dick Tracy o quien sea —respondió Zoya—. Deja ya de hablar de chorradas. Me das dolor de cabeza. El dolor de cabeza número un billón desde que te conocí.

Desde luego, el objetivo encajaba con la descripción que les había facilitado el controlador: alta, rubia, belleza fría, distante. «Pero también apetitosa hasta en los detalles más nimios», pensó Slava. Tenía lógica, supuso. La había comprado un cliente que se denominaba a sí mismo director artístico.

La pareja aguardó aproximadamente cincuenta minutos. En el patio había un coro de Broomall, Pensilvania, ejecutando una actuación musical. Después, el objetivo y sus dos hijos salieron del restaurante.

—Vamos allá —dijo Slava—. Va a resultar interesante, ¿no crees? Los críos lo convierten en un desafío.

—No —repuso Zoya—. Los críos lo convierten en una locura. Espera a que se entere de esto Lobo. Él también tendrá cachorros. A propósito, eso también es jerga americana.

24

La mujer comprada se llamaba Audrey Meek. Era un personaje famoso, pues había creado una exitosa línea de moda y accesorios para la mujer llamada Meek. Era el apellido de soltera de su madre, y el que usaba para sí misma.

La pareja la observó de cerca y la siguió discretamente hasta el aparcamiento. La abordaron cuando estaba introduciendo su bolsas de Neiman Marcus, de Hermès y otras firmas en un reluciente Lexus negro con matrícula de Nueva Jersey.

—¡Niños, corred! ¡Escapad!

Audrey Meek se debatió con furia cuando Zoya intentó taparle la nariz y la boca con un trapo mojado que despedía un olor acre. Vio círculos, estrellas y lucecitas durante unos dramáticos segundos, y terminó desmayándose en los fuertes brazos de Slava.

Zoya recorrió con la vista el aparcamiento; no había mucho que ver: paredes de cemento señaladas con números y letras. No había nadie que pudiese ver lo que estaba ocurriendo allí, aunque los niños chillaban y lloraban.

—¡Dejad en paz a mi mamá! —gritó el pequeño Andrew dando puñetazos a Slava, que se limitó a sonreírle.

—Buen chico —le dijo—. Protege a tu mamá. Se sentirá orgullosa de ti. Yo estoy orgulloso de ti.

—¡Vámonos, estúpido! —gritó Zoya.

Como siempre, era ella la que se hacía cargo de todas las cosas importantes. Venía siendo así desde que era una adolescente en la *oblast* Moskovskaya, a las afueras de Moscú, y se dijo que no soportaría ser ni obrera de fábrica ni prostituta.

—¿Y los críos? No podemos dejarlos aquí —dijo Slava.

—Déjalos. Es lo que se supone que debemos hacer, idiota. Queremos que haya testigos, ése es el plan. ¿Es que nunca eres capaz de hacer las cosas bien?

—¿En el aparcamiento? ¿Dejarlos aquí?

—No les ocurrirá nada. O sí. ¡Eso no nos importa! Vamos, tenemos que irnos. ¡Venga!

Se marcharon en el Lexus con Audrey Meek inconsciente en el asiento de atrás. Los dos niños se quedaron gimoteando en el aparcamiento. Zoya condujo a una velocidad moderada hasta alejarse de las inmediaciones del centro comercial y luego giró por Dekalb Pike. Tardaron sólo unos minutos en llegar al Parque Histórico Nacional de Valley Forge, donde cambiaron de coche.

Después recorrieron trece kilómetros hasta una zona de aparcamiento alejada, donde volvieron a cambiar de vehículo y partieron en dirección a Ottsville, una población situada en la zona de Bucks County del estado de Pensilvania. Pronto la señora Meek conocería al director artístico, que estaba locamente enamorado de ella. Debía de estarlo, porque había pagado 250.000 dólares por disfrutar del placer de su compañía, fuera lo que fuese eso.

Y había habido testigos del secuestro —un buen lío— totalmente a propósito.

SEGUNDA PARTE

FIDELIDAD, VALOR, INTEGRIDAD

25

Nadie había conseguido todavía desvelar la identidad de Lobo. Según la información que obraba en poder de la Interpol y la policía rusa, era un tipo sensato, que actuaba en persona y en el pasado había recibido formación como policía. Al igual que muchos rusos, era capaz de pensar de manera muy fluida, con mucho sentido común. Aquella capacidad innata se citaba en ocasiones como la razón por la que la estación espacial Mir había logrado permanecer tanto tiempo en el espacio. Sencillamente, a los cosmonautas rusos se les daba mejor que a los estadounidenses comprender los problemas cotidianos. Si surgía algún imprevisto en la nave, lo resolvían.

Y eso hacía también Lobo.

Aquella soleada tarde, iba al volante de un Cadillac Escalade negro de camino a la zona norte de Miami. Necesitaba ver a un hombre llamado Yeggy Titov para hablar de ciertos asuntos relativos a la seguridad. A Yeggy le gustaba considerarse a sí mismo un diseñador de páginas web de categoría mundial y un ingeniero de vanguardia. Poseía un doctorado por Berkeley-California y nunca permitía que la gente se olvidara de ello. Pero Yeggy no era más que otro pervertido lameculos con delirios de grandeza.

Lobo dio un golpe en la puerta metálica del apartamento de Yeggy, situado en una alta torre que daba a la bahía Biscayne. Llevaba una gorra y un impermeable de Miami Heat, por si alguien lo veía de visita en aquel lugar.

—¡Vale, vale, aguántate el pis! —vociferó Yeggy desde el interior. Tardó un par de minutos en abrir la puerta. Llevaba unos vaqueros azules y una raída sudadera de mercadillo, de un negro descolorido, estampada con el rostro sonriente de Einstein. Era cada vez más crío, el tal Yeggy.

—Te dije que no me obligaras a venir a verte —dijo Lobo, pero lo acompañó con una ancha sonrisa, como si estuviera haciendo un chiste estupendo. De modo que Yeggy sonrió también. Llevaban más o menos un año siendo socios, lo cual era mucho tiempo para soportar a Yeggy.

—Llegas en el momento perfecto —dijo éste.

—Soy un hombre de suerte —replicó Lobo al tiempo que entraba, y al punto quiso taparse la nariz. Aquel apartamento era un vertedero; estaba atestado de envoltorios de comida rápida y cajas de pizza, cartones de leche vacíos y decenas, quizás un centenar, de ejemplares atrasados del *Novoye Russkoye Slovo*, el periódico en idioma ruso de mayor tirada en Estados Unidos.

El olor a suciedad y comida rancia ya era bastante desagradable, pero peor todavía era el propio Yeggy, que siempre olía a salchichas caducadas de una semana. Aquel científico inefable lo condujo hasta un dormitorio alejado de la sala de estar, sólo que no era en absoluto un dormitorio, sino el laboratorio de una persona muy desorganizada. Una moqueta de un feo color ratón, tres ordenadores en el suelo y piezas sueltas por los rincones: disipadores de calor usados, tarjetas de circuitos, disquetes.

—Eres un cerdo —le dijo Lobo, y soltó otra carcajada.

—Pero un cerdo muy listo.

En el centro de la habitación había una mesa de trabajo modular con tres monitores de pantalla plana que formaban un semicírculo alrededor de una silla desgastada. Detrás de los monitores se veía una maraña de cables que amenazaban con provocar un cortocircuito con el consiguiente incendio. Sólo una ventana daba a la calle, pero tenía la persiana permanentemente cerrada.

—Tu emplazamiento es muy seguro ahora —afirmó Yeggy—. De primera clase. A prueba de fallos. Tal como a ti te gusta.

—Yo creía que ya era seguro antes —replicó Lobo.

—Bueno, pues ahora lo es más. Hoy en día, toda precaución es poca. Por cierto, he terminado el último folleto. Es un clásico, un clásico de fotos.

—Ya, y sólo con tres semanas de retraso.

Yeggy encogió sus huesudos hombros.

—Bueno, ¿y qué? Espera a ver el trabajo. Es propio de un genio. ¿Eres capaz de reconocer la obra de un genio nada más verla? Pues esto es obra de un genio.

Lobo examinó las páginas antes de decirle nada. El folleto estaba impreso en papel satinado tamaño folio, con tapas transparentes y un lomo rojo. Yeggy lo había confeccionado con su impresora HP láser en color. Los colores eran eléctricos, la tapa parecía perfecta. La elegancia resultaba extraordinaria, era como estar contemplando un catálogo de Tiffany's. Desde luego, no parecía obra de alguien que viviese en un agujero de mierda como aquél.

—Te dije que las chicas número siete y diecisiete ya no estaban con nosotros. De hecho están muertas —dijo por fin Lobo—. Nuestro genio anda un poco corto de memoria, por lo visto.

—Detalles, detalles. Y ya que hablamos de eso, me debes quince mil por pago a la entrega. Esto sería considerado una entrega.

Lobo introdujo la mano en la chaqueta del traje y sacó una Sig Sauer 210 con la que disparó a Yeggy dos veces entre los ojos. Acto seguido, por diversión, también le pegó un tiro entre los ojos a Albert Einstein.

—Según parece, usted tampoco está ya con nosotros, señor Titov. Detalles, detalles.

Se sentó frente a un ordenador portátil y corrigió él mismo el catálogo de ventas. A continuación copió un CD y se lo llevó. Y también varios ejemplares del *Novoye Russkoye Slovo* que le faltaban. Ya enviaría más tarde gente que se encargara del cadáver y prendiera fuego a aquel agujero de mierda. Detalles, detalles.

26

Me salté la clase de aquella mañana sobre técnicas de detención. Imaginé que probablemente sabía más sobre el tema que el profesor. Llamé a Monnie Donnelley y le dije que necesitaba todo lo que tuviera sobre la trata de blancas, en particular sobre las actividades más recientes en Estados Unidos, que pudiera guardar relación con *Chica Blanca*.

La mayoría de los analistas del FBI se hallaba radicada a dieciséis kilómetros de allí, en el CIRG, pero Monnie tenía un despacho en Quantico. Así que en menos de una hora se personó en la puerta de mi austero cubículo. Me mostró dos discos con expresión de orgullo.

—Esto debería mantenerle ocupado un buen rato. Me he concentrado solamente en mujeres de raza blanca. Atractivas y secuestradas recientemente. También tengo bastante material sobre la escena del crimen de Atlanta. He ampliado un poco el círculo para tener algo más sobre el centro comercial, el propietario, los empleados, el vecindario de Buckhead. Tengo para usted copias de los informes de la policía y el FBI. Todo lo que me ha pedido. Ya veo que es de los que hacen los deberes.

—Soy un estudiante aplicado. Me preparo lo mejor que puedo. ¿Tan raro es eso aquí en Quantico?

—De hecho, sí en los agentes que nos llegan procedentes de la policía o las fuerzas armadas. Parece gustarles más el trabajo sobre el terreno.

—A mí también —reconocí—, pero no hasta que hayamos estrechado un poco el círculo. Gracias por todo esto.

—¿Sabe lo que dicen de usted, doctor Cross?

—No. ¿Qué dicen?

—Que es casi un vidente. Muy imaginativo. Que tal vez hasta tenga un don especial. Que sabe pensar como un asesino. Sea como sea, por eso lo han asignado a *Chica Blanca*. —Permaneció unos instantes en la puerta—. Mire, le daré un consejo sin que me lo pida: no le conviene cabrear a Gordon Nooney. Él se toma sus jueguecitos de orientación muy en serio. Además, básicamente es un indeseable, pero tiene sus contactos.

—Lo recordaré —respondí asintiendo—. ¿De modo que también hay tipos buenos?

—Pues claro. Ya verá que la mayoría de los agentes son personas de fiar. Buena gente, la mejor. En fin, le deseo una feliz cacería —terminó Monnie, y me dejó a solas con el material, montones de páginas para leer. Demasiadas.

Empecé por un par de secuestros, ambos perpetrados en Texas, que tal vez pudieran estar relacionados con el de Atlanta. La lectura de los informes hizo que volviera a hervirme la sangre.

Marianne Norman, de veinte años, había desaparecido de Houston el 6 de agosto de 2001. Se quedaba con su novio de la universidad en un piso propiedad de los abuelos de él. Aquel otoño, Marianne y Dennis Turcos iban a empezar el último curso de estudios en Texas Christian y pensaban casarse en la primavera de 2002. Todo el mundo decía que eran los chicos más buenos del mundo. Marianne no fue vista ni se tuvo noticia de ella a partir de aquella noche de agosto.

El 30 de diciembre, Dennis Turcos se encañonó la cabeza con un revólver y se suicidó. Afirmaba que no podía vivir sin Marianne, que su vida había terminado cuando ella desapareció.

El segundo caso trataba de una adolescente de quince años que se había escapado de su casa de Childress, Texas. Adrianne Tuletti había sido raptada de un apartamento de San Antonio en el que vivían tres muchachas que por lo visto se dedicaban a la prostitución.

Los vecinos del complejo afirmaron haber visto a dos personas de aspecto sospechoso, un hombre y una mujer, entrando en el edificio el día en que desapareció Adrianne. Un vecino creyó que eran los padres de la chica, que venían para llevársela a casa, pero de Adrianne no volvió a saberse nada.

Contemplé la foto durante largo rato; era una muchacha rubia muy guapa; por su aspecto podría ser una de las hijas de Elizabeth Connolly. Sus padres eran maestros de escuela en Childress.

Aquella tarde recibí más malas noticias. De las peores. Una diseñadora de moda llamada Audrey Meek había sido secuestrada en el centro comercial King of Prussia, en Pensilvania. Sus dos hijos habían presenciado el rapto. Aquella información concreta me dejó aturdido. Los niños dijeron a la policía que los secuestradores eran un hombre y una mujer.

Empecé a hacer los preparativos para trasladarme a Pensilvania. Llamé a Nana, que me apoyó, cosa sorprendente. Entonces recibí un mensaje de la oficina de Nooney: no iba a ir a Pensilvania. Esperaban que acudiera a mis clases. Obviamente, la decisión procedía de la cúpula, y yo no entendí lo que estaba pasando. A lo mejor no debía entenderlo.

¿No sería todo aquello otra prueba?

27

«¿Sabe lo que dicen de usted, doctor Cross? Que es casi un vidente. Muy imaginativo. Que tal vez hasta tenga un don especial. Que sabe pensar como un asesino.» Me lo había dicho Monnie Donnelley aquella misma mañana. Si era verdad, ¿por qué me apartaban del caso?

Después de comer acudí a mis clases, pero estuve todo el tiempo distraído, enfadado quizá. Sentía una ligera angustia: ¿qué estaba haciendo yo en el FBI? ¿En qué me estaba convirtiendo? No deseaba luchar contra el sistema de Quantico, pero me habían colocado en una posición imposible.

A la mañana siguiente tuve que prepararme de nuevo para mis clases: «Leyes», «Delitos de guante blanco», «Violación de los derechos civiles», «Prácticas con armas de fuego».

Estaba seguro de que la clase sobre los derechos civiles iba a resultarme interesante, pero no dejaba de pensar en un par de mujeres desaparecidas, Elizabeth Connolly y Audrey Meek. A lo mejor una de ellas o las dos estaban aún vivas. A lo mejor yo podía ayudar a encontrarlas, si tan superdotado era.

Estaba terminando de desayunar en la cocina con Nana y la gata *Rosie* cuando oí el ruido del periódico de la mañana cayendo en el porche delantero.

—Ya voy yo a buscarlo —le dije a Nana al tiempo que retiraba mi silla de la mesa.

—No pienso discutirlo —repuso Nana, y bebió un sorbo de su té con aplomo de gran dama—. Tengo que ahorrar energías, ya sabes.

—Exacto.

Nana seguía limpiando hasta el último centímetro cuadrado de la casa, por dentro y por fuera, y haciendo la mayoría de las comidas. Un par de semanas antes la había pillado encaramada a una escalera de mano, limpiando los canalones del tejado. «No hay problema —había replicado alegremente—, tengo un equilibrio excelente y peso menos que un paracaídas.»

El *Washington Post* no había llegado a tocar el porche. Había quedado abierto a mitad del camino de entrada. Ni siquiera tuve que agacharme para leer la primera plana.

—Maldita sea —masgullé—. Maldición.

Aquello no era nada bueno. De hecho era horroroso. Casi no di crédito a mis ojos. El titular ya producía un fuerte impacto: «Posible conexión entre dos casos de secuestro de mujeres.» Lo peor era que el artículo contenía detalles muy concretos que sólo conocían unas pocas personas del FBI. Por desgracia, yo era una de ellas.

De importancia clave era el artículo que hablaba de una pareja —hombre y mujer— vista en el secuestro más reciente, el ocurrido en Pensilvania. Sentí un nudo en la boca del estómago. El relato de los testigos presenciales, los hijos de Audrey Meek, era una información que no deseábamos que llegase a la prensa.

Alguien había filtrado el tema al *Post*; alguien se había

ocupado también de hacerles ver la relación existente entre ambos casos. Aparte de quizá Bob Woodward, nadie del periódico podría haberlo hecho solo. No eran tan inteligentes.

¿Quién había filtrado la información al *Post*?

¿Y por qué?

Aquello no tenía sentido. ¿Había alguien intentando sabotear la investigación? ¿Quién?

28

El lunes por la mañana no acompañé a Jannie y Damon al colegio. Me quedé en la habitación de los ventanales con la gata y toqué el piano… Mozart, Brahms. Tenía el sentimiento de culpa de que debería haberme levantado más temprano para echar una mano en el comedor de caridad de St. Anthony. Habitualmente voy un par de veces por semana, con frecuencia los domingos. Es mi iglesia.

Aquella mañana el tráfico era terrible, y el frustrante trayecto hasta Quantico me llevó casi hora y media. Me imaginé al agente Nooney de pie frente a las verjas de la entrada, aguardando con impaciencia mi llegada. Por lo menos el retraso me permitió reflexionar sobre mi situación en ese momento. Llegué a la conclusión de que lo mejor que podía hacer de momento era asistir a mis clases. Mantener la cabeza gacha. Si el director Burns quería que me encargara del caso *Chica Blanca*, ya me lo haría saber. Si no, pues nada.

Aquella mañana la clase se centró en lo que el FBI denominaba «ejercicios de aplicación práctica». Teníamos que investigar el robo ficticio de un banco en Hogans Alley, incluidas entrevistas con testigos y cajeros. La instructora era una agente sumamente competente, Marilyn May.

Cuando llevábamos más o menos media hora de ejercicio, May notificó a la clase que se había producido un ficticio accidente de tráfico aproximadamente a kilómetro y medio del banco.

Fuimos en grupo a investigarlo para ver si existía relación con el robo del banco. Yo estaba siendo concienzudo, pero había pasado doce años participando en investigaciones como aquélla, pero reales, y me costaba tomarme el ejercicio demasiado en serio, sobre todo dado que mis compañeros de clase realizaban las entrevistas siguiendo el manual de instrucciones. A lo mejor habían visto demasiadas series televisivas de policías. Había momentos en los que la propia May parecía contener una sonrisa.

Mientras deambulaba por la escena del accidente con un colega nuevo que había sido capitán del ejército antes de incorporarse al FBI, oí mencionar mi nombre. Me di la vuelta y vi al ayudante de Nooney.

—El agente Nooney desea verlo en su despacho —me comunicó.

«Dios, ¿qué pasará ahora? ¡Este tipo está loco!», iba pensando mientras me dirigía hacia Administración. Subí las escaleras en dirección al despacho de Nooney, que estaba esperándome.

—Cierre la puerta, por favor —me dijo. Estaba sentado a una gastada mesa de roble, con expresión de habérsele muerto un ser querido.

Empecé a sentir una leve sensación de asfixia bajo el cuello de la camisa.

—Estoy en medio de un ejercicio.

—Ya lo sé. Tanto el programa como el horario los redacté yo —replicó—. Quiero hablar con usted de la primera página del *Washington Post* de hoy. ¿La ha visto?

—La he visto.

—Esta mañana he hablado con su antiguo jefe de detectives. Y me ha dicho que usted ya se ha valido del *Post* en anteriores ocasiones, que tiene amigos allí dentro.

Hice un esfuerzo para no poner los ojos en blanco.

—Antes tenía un buen amigo en el *Post*, pero lo asesinaron. Ya no tengo amigos allí. ¿Por qué iba yo a filtrar información acerca de los secuestros? ¿Qué iba a ganar con ello?

Nooney me apuntó con un dedo rígido y alzó la voz.

—Sé cómo trabaja usted. Y sé lo que busca. No quiere formar parte de un equipo, ni ser controlado ni influido por nadie. Bueno, pues las cosas no serán así. Nosotros no creemos en individuos geniales ni en situaciones especiales. No creemos que sea usted más imaginativo ni más creativo que cualquier otro de su clase. De modo que vuelva a su ejercicio, doctor Cross. Y espabile.

Sin decir palabra, me marché del despacho echando humo. Regresé al accidente de mentirijillas, el cual la agente Marilyn May pronto relacionó limpiamente con el robo de mentirijillas ocurrido en Hogans Alley. Un programa redactado por Nooney. Yo mismo podría haber escrito uno mejor mientras dormía. Y sí, ahora estaba furioso. Sólo que no sabía contra quién. No sabía cómo jugar aquel juego.

Pero quería ganar.

29

Se había efectuado una nueva compra, una de envergadura.

El sábado por la noche, la pareja había entrado en un bar llamado Halyard, en el puerto de Newport, Rhode Island. El Halyard era diferente de la mayoría de los locales de homosexuales del denominado Barrio Rosa de Newport. De vez en cuando se veía una bota de motorista o una muñequera tachonada, pero la mayor parte de los hombres que frecuentaba aquel lugar lucía melena desgreñada y atuendo náutico, además de las omnipresentes gafas de sol Croakie.

El pinchadiscos acababa de seleccionar un tema de los Strokes y había varias parejas bailando en la pista. La pareja encajaba con el ambiente, lo que equivale a decir que no destacaban por nada. Slava llevaba una camiseta azul celeste y unos vaqueros Dockers, y se había engominado el pelo negro y más bien largo. Zoya se había calado una gorra de marinero de aspecto vulgar y se había arreglado como si fuese un jovencito muy guapo. Le había salido mejor de lo previsto, porque ya había quien había intentado ligársela.

Slava y ella estaban buscando un determinado tipo físico, y habían encontrado un prometedor candidato al poco de llegar. Su nombre era Benjamin Coffey, y era estudiante de último curso en la Universidad de Providence. Benjamin se había dado cuenta de que era homosexual cuando hacía de monaguillo en St. Thomas, en Barrington, Rhode Island. Ningún sacerdote lo había tocado ni había abusado de él mientras estuvo allí, ni siquiera insinuado, pero él descubrió a otro monaguillo que resultó ser un alma gemela, y ambos se hicieron amantes cuando cumplieron los catorce años. Continuaron viéndose durante el instituto, pero después Benjamin pasó a otra cosa.

Seguía manteniendo en secreto su vida sexual en Providence, pero en el Barrio Rosa podía ser él mismo. La pareja observó cómo aquel muchacho tan guapo conversaba con un camarero de la barra que tendría unos treinta y tantos años y cuyos tonificados músculos destacaban gracias al foco de luz que tenía encima de la cabeza.

—Ese chico podría ser portada de *GQ* —comentó Slava—. Es el tipo perfecto.

En ese momento se aproximó a la barra un individuo fornido de unos cincuenta años. Detrás de él, cuatro hombres más jóvenes y una mujer. Todos llevaban pantalones blancos y polos azules Lacoste. El camarero apartó la atención de Benjamin para estrechar la mano del cincuentón, el cual le presentó a sus compañeros:

—David Skalah, tripulante; Henry Galperin, tripulante; Bill Lattanzi, tripulante; Sam Hughes, cocinero, y Nora Hamerman, tripulante.

—Éste es Ben —respondió el camarero.

—Benjamin —corrigió el muchacho con una sonrisa radiante.

Zoya miró de reojo a Slava, y ambos sonrieron.

—Ese chico es justo lo que necesitamos —dijo Zoya—. Es como una versión renovada de Brad Pitt.

Decididamente, era el tipo físico que había especificado el comprador: delgado, rubio, juvenil, aún casi adolescente, labios carnosos, mirada inteligente. Éste era un detalle imprescindible: debía poseer inteligencia. El comprador no quería adquirir ningún chapero, aquellos jovenzuelos que se vendían en la calle.

Transcurrieron unos diez minutos, y entonces la pareja siguió a Benjamin hasta el baño, de un blanco inmaculado y reluciente de limpio. Las paredes tenían cenefas con dibujo de nudos marineros. Había una mesa profusamente abastecida de colonias, colutorios bucales y una caja de teca llena de cápsulas de nitrito amílico.

Benjamin se metió en un retrete, y la pareja se apresuró a entrar también. No quedó mucho espacio que digamos.

El chico se volvió al notar un fuerte empujón.

—Vale, estoy pillado —dijo—. No puedo escapar. Dios, ¿es que estáis colocados o qué? Dadme un respiro.

—¿Brazo o pierna? —preguntó Slava, y rió de su propio chiste.

Lo obligaron a ponerse de rodillas.

—¡Eh, eh! —exclamó el chico, alarmado—. ¡Que alguien me ayude! ¡Socorro!

Le taparon la nariz y la boca con el trapo y perdió el conocimiento. A continuación, la pareja lo levantó del suelo y, sosteniéndolo cada uno por un lado, lo sacaron del cuarto de baño como si fueran unos colegas ayudando a otro que había tenido un mal viaje.

Se lo llevaron por una puerta trasera hasta un aparcamiento repleto de descapotables y todoterrenos. A la pareja no le importó que alguien pudiera verlos, pero sí tuvieron cuidado de no lastimar al muchacho. Nada de hematomas. Valía mucho dinero. Alguien lo deseaba con desesperación.

Otra compra más.

30

El comprador se llamaba señor Potter.

Era el nombre en clave que utilizaba para sus compras a través de Sterling, cuando él y el vendedor se comunicaban por algún motivo. Potter estaba muy satisfecho con Benjamin, y así se lo había dicho a la pareja cuando le depositaron el paquete en su finca de Webster, New Hampshire, una localidad de poco más de mil cuatrocientos habitantes, es decir, un lugar donde a uno no lo molestaba nadie. Nunca. La casa de campo que tenía allí se encontraba parcialmente restaurada, tenía un tejado de tablones blancos y antiguos, dos plantas y una cubierta nueva. A cien metros detrás de la casa había un granero rojo, el «pabellón de invitados». Allí era donde pensaba encerrar a Benjamin, donde también habían estado encerrados otros antes que él.

La casa y el granero estaban rodeados por más de treinta hectáreas de bosques y tierras de cultivo que habían pertenecido a la familia de Potter y ahora eran suyas. Él no vivía en la finca sino en Hanover, a unos ochenta kilómetros de allí, donde trabajaba duramente como profesor suplente de literatura inglesa en Dartmouth.

Dios, no podía quitar los ojos de encima a Benjamin. Por supuesto, el chico no podía verlo, y tampoco podía hablar. Aún no. Tenía los ojos vendados y una mordaza en la boca, y manos y piernas esposadas.

Aparte de aquello, Benjamin no llevaba nada encima salvo una delgada cinta plateada que le sentaba de maravilla. La visión de aquel joven tan apuesto dejó a Potter sin respiración por tercera, cuarta o décima vez desde que había tomado posesión de él. Lo malo de ser profesor en Dartmouth durante los últimos cinco años era que uno podía mirar pero no tocar a los estudiantes. Resultaba muy frustrante estar tan cerca de lo que anhelaba el corazón, pero ahora... ahora casi lo daba por bien empleado. Benjamin era su recompensa por haber esperado, por haber sido bueno.

Se acercó al chico despacio, centímetro a centímetro. Por fin introdujo la mano entre los bucles de su cabello, denso y rubio. Benjamin dio un respingo. Temblaba y tiritaba de forma incontrolable. Resultaba agradable.

—Está bien tener miedo —susurró Potter—. El miedo lleva consigo una extraña dicha. Confía en mí, Benjamin. Yo ya he estado en esa situación, sé exactamente cómo te sientes.

Potter apenas podía soportarlo. Aquello era demasiado maravilloso, un sueño convertido en realidad. Se le había denegado aquel placer prohibido... y ahora lo tenía allí mismo, aquel joven absolutamente perfecto, hermoso, impresionante.

«¿Qué estaba pasando?» Benjamin intentaba hablar a través de la mordaza. Potter deseaba oír la dulce voz del muchacho, ver cómo se movía su apetitosa boca, mirarlo a los ojos. Se inclinó y besó la mordaza que cubría la boca del chico; de hecho sintió sus labios debajo, su tacto blando.

Entonces no pudo aguantar ni un segundo más. Con movimientos nerviosos, pronunciando susurros incoherentes, y con todo el cuerpo tembloroso como si tuviera Parkinson, le quitó la venda de los ojos y lo miró intensamente.

—¿Puedo llamarte Benjy? —le susurró.

31

Otra de las cautivas, Audrey Meek, contemplaba a su obsceno, pervertido y probablemente loco captor mientras éste, con toda calma y parsimonia, le preparaba el desayuno. Estaba sujeta con cuerdas, más bien flojas, pero no podía escapar. Le costaba creer que todo aquello fuese verdad, le costaba creer que hubiera sucedido y que supuestamente fuera a continuar sucediendo. La tenían encerrada en una estancia bellamente amueblada, situada en alguna parte, a saber dónde, y todavía su mente regresaba una y otra vez al increíble momento en que en el centro comercial King of Prussia la habían arrancado de sus hijos Sarah y Andrew. «Dios santo, que los niños estén bien.»

—¿Y mis hijos? —preguntó de nuevo—. Tengo que saber que se encuentran bien. Quiero hablar con ellos. No pienso hacer nada que usted me pida si no hablo antes con ellos. Ni siquiera comeré.

Hubo unos instantes de incómodo silencio, al final de los cuales el director artístico dijo:

—Tus hijos se encuentran perfectamente. Eso es todo lo que necesitas saber. Debes comer.

—¿Cómo sabe que están bien? —Se sorbió—. No puede saberlo.

—Audrey, no estás en situación de exigir nada. Se acabó. Esa vida tuya ya pertenece al pasado.

Era alto, quizás uno ochenta y cinco, y poseía una buena constitución. Tenía una barba negra y rizada y unos chispeantes ojos azules que a ella le parecían inteligentes. Calculó que rondaría los cincuenta. Él le había dicho que lo llamara director artístico, sin más explicaciones. Y tampoco le había dado ninguna explicación sobre lo sucedido.

—Yo mismo me sentía preocupado, así que he llamado a tu casa. Los niños están allí con la niñera y con tu marido. Te lo aseguro. Yo no te mentiría, Audrey. En ese sentido, soy diferente de ti.

Audrey sacudió la cabeza.

—¿Acaso debo fiarme de usted? ¿De su palabra?

—Sería buena idea, sí. ¿Por qué no? ¿De quién más puedes fiarte aquí? De ti misma, por supuesto. Y de mí. No hay nadie más. Te encuentras a muchos kilómetros del resto del mundo. Estamos sólo tú y yo. Te ruego que lo asumas. Te gustan los huevos revueltos un poco blanditos, ¿no? Vaporosos. ¿No es ésa la palabra que empleas?

—¿Por qué hace esto? —preguntó Audrey envalentonándose, ya que él aún no la había amenazado—. ¿Qué pretende?

Él lanzó un suspiro.

—Todo a su debido tiempo, Audrey. De momento digamos simplemente que se trata de una obsesión enfermiza. En realidad, es más complicado, pero lo dejaremos así.

Audrey se sorprendió de aquella respuesta; así que su captor era consciente de que era un pirado. ¿Eso sería bueno o malo?

—Quisiera permitirte el mayor grado de libertad posible. No deseo tenerte atada, caramba. Ni siquiera las muñecas. Te ruego que no trates de escapar, o de lo contrario no me será posible. ¿De acuerdo?

En ocasiones parecía razonable. ¡Dios! Aquello era demencial. Desde luego que sí. Pero a la gente le ocurrían cosas demenciales todo el tiempo.

—Deseo ser amigo tuyo —le dijo mientras le servía el desayuno: huevos hechos al punto, tostadas de varios cereales, té de hierbas y mermelada de grosella—. Te he preparado todas las cosas que te gustan. Quiero tratarte como te mereces. Puedes fiarte de mí, Audrey. Empieza por confiar en mí sólo un poquito… Prueba los huevos. Vaporosos. Están deliciosos.

32

Estaba empezando a estancarme en Quantico, y no me gustaba mucho. Al día siguiente asistí a las clases y después tuve una hora de entrenamiento físico. A las cinco fui a ver qué había recopilado hasta la fecha Monnie Donnelley sobre el caso *Chica Blanca*. Poseía un pequeño y abarrotado cubículo en la tercera planta del edificio del comedor. En una pared colgaba un popurrí de fotos y fotocopias de pruebas de crímenes de brutal violencia, dispuestas formando una fantasía cubista que llamaba la atención.

Antes de entrar, llamé con los nudillos en su placa metálica.

Monnie se giró y sonrió al verme allí. Me fijé en que había bonitas fotos de sus hijos, un gracioso retrato de ella misma con los chicos y también una fotografía de Pierce Brosnan en su gallardo y sexy papel de James Bond.

—Vaya, a quién tenemos aquí para castigarnos de nuevo. Por el tamaño de mi cueva, ya ve que el Bureau todavía no se ha dado cuenta de que estamos en la era de la información, lo que Bill Clinton llamaba el Tercer Método. Ya conoce el chiste: el FBI apoya mañana la tecnología de ayer.

—¿Tiene alguna información para mí?

Monnie se giró de nuevo hacia su ordenador, un IBM.

—Voy a imprimirle unas cuantas de estas hojas para que las incorpore a su próspera colección. Sé que a usted le gusta todo en papel. Dinosaurio.

—Es mi manera de trabajar.

Había preguntado un poco por ahí acerca de Monnie, y en todas partes me habían dado la misma respuesta: que era muy inteligente, increíblemente trabajadora y penosamente subestimada por los poderes de Quantico. También descubrí que vivía sola con sus dos hijos y que le costaba llegar a fin de mes. La única «queja» respecto a ella era que trabajaba con demasiado ahínco, que se llevaba trabajo a casa casi todos los días y también los fines de semana.

Monnie reunió un montón de papeles para mí. Me di cuenta de que tenía obsesión por igualar con precisión todas las hojas. Tenían que estar en perfecto orden.

—¿Hay algo que le haya llamado la atención? —pregunté.

Ella se encogió de hombros.

—No soy más que una investigadora, ¿no? Más corroboraciones. Mujeres de raza blanca y clase acomodada desaparecidas en el último año. Los números se salen un poco de madre, son demasiado elevados. Muchas son rubias atractivas. En estos casos, las rubias no son las que se lo pasan mejor. No se aprecia ninguna tendencia zonal, lo cual quiero investigar un poco más. A veces el perfil geográfico puede señalar el núcleo exacto de la actividad delictiva.

—De modo que hasta ahora no hay diferencias regionales. Una lástima. ¿Y hay algo relativo al aspecto físico de las víctimas? ¿Ha aparecido alguna pauta?

Monnie chasqueó la lengua y negó con la cabeza.

—No hay nada que sobresalga. Hay mujeres desaparecidas en Nueva Inglaterra, en el sur, en el oeste. Volveré a repasar ese punto un poco más. Las mujeres son descritas como muy atractivas en su mayoría. Y ninguna de ellas ha sido encontrada. Una vez que desaparecen, desaparecen para siempre.

Me miró fijamente varios segundos incómodos. En sus ojos había tristeza. Percibí que tenía ganas de salir de aquel cubículo.

Cogí los papeles.

—Estamos en ello. Le he hecho una promesa a la familia Connolly.

En los ojos gris claro de Monnie brilló una chispa de humor.

—¿Usted cumple lo que promete?

—Lo intento —respondí—. Gracias por la documentación. No trabaje demasiado. Váyase a casa a ver a sus hijos.

—Usted también, Alex. Vaya a ver a sus hijos. Ya está trabajando demasiado.

33

Nana y los chicos, por no mencionar a *Rosie*, se hallaban tumbados en el porche de entrada, esperándome. Su poco amistoso lenguaje corporal y la expresión de malhumor que exhibían no eran buenas señales. Creí adivinar por qué todo el mundo parecía tan contento de verme. «¿Usted siempre cumple lo que promete?»

—Las siete y media. Cada vez más tarde —comentó Nana sacudiendo la cabeza—. Mencionaste que a lo mejor íbamos al cine a ver *Drumline*. Damon estaba entusiasmado.

—Son las clases de orientación —repuse.

—Ya —contestó Nana, y su ceño se marcó más—. Verás cuando empiece el trabajo de verdad; volverás a llegar a casa a medianoche. Si es que llegas. No tienes vida. Ni siquiera vida amorosa. Todas esas mujeres a las que les gustas, Alex (aunque Dios sabrá por qué), deja que te atrape alguna de ellas. Deja que alguien entre en tu vida, antes de que sea demasiado tarde.

—Tal vez ya sea demasiado tarde.

—No me sorprendería.

—Eres muy dura —dije, y me dejé caer sobre los escalones del porche, junto a los chicos—. Vuestra Nana es más dura que un clavo —les dije—. Todavía queda luz. ¿Quién se apunta a jugar con el aro?

Damon frunció el entrecejo y negó con la cabeza.

—Con Jannie no. No pienso jugar con ella.

—Ni yo con Damon el superestrella —refunfuñó Jannie—. Aunque Diana Taurasi podría darle una buena paliza si quisiera.

Me levanté y entré en la casa.

—Voy por la pelota. Jugaremos un rato.

Cuando regresamos del parque, Nana ya había acostado al pequeño Alex y estaba otra vez sentada en el porche. Yo había traído un envase de helado de praliné con nata y otro de Oreos con nata. Los tomamos, y los chicos terminaron por irse a sus habitaciones a dormir, o a estudiar, o a hacer un poco el tonto por Internet.

—Te estás volviendo un caso desesperado, Alex —declaró Nana mientras chupaba el último resto de helado adherido a su cuchara.

—Quieres decir consecuente. Y entregado a mi trabajo. Eso es cada vez más difícil de encontrar. Te gusta el helado de Oreos con nata, ¿eh?

Ella puso los ojos en blanco.

—A lo mejor deberías ponerte al día con los tiempos que corren, hijo. El deber ya no lo es todo.

—Si estoy aquí es por los chicos. Y hasta por ti.

—Nunca he dicho que no fuera así. Bueno, por lo menos últimamente. ¿Qué tal está Jamilla?

—Los dos hemos estado muy ocupados.

Nana asintió con la cabeza, arriba y abajo, arriba y abajo, como uno de esos muñecos que tiene la gente en el coche. Acto seguido se puso de pie y empezó a recoger los platos que los chicos habían dejado por el porche.

—Ya me encargo de recoger eso —le dije.

—Deberían encargarse los chicos. Ellos también son muy listos.

—Se aprovechan cuando estoy aquí.

—Exacto. Porque saben que te sientes culpable.

—¿De qué? —pregunté—. ¿Qué he hecho? ¿Sucede algo que yo no sepa?

—Mira, ésa es la pregunta más importante que tienes que responder. Yo me voy a la cama. Buenas noches, Alex. Te quiero. Y sí que me gusta el helado de Oreos con nata. —Y terminó murmurando—: Un caso desesperado, sí señor.

—No lo soy —repliqué mientras se alejaba.

—Sí que lo eres —contestó ella sin volverse. Siempre quería tener la última palabra.

Fui al despacho que tenía en el desván y realicé la llamada telefónica que tanto temía. Pero lo había prometido. Sonó el teléfono y una voz masculina dijo:

—Brendan Connolly.

—Hola, juez Connolly, soy Alex Cross —dije. Lo oí suspirar, pero no dijo nada, de modo que proseguí—: Aún no tengo ninguna noticia concreta sobre la señora Connolly. Pero tenemos más de cincuenta agentes activos en el área de Atlanta. Le llamo porque le prometí mantenerme en contacto para que usted tuviera la tranquilidad de que estamos trabajando.

34

En los secuestros había algo que no me cuadraba. Los primeros se habían cometido con gran cuidado, hasta que de pronto los raptores comenzaron a mostrar cierta torpeza. La pauta se volvió incoherente. ¿Por qué? ¿Qué significaba aquello? ¿Qué había cambiado? Si lograba aclarar aquel misterio, tal vez diéramos un paso adelante.

A la mañana siguiente llegué a Quantico unos cinco minutos antes de que aterrizara el director a bordo de un gran helicóptero Bell negro. La noticia de que Burns se encontraba en el edificio circuló rápidamente. Quizá Monnie Donnelley tuviera razón en una cosa, que estábamos en la era de la información, incluso dentro del FBI, incluso en Quantico.

Burns había ordenado una reunión de emergencia, y se me informó de que debía asistir. ¿Estaría de nuevo dentro del caso? El director saludó a un par de agentes al entrar en la sala de juntas del edificio de Administración. En cambio, su mirada en ningún momento buscó la mía, y una vez más me pregunté qué estaba yo haciendo allí. ¿Tendría alguna noticia que darnos? ¿Qué clase de noticia justificaría una visita por su parte?

Tomó asiento en la primera fila al tiempo que el jefe de Análisis del Comportamiento, el doctor Bill Thompson, se situaba en la cabecera de la sala. Así pues, Burns se encontraba allí en calidad de observador. Pero ¿por qué? ¿Qué quería observar?

Un ayudante del doctor Thomson fue pasando unos documentos grapados. Al mismo tiempo, sobre una pantalla se proyectó la primera diapositiva de una presentación en Power Point.

—Se ha cometido otro secuestro —anunció Thompson—. El sábado por la noche en Newport, Rhode Island. En este caso ha habido un cambio en la pauta: la víctima es varón. Que sepamos, es el primero que secuestran.

Nos proporcionó los detalles, que también se proyectaron sobre la pantalla.

Un alumno de último curso de la Universidad de Providence, Benjamin Coffey, había sido secuestrado en un bar de Newport llamado Halyard. Al parecer, los secuestradores fueron dos hombres.

Un equipo.

Y habían vuelto a verlos.

—¿Alguna pregunta? —dijo Thompson tras habernos facilitado la información básica—. ¿Opiniones? ¿Comentarios? No sean tímidos. Necesitamos opiniones. Andamos un poco perdidos.

—Está claro que la pauta es distinta —terció un analista—. Secuestro en un bar, y de un varón.

—¿Cómo podemos estar tan seguros de eso a estas alturas? —preguntó Burns—. ¿Cuál es la pauta aquí?

Las preguntas de Burns sólo hallaron silencio. Al igual que la mayoría de los ejecutivos, no tenía ni idea de hasta dónde alcanzaba su poder. Se volvió y recorrió el grupo con la mirada. Por fin sus ojos se posaron en los míos.

—¿Alex? ¿Cuál es la pauta? —me preguntó—. ¿Se le ocurre algo?

Los demás agentes me estaban observando.

—¿Estamos seguros de que los del bar eran dos hombres? —dije—. Ésa es la primera pregunta que tengo.

Burns mostró su asentimiento con un gesto de la cabeza.

—No, no estamos seguros. Uno de ellos llevaba una gorra de marinero. Podría tratarse de la mujer que actuó en el King of Prussia. ¿Coincide usted con quienes opinan que no existe relación entre este secuestro y los anteriores? ¿Se ha roto la pauta?

Reflexioné intentando ponerme en contacto con mi reacción visceral hacia lo que sabía hasta ese momento.

—No —respondí finalmente—. Ni siquiera tiene por qué haber una pauta de comportamiento si el equipo está trabajando por dinero, y me inclino a pensar que probablemente así es. No considero que estos delitos sean crímenes pasionales. Pero lo que me intriga son los errores. ¿Por qué están cometiendo errores? Ésa es la clave de todo.

35

Lizzie Connolly ya no tenía noción del tiempo, excepto que parecía transcurrir muy despacio; estaba bastante segura de que no iba a tardar mucho en morir. Jamás volvería a ver a Gwynne, Brigid, Merry y Brendan, y eso le causaba una tristeza infinita. Sin duda iba a morir.

Desde que la encerraron en aquella pequeña habitación o armario, no había perdido el tiempo en autocompadecerse ni, peor todavía, en dejarse dominar por el pánico y permitir que éste acaparase lo que le quedase de vida, fuera lo que fuese. Había ciertas cosas que le resultaban obvias, pero la más importante era que aquel horrible psicópata no iba a dejarla en libertad. Nunca. Así que había pasado incontables horas urdiendo un plan de fuga. Pero, siendo realista, sabía que no era demasiado probable; estaba maniatada con correas de cuero, y aunque había intentado todas las maniobras posibles, todas las formas de girarse y retorcerse, no había conseguido soltarse. Y si por algún milagro lograba liberarse, no conseguiría vencer a su captor. Probablemente era el hombre más fuerte que había visto en su vida, el doble de fuerte que Brendan, que había jugado a fútbol americano en la universidad.

Entonces, ¿qué podía hacer? Tal vez intentar algo en alguna de las ocasiones en que iba al baño o tocaba comer, pero él era muy atento y cuidadoso. Como mínimo, Lizzie Connolly deseaba morir con dignidad. Y aquel monstruo no iba a permitírselo. Más bien querría hacerla sufrir. Pensó mucho en su pasado, y le sirvió de gran consuelo. Los años de su infancia en Potomac, Maryland, cuando casi todas las horas que le quedaban libres las pasaba en un establo cercano. Los estudios en Vassar, Nueva York. Luego el *Washington Post*. Su boda con Brendan, los buenos tiempos y también los malos. Los niños. Todos los acontecimientos que condujeron a aquella fatídica mañana en el Phipps Plaza. Qué broma tan cruel le había gastado la vida.

A lo largo de las últimas horas, allí encerrada a oscuras, había intentado recordar cómo había logrado superar otras experiencias nefastas. Creyó saber cómo lo había hecho: con fe, con humor y la convicción de que el conocimiento era poder. A continuación intentó recordar ejemplos concretos, cualquier cosa que pudiera servirle.

Cuando tenía ocho años tuvieron que operarla para corregirle el estrabismo de un ojo. Sus padres estaban siempre «demasiado ocupados», de modo que fueron sus abuelos quienes la llevaron al hospital. Al verlos marcharse, se le llenaron los ojos de lágrimas. Cuando una enfermera la encontró llorando, Lizzie fingió que se había dado un golpe en la cabeza. Y de alguna manera superó aquel momento de soledad y miedo. Lizzie sobrevivió.

Más adelante, a los trece años, se produjo otro incidente horrible. Regresaba de pasar un fin de semana con la familia de una amiga en Virginia y se quedó dormida dentro del coche. Cuando despertó, se sintió adormilada y confusa, y vio que estaba manchada de sangre. Empezó a comprender lo sucedido poco a poco. Mientras ella dormía, se había producido un accidente de tráfico. En la calle yacía un hombre de otro vehículo implicado en el accidente. No se movía... pero Lizzie creyó oírle decir que no se asustara; el hombre le dijo que podía quedarse en este mundo o marcharse, que la decisión le correspondía a ella y a nadie más. Y ella escogió vivir.

«Lo decidiré yo —se dijo en medio de la negrura del armario—. Yo decidiré si quiero vivir o morir, no él. Nadie lo decidirá por mí. Y yo escojo vivir.»

36

A la mañana siguiente, casi todas las personas asignadas al caso *Chica Blanca* nos hallábamos reunidas en la principal sala de juntas de Quantico. Todavía no nos habían dicho gran cosa, sólo que había una noticia de última hora, lo cual me alegró; ya estaba harto de tanta burocracia y tanto girar el volante.

El agente Ned Mahoney, el jefe del ERR, llegó cuando la sala ya se encontraba abarrotada. Fue hasta la cabecera, se volvió y nos miró a todos de frente. Sus intensos ojos azul grisáceo fueron pasando de una fila a otra, y parecía más animado de lo habitual.

—Tengo algo que anunciarles. Una buena noticia, para variar —dijo—. Hemos tenido un significativo golpe de suerte. Acaba de llegar una notificación desde Washington. —Hizo una breve pausa—. Desde el lunes, varios agentes de nuestra oficina de Newark vienen vigilando a un sospechoso llamado Rafe Farley, un delincuente sexual reincidente. Cumplió cuatro años en la prisión de Rahway por irrumpir en el apartamento de una mujer, golpearla y violarla. Farley adujo que la víctima era una novia suya. Lo que nos ha hecho interesarnos por él es que entró en un chat de Internet y habló largo y tendido sobre la señora Audrey Meek. Demasiado. Conocía detalles acerca de ella; entre ellos, datos sobre su familia, residente en el área de Princeton, su casa e incluso la distribución interior de la misma. También sabía con exactitud cuándo y cómo fue secuestrada en el King of Prussia. Sabía que los secuestradores utilizaron su coche, qué tipo de coche era, y que los niños se quedaron abandonados allí.

»En una posterior visita a dicho chat, Farley proporcionó detalles concretos que ni siquiera nosotros poseíamos. Afirmó que a la víctima la dejaron inconsciente con una droga concreta y después la trasladaron a una zona boscosa de Nueva Jersey. Sin embargo, no especificó si Audrey Meek está viva o muerta.

»Lo estamos vigilando desde hace tres días. Creemos que es posible que haya descubierto que lo vigilamos. Nuestra decisión, y el director está de acuerdo, es que debemos detener a Farley. El ERR ya se encuentra en la escena, en North Vineland, Nueva Jersey, ayudando al agente local sobre el terreno y a la policía. Nosotros llegaremos esta mañana, probablemente en el plazo de una hora. Un tanto para los buenos —añadió Mahoney—. Enhorabuena a todos los que han participado.

Permanecí sentado en mi sitio y aplaudí como los demás, pero experimenté una curiosa sensación. Yo no había participado en la vigilancia de Farley ni estaba enterado de que existiera tal operación. Estaba descolocado, y llevaba más de doce años sin sentirme así, desde que empecé a trabajar para la policía de Washington DC.

37

Una frase de la reunión informativa no dejaba de rondarme la cabeza: «El director está de acuerdo…» Me gustaría saber cuánto tiempo llevaba el director enterado de lo del sospechoso de Nueva Jersey y por qué había decidido no decirme nada.

Procuré no sentirme decepcionado ni paranoico, pero aun así… Cuando la reunión se disolvió en un coro de hurras por parte de los agentes, yo seguía sin sentirme muy bien.

Tenía la impresión de que algo no casaba, pero no sabía el qué. Sencillamente, en aquella detención había algo que no me gustaba nada. Estaba abandonando la sala junto con los demás cuando se me acercó Mahoney.

—El director quiere que vaya a Nueva Jersey —me dijo, y añadió con una sonrisa—: Acompáñeme al helipuerto. Yo también deseo que vaya. Si no detenemos a Farley de inmediato, no creo que consigamos rescatar con vida a la señora Meek.

Poco menos de una hora después, un helicóptero Bell aterrizaba en el Big Sky Aviation de Millville, Nueva Jersey. Lo aguardaban dos automóviles negros, y Mahoney y yo fuimos trasladados a toda velocidad a North Vineland, a unos dieciséis kilómetros hacia el norte.

Estacionamos en el aparcamiento de un restaurante de carretera. La casa de Farley se encontraba situada a dos kilómetros de allí.

—Estamos preparados para lanzarnos sobre él —dijo Mahoney a su grupo—. Tengo un buen presentimiento.

Acompañé a Mahoney en uno de los coches. Nosotros no íbamos a formar parte del equipo de seis hombres del ERR que entraría primero en la casa, pero tendríamos acceso inmediato a Rafe Farley. Con suerte, esperábamos encontrar a Audrey Meek viva en el interior de aquella casa.

A pesar de mis recelos, empezaba a sentirme animado por la operación de captura. El entusiasmo de Mahoney era contagioso, y cualquier tipo de acción era mejor que pasarse el día sentado sin hacer nada. Por lo menos nos movíamos. Quizá lográramos rescatar a Audrey Meek.

En aquel momento pasamos al lado de un bungalow sin pintar. Vi tablones rotos en el porche y un coche oxidado y un hornillo de cámping en el exiguo patio delantero.

—Eso es —dijo Mahoney—. Hogar, dulce hogar. Vamos a acercarnos hasta ahí.

Nos detuvimos a cien metros de la casa, cerca de un grupo de robles y pinos. Yo sabía que junto al bungalow ya estaban apostados dos agentes de vigilancia con trajes de camuflaje. No hacían otra cosa que vigilar y no iban a tomar parte en la detención en sí. También había una cámara de circuito cerrado enfocada hacia el bungalow y el coche del sospechoso, un Dodge Polaris rojo.

—Creemos que está dentro, durmiendo —me informó Mahoney mientras ambos corríamos entre los árboles hasta un punto desde el que tuvimos una buena vista de la destartalada vivienda.

—Pero si es casi mediodía —repliqué.

—Farley trabaja en turno de noche. Ha llegado a casa a las seis de la mañana. También está dentro su novia.

Yo no contesté.

—¿Qué? ¿Qué está pensando? —preguntó Mahoney mientras observábamos la casa desde un denso grupo de árboles situados a menos de cincuenta metros.

—¿Dice que tiene la novia dentro? Eso no parece muy apropiado, ¿no cree?

—No lo sé, Alex. Según los de vigilancia, la chica lleva ahí dentro toda la noche. Supongo que podría tratarse de la pareja. Estamos aquí y mi trabajo consiste en detener a Rafe Farley. Manos a la obra... Aquí ERR Uno. ¡Preparados! Cinco, cuatro, tres, dos, uno. ¡Adelante!

38

Mahoney y yo contemplamos cómo el equipo de intervención rápida se abalanzaba sobre aquella casita de aspecto insignificante. Los seis agentes iban protegidos con monos negros y chalecos antibalas. El patio lateral estaba ocupado por otros dos vehículos desvencijados, un coche pequeño y una furgoneta Dodge, y un montón de piezas de repuesto de electrodomésticos tales como frigoríficos y aparatos de aire acondicionado. Al fondo había un urinario que parecía proceder de alguna taberna.

Aunque era mediodía, las ventanas tenían las cortinas echadas. ¿Estaría Audrey Meek allí dentro? ¿Estaría viva? Yo esperaba que sí. Si la recuperábamos en aquella operación, representaría un gran avance. En particular porque todo el mundo pensaba que lo más probable era que estuviese muerta.

Pero había algo en aquella operación que me tenía inquieto.

Aunque en ese momento no tenía importancia.

Cuando entra en escena el ERR, no existe ningún protocolo de «llamar a la puerta y anunciarse». Ni conversaciones, ni negociaciones ni corrección política. Vi que dos agentes reventaban la puerta principal y se disponían a irrumpir en la casa.

De repente se produjo una explosión amortiguada. Los agentes que estaban en la puerta cayeron al suelo. Uno de ellos quedó tendido y el otro logró incorporarse y alejarse unos metros. Fue algo espantoso de contemplar, una terrible conmoción.

—Una bomba —dijo Mahoney sorprendido y furioso—. Ese cabrón ha puesto una bomba trampa en la puerta.

A esas alturas los otros cuatro agentes ya se encontraban dentro de la casa. Habían entrado por la puerta de atrás y por la lateral. No hubo más explosiones, o sea que las otras puertas no tenían trampas. Dos agentes del ERR se acercaron a los dos heridos de la parte delantera de la casa y se llevaron al que no se movía desde la deflagración.

Mahoney y yo corrimos hacia la casa. Él no dejaba de repetir «joder, joder». Del interior de la vivienda no salió ningún disparo. De pronto temí que Farley ni siquiera se encontrase allí. Recé para que Audrey Meek no estuviera ya muerta. Tenía la sensación de que todo aquello iba mal. Yo no habría organizado el operativo de aquella forma. ¡El FBI! Siempre había odiado y desconfiado de aquellos cabrones, y ahora yo era uno de ellos.

Entonces alguien gritó:

—¡Todo bajo control! ¡Todo bajo control! —Y a continuación—: ¡Tenemos a Farley! ¡Y también hay una mujer!

¿Qué mujer, la novia o la secuestrada? Mahoney y yo entramos a toda prisa por la puerta lateral. Había una densa humareda. La casa todavía apestaba a explosivo, pero también a marihuana y fritanga. Nos abrimos paso hacia un dormitorio que daba a un pequeño cuarto de estar.

Tendidos en el suelo del dormitorio había un hombre y una mujer desnudos, con las piernas y los brazos extendidos. La mujer no era Audrey Meek; era corpulenta y gorda. Rafe Farley parecía andar cerca de los ciento cincuenta kilos, y tenía unos repugnantes parches de vello pelirrojo no sólo en la cabeza, sino también por todo el cuerpo.

La cama era enorme y carecía de sábanas y mantas, y sobre ella, en la pared, había el póster de la película *Cool Hand Luke* pegado con cinta adhesiva. No había ninguna otra cosa que saltara a la vista.

Farley nos estaba gritando, con la cara congestionada:

—¡Tengo derechos! ¡Tengo mis malditos derechos! Os vais a joder, hijos de puta.

Tuve la sensación de que tal vez Farley tuviera razón, y de que si aquel chillón había raptado a la señora Meek, ésta ya estaba muerta.

—¡Eres tú el que se va a joder, bazofia de grasa! —ladró un agente del ERR—. ¡Y tú también, so gorda puta!

¿Podría ser ésta la pareja que había secuestrado a Audrey Meek y Elizabeth Connolly? En absoluto.

Entonces, ¿quiénes demonios eran?

39

Ned Mahoney y yo nos hallábamos encerrados con el sospechoso, Rafe Farley, en un dormitorio estrecho y oscuro que se parecía más a una pocilga. La mujer, que nos aseguró que era su novia, se había puesto encima un asqueroso albornoz y la habían llevado a la cocina para interrogarla.

Estábamos todos enfadados por lo ocurrido en la puerta. Dos agentes habían resultado heridos por una bomba trampa. Rafe Farley era lo más cerca que habíamos estado de avanzar en el caso o de contar con un sospechoso.

Las cosas eran cada vez más extrañas. Para empezar, Farley nos escupió a Mahoney y a mí sin parar hasta que la boca se le resecó. Era algo tan raro y tan absurdo que Ned y yo nos limitamos a mirarnos y echarnos a reír.

—¿Os parece que esto tiene gracia, joder? —dijo Farley con voz áspera desde el borde de la cama, donde estaba incrustado igual que una ballena encallada.

Lo obligamos a que se pusiera algo de ropa, unos vaqueros y una camisa de trabajo, sobre todo porque no soportábamos ver aquellos flácidos michelines ni sus tatuajes de mujeres desnudas y de un dragón devorando a un niño.

—Vas a ir al talego por secuestro y asesinato —le espetó Mahoney—. Has herido a dos de mis hombres. Puede que uno de ellos pierda un ojo.

—¡No tienen derecho a entrar en mi casa cuando estoy durmiendo! ¡Tengo enemigos y he de protegerme! —vociferó Farley, y de nuevo lanzó un salivazo a Mahoney—. ¿Entran aquí a saco sólo porque vendo un poco de hierba? ¿O porque me tiro a una tía que me prefiere a mí antes que al vejete de su marido?

—¿Te refieres a Audrey Meek? —tercié.

De repente se quedó callado. Me miró fijamente, y su rostro y su cuello enrojecieron. ¿Qué pasaba allí? Farley no era buen actor, y tampoco era muy inteligente.

—¿De qué coño me hablas? —me espetó—. ¿Has estado fumando mierda de la mía? ¿Audrey Meek? ¿Esa nena a la que han secuestrado?

Mahoney se inclinó hacia él con gesto amenazador.

—Sí, Audrey Meek. Nos consta que lo sabes todo sobre ella, Farley. ¿Dónde está?

Los ojos porcinos de Farley se entornaron.

—¿Cómo coño voy a saber dónde está esa puta?

Mahoney no cedió.

—¿Has participado alguna vez en un chat llamado *Favorite Things Four*?

Farley negó con la cabeza.

—No lo conozco de nada.

—Pues nosotros tenemos una grabación de una conversación tuya, gilipollas —replicó Ned—. Tienes mucho que explicar, Lucy.

Farley pareció confuso.

—¿Quién diablos es Lucy? ¿De qué me estás hablando, tío? ¿Te refieres a esa actriz de comedia?

A Mahoney se le estaba dando bien mantener confundido a Farley. Pensé que estábamos trabajando bien juntos.

—La tienes en el bosque, por ahí, en Jersey —siseó Mahoney, y dio un taconazo contra el suelo.

—¿Le has hecho daño? ¿Se encuentra bien? ¿Dónde está Audrey Meek? —lo apremié.

—¡Llévanos hasta ella, Farley, o te arrepentirás!

—Volverás al trullo. ¡Y esta vez no saldrás nunca más! —le grité a la cara.

Farley parecía ir despertando por fin. Entrecerró los ojos y nos miró fijamente. Dios, cómo apestaba, sobre todo ahora que estaba asustado.

—Esperad un minuto. Ya lo entiendo. ¿Ese sitio de Internet? No era más que un poco de exhibicionismo.

—¿Qué se supone que significa eso?

Farley se encogió como si le estuviéramos propinando una paliza.

—Ese chat es para pirados. La gente se lo inventa todo, tío.

—Pero tú no te inventaste lo de Audrey Meek. Tú sí sabes cosas de ella. Acertaste en todo —repliqué.

—Esa zorra me pone cachondo. Es una tía buena. Colecciono catálogos de Meek, los colecciono desde siempre. Todas esas modelos esqueléticas posan como si necesitaran un buen polvo.

—Tu sabías cosas sobre el secuestro, Farley —insistí.

—Leo los periódicos y veo la CNN. Igual que todo el mundo. Audrey Meek me pone cachondo, eso es todo. Ojalá la hubiera secuestrado yo. ¿Creéis que me habríais encontrado en la cama con Cini si tuviera a Audrey Meek?

Le hinqué el dedo índice en el pecho.

—Tú sabías cosas que no han salido en los periódicos.

Él sacudió su cabezota.

—Tengo un escáner. Escucho la radio de la poli y cosas así. Mierda, yo no he secuestrado a Audrey Meek. No tengo cojones para eso. No habría sido capaz de hacerlo. No soy más que un bocazas, tío.

Mahoney intervino:

—Pero sí tuviste cojones para violar a Carly Hope.

Farley pareció encogerse otra vez.

—No, no. Es lo que dije en el juicio. Carly era una novia, no la violé ni nada. No tengo cojones para eso. No le he hecho nada a Audrey Meek. Yo no soy nadie. No soy nada.

Rafe Farley nos miró con gesto patético y ojos inyectados en sangre. Era una piltrafa humana.

No quería, pero comencé a creerle. «Yo no soy nadie. No soy nada.» En eso no mentía.

40

Sterling
Señor Potter
El director artístico
Esfinge
Maravilla
Lobo

Aquellos nombres ficticios parecían inofensivos, pero los hombres que había detrás de ellos no lo eran en absoluto. En el transcurso de una sesión, Potter había asignado a aquel grupo el apodo de Monstruos S.A., y efectivamente era una descripción muy atinada. Todos ellos eran monstruos. Eran unos pirados, unos pervertidos, y cosas aún peores.

Y luego estaba Lobo, que pertenecía a una categoría totalmente distinta.

Se juntaban en una página segura de Internet que era inaccesible para el resto de usuarios. Todos los mensajes iban codificados y requerían un par de claves. Una clave cifraba la información, la otra era necesaria para descifrarla. Más importante, para acceder a la página en cuestión se necesitaba un escaneado de la mano; estaban estudiando la posibilidad de utilizar un escaneado de retina o posiblemente una sonda anal.

El tema del que se hablaba era la pareja y qué hacer con ella.

—¿Qué diablos quiere decir eso de qué vamos a hacer con ellos? —preguntó el director artístico, al que los demás llamaban «don Blandito» porque a veces se emocionaba mucho, el único que era capaz de ello.

—Quiere decir justamente lo que dice —respondió Sterling—. Ha habido un fallo grave de seguridad. Ahora tenemos que decidir qué vamos a hacer al respecto. Ha habido torpeza, estupidez y tal vez algo peor. Los han visto. Eso nos pone en peligro a todos.

—¿Qué opciones tenemos? —preguntó el director artístico—. Casi me da miedo preguntarlo.

Sterling respondió:

—¿Has leído últimamente los periódicos? ¿Tienes televisión? Un equipo de dos personas secuestró a una mujer en un centro comercial de Atlanta. Los vieron. Un equipo de dos personas raptó a una mujer en Pensilvania, y también los vieron. ¿Qué opciones tenemos? No hacer absolutamente nada o hacer algo totalmente extremo. Es necesario dar una lección… para los demás equipos.

—Entonces, ¿qué vamos a hacer con este problema? —quiso saber Maravilla, que por lo general era callado y discreto pero podía resultar muy agresivo cuando se alteraba.

—Para empezar, he cancelado de momento todas las entregas —contestó Sterling.

—¡Nadie me ha informado a mí de eso! —estalló Esfinge—. Estoy esperando una entrega. Como sabéis, he pagado un precio. ¿Por qué no se me ha informado antes?

Transcurrieron varios segundos sin que nadie le contestara. No le caía bien a nadie. Además, todos eran unos sádicos. Les gustaba torturar a Esfinge, o a cualquiera del grupo que mostrara debilidad.

—¡Espero recibir mi envío! —insistió Esfinge—. Me lo merezco. ¡Sois unos hijos de puta! Que os jodan a todos.

Y acto seguido se desconectó de la línea. Estaba picado. Típico de Esfinge. En realidad era un tipo del que uno podía reírse, salvo que en aquel momento no se estaba riendo nadie.

—Esfinge ha salido del edificio —dijo por fin Potter.

Entonces intervino Lobo:

—Opino que por hoy ya está bien de charlas inútiles, de jueguecitos y diversiones. Estoy preocupado por lo que ha salido en las noticias. Vamos a tener que tomar alguna medida decisiva respecto de la pareja. Propongo que les haga una visita otro equipo. ¿Alguien se opone?

Nadie se opuso, lo cual no era de extrañar cuando Lobo hablaba. Todos le tenían pánico al ruso.

—En cambio, hay una buena noticia —dijo entonces Potter—. Todo este jaleo y esta atención resulta emocionante, ¿no? Hace que a uno se le acelere un poco el pulso. Es un colocón.

—Estás loco, Potter. Como una cabra.

—¿Y no te encanta?

El tan protegido chat no estaba lo bastante protegido. De pronto Lobo dijo:

—No digáis ni una palabra más. ¡Ni una más! Me parece que tenemos a un intruso. Esperad. Acaba de desconectar. Alguien se ha colado y ha vuelto a salir. ¿Quién puede haber sido? ¿Quién le ha dejado entrar? Sea quien sea, está muerto.

41

Lili Olsen tenía catorce años y medio, pero parecía que tuviera veinticuatro, y estaba sinceramente convencida de haber oído de todo, hasta que se filtró en la Guarida del Lobo.

Los pervertidos de aquel chat bien protegido pero no del todo eran todos hombres mayores, asquerosos y despreciables. Les gustaba hablar sin cesar de las partes privadas de las mujeres y de sucios encuentros sexuales con todo lo que se movía, con independencia de la edad, el sexo o la especie. Los hombres eran más que repulsivos; le daban ganas de vomitar. Justo en aquel momento acababa de empeorar notablemente, y Lili pensó que ojalá no hubiera oído hablar nunca de la Guarida del Lobo, ojalá no se hubiera colado en aquel protegidísimo chat. ¡Hasta podían ser unos asesinos!

Y además el jefe, Lobo, había descubierto que Lili estaba en línea, escuchando todo lo que se decía.

Así que ahora Lili estaba enterada de los asesinatos y los secuestros, de todo aquello acerca de lo cual fantaseaban y que posiblemente habían llevado a cabo. Sólo que no podía asegurar si algo de lo que había oído era real o no.

¿Sería real? ¿O se lo estarían inventando todo? A lo mejor no eran más que unos fanfarrones de mierda, medio chiflados. Casi no quería ni conocer la verdad, y no sabía qué hacer con la información que ya tenía. Se había filtrado en su chat, y eso era ilegal. Si acudía a la policía, sería como entregarse ella misma. De modo que eso quedaba descartado, claro. Sobre todo si la información que circulaba por aquel chat no era más que las fantasías de un grupo de pervertidos.

Así que se quedó sentada en su habitación, sopesando lo impensable. Sopesándolo una y otra vez. Sentía una especie de malestar, una sensación desagradable en el estómago, como de tristeza, pero también tenía miedo.

Ellos sabían que se había colado en su guarida; pero ¿sabrían también cómo dar con ella? Si estuviera en su lugar, ella sí que sabría. Así pues, ¿estarían ya dirigiéndose a su casa? Lo sensato era acudir a la policía, quizás al FBI, pero no se atrevía. Se quedó donde estaba, paralizada.

Cuando sonó el timbre de la puerta, el corazón casi se le sale por la boca.

—¡Ay, Dios! ¡Ay, madre mía! ¡Son ellos!

Respiró hondo y corrió escaleras abajo. Espió por la mirilla de la puerta. El corazón le retumbaba.

¡El repartidor de Domino's Pizza! ¡Gracias a Dios!

Se le había olvidado. El que estaba al otro lado de la puerta era un repartidor de pizza, no los asesinos, y de repente soltó una risita para sí. Después de todo, no iban a matarla.

Entonces abrió la puerta.

42

Lobo rara vez había estado más furibundo, y alguien iba a pagar el pato. El ruso sentía desde siempre un profundo odio hacia Nueva York y su área metropolitana, tan autosuficiente y tan sobrevalorada. A él le parecía un lugar inmundo, repugnante al máximo, lleno de gente maleducada e inculta, peor incluso que en Moscú. Pero aquel día tenía que estar allí; era donde vivía la pareja, y tenía asuntos que tratar con ellos. Además, Lobo quería jugar un rato al ajedrez, una de sus pasiones.

Long Island era la dirección general que tenía de Slava y Zoya. La específica era Huntington.

Llegó a la ciudad apenas pasadas las tres de la tarde. Se acordó de la vez anterior que había estado allí, dos años después de llegar de Rusia. Unos primos suyos tenían allí una casa y lo ayudaron a establecerse en «América». Había cometido cuatro asesinatos en «la isla», como llamaban los vecinos a aquel lugar. Bueno, por lo menos Huntington quedaba cerca del aeropuerto Kennedy. Estaría fuera de Nueva York lo antes posible.

La pareja vivía en un chalet típico de las zonas residenciales. Lobo llamó a la puerta y le abrió un individuo corpulento como un toro y con perilla llamado Lukanov. Éste formaba parte de otro equipo, uno que operaba con gran éxito en California, Oregón y el estado de Washington. En otro tiempo había sido un militar de alto rango del KGB.

—¿Dónde están esos jodidos imbéciles? —preguntó Lobo una vez que estuvo dentro.

Lukanov señaló un pasillo en semipenumbra que tenía a su espalda, y Lobo se dirigió hacia allí caminando con cierto esfuerzo. Aquel día le dolía la rodilla, y por tanto recordaba el episodio, en los años ochenta, en que se la habían roto varios miembros de una banda rival. En Moscú una cosa así se consideraba una advertencia. Pero a Lobo no le daban miedo las advertencias. Encontró a los tres tipos que habían intentado lisiarlo y les rompió todos los huesos del cuerpo, uno por uno.

En Rusia, esa espantosa práctica se denomina *zamochit*, pero Lobo y otros gángsters la llamaban también «hacer papilla».

Entró en un dormitorio pequeño y desaseado y vio a Slava y Zoya, primos de su ex mujer. Los dos se habían criado a unos cincuenta kilómetros de Moscú. Habían estado en el ejército hasta el verano de 1998 y después habían emigrado a Estados Unidos. Llevaban menos de ocho meses trabajando para él, de modo que sólo estaba empezando a conocerlos.

—Vivís en un vertedero de mierda —les dijo—. Y sé que tenéis dinero de sobra. ¿Qué hacéis con él?

—Tenemos una familia en casa —contestó Zoya—. Tú también tienes familiares en Rusia.

Lobo ladeó la cabeza.

—Me has conmovido. No sabía que tuvieras un corazón de oro, Zoya. —Indicó al toro que podía salir de la habitación y le dijo—: Cierra la puerta. Saldré cuando haya terminado. Puede que tarde un rato.

Los dos miembros de la pareja se encontraban atados juntos en el suelo. Ambos iban vestidos sólo con ropa interior. Slava llevaba unos calzoncillos con dibujos de patitos, Zoya un sujetador negro con un tanga a juego.

Lobo sonrió por fin.

—¿Qué voy a hacer con vosotros, eh?

Slava soltó una carcajada nerviosa. Había pensado que iban a matarlos, pero aquello sólo iba a ser una advertencia. Lo veía en los ojos de Lobo.

—Y bien, ¿qué ocurrió? Decídmelo. Ya conocéis las reglas del juego —les advirtió.

—Las cosas estaban resultando demasiado fáciles. Queríamos un reto un poco mayor. Ha sido una equivocación por nuestra parte, Pasha. Nos hemos vuelto descuidados.

—A mí no me mientas —replicó Lobo—. Tengo mis fuentes. ¡Están por todas partes!

Se sentó sobre el brazo de un sillón con aspecto de llevar cien años en aquella mugrienta habitación. Al acusar su peso, el sillón dejó escapar una nubecilla de polvo.

—¿Te gusta? —le preguntó a Zoya—. ¿Te gusta el primo de mi mujer?

—Le quiero —respondió ella, y sus ojos castaños se ablandaron—. Le quiero desde siempre, desde que los dos teníamos trece años. Por siempre jamás.

—Slava, Slava —dijo Lobo, y fue hasta el musculoso hombre que permanecía sentado en el suelo. Se inclinó para abrazarlo—. Eres familia carnal de mi mujer y me has traicionado. Me has vendido a mis enemigos, ¿verdad? Sí, seguro que sí. ¿Cuánto te han pagado? Espero que haya sido mucho.

Y a continuación le retorció la cabeza como si estuviera abriendo un frasco de pepinillos en vinagre. El cuello de Slava produjo un chasquido, un sonido que Lobo había llegado a adorar con el paso de los años. Se había convertido en su marca de fábrica dentro de la Mafiya Roja.

Zoya abrió los ojos como platos, pero no dejó escapar el menor sonido, y sólo por aquel detalle Lobo comprendió qué duros eran Slava y ella, cuán peligrosos habían sido para la seguridad de la organización.

—Estoy impresionado, Zoya —le dijo—. Vamos a conversar un poco.

Miró fijamente aquellos asombrosos ojos suyos.

—Escucha, voy a pedir que nos traigan vodka de verdad, vodka ruso. Y después quiero que me cuentes tus historias de guerra —le dijo—. Quiero saber qué has hecho con tu vida, Zoya. En este momento siento curiosidad. Pero sobre todo, me apetece jugar al ajedrez. En este país nadie sabe jugar al ajedrez. Una partida, y luego irás a reunirte con tu amado Slava. Pero antes vodka y ajedrez, y, por supuesto, te joderé.

43

Teniendo en cuenta los secretos que le había revelado Zoya bajo fuerte coacción, Lobo tuvo que hacer una parada más en Nueva York. Por desgracia. Aquello significaba que le iba a ser imposible tomar su vuelo a casa en el aeropuerto Kennedy y que se perdería el partido de hockey profesional de aquella noche. Una lástima, pero tenía que hacerlo. La traición de Slava y Zoya había puesto su vida en peligro, y también le había dado una imagen de individuo malvado.

Poco después de las once, entró en un local llamado Passage en el barrio de Brighton Beach de Brooklyn. Desde la calle parecía un antro, pero por dentro era muy bonito, muy decorado, casi tan bello como los mejores sitios de Moscú.

Vio a gente que conocía de los viejos tiempos: Gosha Chernov, Lev Denisov, Yura Fomin y su querida. Más tarde descubrió a su amada Yulya. Su ex mujer era alta y esbelta, con unos pechos grandes que él le había pagado en Palm Beach, Florida. Con la luz adecuada, Yulya seguía siendo hermosa, no había cambiado tanto desde Moscú, donde había sido bailarina desde los quince años.

Estaba sentada a la barra con Mijail Biryukov, el actual rey de Brighton Beach. Ambos se hallaban justo enfrente de un mural de San Petersburgo muy cinematográfico, pensó Lobo, el típico cliché visual de Hollywood.

Yulya lo vio venir y dio unos golpecitos en la espalda a Biryukov. El *pakhan* local se volvió a mirar y Lobo se le echó encima con rapidez. Plantó sobre la mesa un rey negro.

—Jaque mate —rugió, y acto seguido lanzó una carcajada y abrazó a Yulya.

—¿No os alegráis de verme? —exclamó—. Debería sentirme ofendido.

—Eres un tipo misterioso —masculló Biryukov—. Pensaba que estabas en California.

—Vuelves a equivocarte. A propósito, saludos de parte de Slava y Zoya. Acabo de verlos en Long Island. Hoy les era imposible dejarse caer por aquí.

Yulya se encogió de hombros... menuda era.

—Para mí no significan nada —dijo—. Son primos lejanos.

—Para mí tampoco, Yulya. Ahora sólo le importan a la policía.

De improviso, agarró a Yulya por el pelo y la levantó de la banqueta con un solo brazo.

—Tú les has dicho que me jodieran, ¿verdad? ¡Has debido de pagarles mucho dinero! —le espetó a la cara—. Has sido tú. ¡Y él!

Entonces, con una velocidad de vértigo, Lobo se sacó de la manga un punzón de picar hielo y se lo clavó a Biryukov en el ojo izquierdo. El gángster quedó ciego y muerto en un instante.

—No... Por favor. —Yulya jadeó las palabras—. No puedes hacer esto. ¡Ni siquiera tú!

A continuación Lobo se dirigió a todo el personal presente en el local:

—Todos sois testigos, ¿no es así? ¿Qué? ¿Nadie va a ayudarla? ¿Me tenéis miedo? Bien, así debe ser. Yulya ha intentado vengarse de mí. Siempre ha tenido menos seso que un mosquito. Y Biryukov no era más que un imbécil, un cabrón avaricioso. ¡Un ambicioso! ¡El padrino de Brighton Beach! ¿Qué coño es eso? ¡Lo que quería era suplantarme!

Lobo alzó a su ex mujer en el aire un poco más. Ella no dejaba de lanzar patadas con sus largas piernas, y en una de ésas se le salió una babucha roja y fue a aterrizar debajo de una mesa. Nadie hizo ademán de recogerla. Ni una sola persona del local movió un dedo para socorrer a la mujer. Ni para comprobar si Mijail Biryukov seguía vivo. Ya se había extendido el rumor de que el loco que estaba en la barra de Passage era Lobo.

—Sois testigos de lo que pasa cuando alguien me pone furioso. ¡Sois todos testigos! Quedáis advertidos. Lo mismo que en Rusia. Y lo mismo ocurre ahora en América.

Lobo le soltó el pelo a Yulya y cerró la mano izquierda alrededor de su garganta. La giró con fuerza, y el cuello de Yulya se partió.

—¡Sois todos testigos! —repitió en ruso—. He matado a mi ex mujer. Y a esa rata de Biryukov. ¡Me habéis visto hacerlo! ¡Así que ya sabéis!

Y a continuación salió del local. Nadie hizo nada por detenerlo.

Nadie habló con la policía de Nueva York cuando ésta se presentó en el local.

Lo mismo que en Rusia.

44

Benjamin Coffey estaba encerrado en un oscuro sótano situado bajo el granero al que lo habían llevado... ¿cuánto hacía ya, tres, quizá cuatro días? Benjamin no lo recordaba con exactitud, no era capaz de llevar un recuento de los días transcurridos.

Aquel alumno universitario de Providence casi había perdido el juicio, hasta que hizo un asombroso descubrimiento durante su confinamiento en solitario en aquel sótano. Descubrió a Dios, o tal vez Dios lo descubrió a él.

Lo primero y más sorprendente que experimentó fue la presencia de Dios. Dios lo había aceptado, y quizá ya fuera hora de que él aceptara a Dios. Descubrió que Dios lo entendía. Pero ¿por qué él no entendía nada acerca de Dios? Para Benjamin aquello no tenía sentido; él, que había asistido a colegios católicos desde el jardín de infancia hasta el último curso en Providence, donde estudiaba filosofía y también historia del arte.

Además, en la oscuridad de su encierro en el sótano del granero, Benjamin había llegado a otra conclusión. Él siempre había creído que era básicamente una buena persona, pero ahora comprendió que no era cierto, y aquello no tenía nada que ver con su sexualidad, como le habría hecho creer su hipócrita Iglesia. Tal como lo entendía él, una mala persona era alguien que habitualmente hacía daño a los demás. Benjamin era culpable de eso en la manera en que había tratado a sus padres y sus hermanos, a sus compañeros de clase y sus amantes, incluso a los que llamaba sus mejores amigos. Era un individuo mezquino, siempre actuaba con un aire de superioridad, y continuamente infligía un dolor innecesario. Llevaba actuando de aquella forma desde que tenía memoria. Era cruel, esnob, autoritario, sádico, una auténtica mierda. Siempre había justificado su mala conducta diciendo que otras personas le habían causado mucho dolor a él.

¿Por esa razón las cosas habían salido así? Quizá. Pero lo que le resultaba ciertamente asombroso era el hecho de darse cuenta de que, si llegaba a salir vivo de aquella situación, probablemente no cambiaría de forma de ser. En realidad, pensaba que seguramente se valdría de aquella experiencia como excusa para continuar siendo un hijoputa redomado durante el resto de su vida. «Frío, soy muy frío —pensó—. Pero Dios me ama de forma incondicional. Eso tampoco cambia nunca.» Entonces cayó en la cuenta de que se encontraba increíblemente confuso, y de que estaba llorando, y de que llevaba así mucho tiempo, por lo menos un día entero. Estaba temblando, balbuceaba tonterías y no sabía lo que pensaba de nada. Ya no lo sabía.

Su mente no dejaba de oscilar, adelante y atrás. Sí que tenía buenos amigos, grandes amigos, y había sido un hijo decente; entonces, ¿por qué tenía aquellos pensamientos terribles que le bombardeaban la cabeza sin cesar? ¿Porque estaba en el infierno? ¿Era eso? El infierno era aquel sótano maloliente y claustrofóbico oculto bajo un granero medio podrido en algún lugar de Nueva Inglaterra, probablemente New Hampshire o Vermont. ¿Era eso?

A lo mejor se esperaba de él que se arrepintiese y no quedaría en libertad hasta que lo hiciera. O tal vez aquello iba a durar toda la eternidad.

Se acordó de un detalle de su época en el colegio católico de Great Barrington, Rhode Island. Un párroco intentó explicar a la clase de sexto curso cómo sería la eternidad en el infierno. «Imaginaos un río con una montaña en la otra orilla. Ahora imaginaos que cada mil años un gorrión diminuto cruza el río transportando el trocito de montaña que le cabe en el pico. Cuando ese diminuto gorrión haya trasladado la montaña entera a esta orilla del río, eso, niños y niñas, sería el principio de la eternidad.» Pero Benjamin no se creyó de verdad la pequeña fábula de aquel sacerdote, claro. ¿Fuego y azufre por siempre jamás? Alguien lo encontraría pronto. Alguien vendría a sacarlo de allí.

Por desgracia, tampoco se creía aquello del todo. ¿Cómo iban a encontrarlo allí abajo? Era imposible. Dios, la policía había tenido mucha suerte al dar con el francotirador de Washington, y Malvo y Muhamad no eran muy listos. Pero el señor Potter sí lo era.

Iba a tener que dejar de llorar enseguida, porque el señor Potter ya estaba enfadado con él. Lo había amenazado con matarlo si no se callaba, y, oh, Dios, por eso lloraba precisamente con tanta intensidad. No quería morir con sólo veintiún años y teniendo toda una vida por delante.

¿Fue un hora después? ¿Dos horas? ¿Tres? Oyó un fuerte ruido por encima de él y se puso a llorar de nuevo. Ahora ya no pudo parar de sollozar, le temblaba todo el cuerpo. Y también lloriqueaba. Llevaba lloriqueando y gimoteando desde antes de ir al colegio. «Deja de lloriquear, Benjamin. ¡Para ya! ¡Para!» Pero no podía.

¡Y en ese momento se abrió la trampilla del techo! Alguien estaba descendiendo. «Deja de llorar, deja de llorar, ¡déjalo ya! ¡Déjalo en este mismo instante! Potter te matará.» Entonces sucedió una cosa de lo más inexplicable, un giro de los acontecimientos que Benjamin jamás habría esperado.

Oyó una voz profunda… que no era la de Potter.

—¿Benjamin Coffey? ¿Benjamin? Somos del FBI. Señor Coffey, ¿está usted ahí? Somos del FBI.

Temblaba cada vez más espasmódicamente y sollozaba de tal manera que pensó que iba a ahogarse con la mordaza. Por culpa de la mordaza no podía gritar, no podía hacer saber al FBI que se encontraba allí abajo.

«¡Me ha encontrado el FBI! Es un milagro. Tengo que hacerles una señal. Pero ¿cómo? ¡No se vayan! ¡Estoy aquí! ¡Estoy aquí mismo!»

El haz de una linterna le iluminó la cara.

Detrás del haz de luz vio una persona. Una silueta. Después surgió un rostro completo que salió de las sombras.

Era el señor Potter, que lo miraba ceñudo desde la trampilla, y que a continuación le sacó la lengua.

—Ya te he dicho lo que iba a pasar. ¿Acaso no te lo he dicho, Benjamin? Esto te lo has hecho tú solito. Y con lo guapo que eres. Dios, en todo lo demás eres perfecto.

Su atormentador descendió por la escalera. Benjamin vio que llevaba en la mano un enorme y viejo martillo, una pesada herramienta agrícola. El pánico lo paralizó.

—Soy más fuerte de lo que parezco —dijo Potter—. Y tú has sido un chico muy malo.

45

El nombre auténtico de Potter era Homer O. Taylor, y trabajaba de profesor suplente de literatura inglesa en Dartmouth. Inteligente, eso sí, pero suplente de todos modos, o sea, un don nadie. Su despacho, pequeño pero acogedor, se encontraba situado en la torreta del ángulo noroeste del edificio de Artes Liberales. Él lo llamaba su «garita», un lugar donde un don nadie podía trabajar en aislamiento y soledad.

Llevaba allí casi toda la tarde con la puerta cerrada con llave, y se sentía inquieto. También se lamentaba por su guapo muchacho muerto, el último de sus amores trágicos, el tercero ya.

Una parte de Homer Taylor deseaba regresar al granero de la granja de Webster para estar con Benjamin, sólo para contemplar aquel cuerpo unas horas más. Tenía aparcado fuera su Toyota 4Runner, y podría estar allí en una hora si pisaba un poco el acelerador. «Benjamin, mi querido niño, ¿por qué no has podido ser bueno? ¿Por qué has tenido que sacar lo peor de mí, habiendo tanto que amar?»

Benjamin era una auténtica belleza, y la sensación de pérdida que experimentaba Taylor resultaba horrorosa.

Y no sólo suponía un desgaste físico y emocional, sino también una pérdida económica. Cinco años atrás había recibido una herencia de algo más de dos millones de dólares. El dinero estaba gastándose deprisa, demasiado deprisa. No podía permitirse seguir jugando de aquella forma, pero ¿cómo iba a parar ahora?

Ya estaba deseando tener otro chico. Necesitaba sentirse amado, y amar a su vez. Necesitaba otro Benjamin, pero que no fuera tan débil emocionalmente como aquel pobre chico.

Así que se quedó en su despacho el día entero para no enfrentarse a una extenuante clase de una hora que tenía a las cuatro. Fingió estar corrigiendo exámenes, por si acaso alguien llamaba a la puerta, pero en realidad no miró un solo papel. En lugar de eso, continuó con su obsesión.

Por fin, a eso de las siete, se puso en contacto con Sterling.

—Quiero realizar otra compra —le dijo.

46

Una noche visité a Sampson y Billie y me lo pasé en grande, hablando de bebés y metiéndole todo el miedo que pude al grandullón de John Sampson. Procuraba llamar a Jamilla por lo menos una vez al día, pero el caso *Chica Blanca* estaba empezando a ponerse serio, y yo ya sabía lo que significaba aquello. Con toda probabilidad, estaba a punto de ser absorbido enteramente por el tema.

Habían encontrado un matrimonio, Slava Vasilev y Zoya Petrov, asesinados en la casa que alquilaban en Long Island. Nos enteramos de que ambos habían llegado a Estados Unidos hacía cuatro años. Eran sospechosos de traer mujeres rusas y de otros países de la Europa del Este para obligarlas a ejercer la prostitución, y también para que hicieran de madres de alquiler de niños que después se venderían a parejas adineradas.

Por toda la zona del crimen de Long Island se esparcieron agentes de nuestra oficina en Nueva York. Se mostraron fotografías de las dos víctimas a los escolares que habían presenciado el secuestro de Connolly y a los hijos de Audrey Meek. Los chicos habían identificado a la pareja como los secuestradores. Yo me pregunté por qué habían dejado los cadáveres en el interior del apartamento. ¿Para que sirvieran de ejemplo? ¿A quién?

Monnie Donnelley y yo nos reuníamos habitualmente a las siete de la mañana, antes de que yo tuviera que acudir a mis clases de orientación.

Analizábamos los asesinatos de Long Island. Monnie reunió todo lo que logró encontrar acerca de la pareja asesinada, y también acerca de otros delincuentes rusos que actuaban en Estados Unidos, la llamada Mafiya Roja. Contaba con buenos contactos en la Sección del Crimen Organizado del edificio Hoover y también en el equipo encargado de la Mafiya Roja de la oficina del FBI en Nueva York.

—He comprado unos bollitos de primera —dije al entrar en su cubículo a las siete y diez del lunes—. Los mejores de todo Washington. O por lo menos eso asegura Zagat... No pareces muy entusiasmada que digamos.

—Llegas tarde —replicó Monnie sin apartar la vista de la pantalla de su ordenador. Tenía dominado aquel estilo graciosillo e inexpresivo en la forma de hablar que utilizaban todos los informáticos.

—Estos bollos merecen el retraso —dije—. Fíate de mí.

—Yo no me fío de nadie.

Por fin levantó la vista para mirarme y sonrió. Una hermosa sonrisa que compensó la espera.

—Es broma. Sólo para hacerme la dura, Alex. A ver esos bollitos.

Sonreí.

—Estoy acostumbrado al humor de los polis.

—Oh, me siento honrada —musitó ella, nuevamente en tono inexpresivo, al tiempo que volvía a clavar la mirada en la brillante pantalla—. De modo que opinas que soy una poli, no sólo una simple administrativa. Para que lo sepas, yo empecé tomando huellas dactilares. Eso sí es empezar por abajo.

Me caía bien Monnie, pero tenía la sensación de que necesitaba mucho apoyo. Sabía que llevaba aproximadamente dos años divorciada. Había estudiado criminología en Maryland, donde también había cultivado otra pasión interesante: artes y oficios. Monnie todavía iba a clases de dibujo y pintura y, por supuesto, allí estaba como muestra la composición artística de fotos que adornaba su puesto de trabajo.

Monnie dejó escapar un bostezo.

—Perdona. Anoche estuve viendo *Alias* con los chicos. Ése va a ser un problema para la abuela cuando tenga que levantarlos esta mañana.

La vida familiar de Monnie era otra de las cosas que ambos teníamos en común. Era una madre sola, con dos hijos pequeños y una abuela ya senil que vivía a menos de una manzana de su casa. La abuela era la madre de su ex marido, lo cual explicaba la historia de aquel matrimonio. Jack Donnelley jugaba al baloncesto en Maryland, donde conoció a Monnie. Ya en la universidad bebía demasiado, y la cosa empeoró cuando se licenció. Monnie afirmaba que su ex jamás había superado el haber sido el número uno en el equipo del instituto para pasar a ser un simple defensa de los Terrapins de Maryland. Monnie medía un metro cincuenta justitos, y bromeaba diciendo que ella nunca había practicado ningún deporte de pelota en Maryland. Me contó que en el instituto la apodaban «la Rarita».

—He estado informándome a fondo sobre la compraventa de mujeres desde Tokio hasta Riad —dijo Monnie—. La verdad es que se le encoge a una el corazón, da asco. Alex, estamos hablando de algunas de las peores prácticas de esclavitud de la historia. ¿Se puede saber qué os pasa a los hombres?

La miré.

—Yo no compro ni vendo mujeres, Monnie. Y tampoco ninguno de mis amigos.

—Perdona. Es que llevo encima un poco de equipaje extra por culpa del Jack el Rata y otros maridos que conozco. —Observó la pantalla—. Hoy tenemos una cita seleccionada. ¿Sabes qué ha dicho el primer ministro de Tailandia acerca de los miles de mujeres de su país que son vendidas en el mundo de la prostitución? Que «claro, las chicas tailandesas son muy guapas». Y respecto a la venta de niñas de diez años: «Vamos, ¿acaso a usted no le gustan las jovencitas?» Te juro que lo ha dicho.

Tomé asiento al lado de ella y leí lo que ponía en la pantalla.

—Así que ahora han abierto un mercado muy lucrativo de mujeres de raza blanca de barrios residenciales. ¿Quiénes lo han hecho? ¿Y para quién trabajan? ¿Para Europa? ¿Para Asia? ¿Para Estados Unidos?

—La pareja asesinada podría ser una buena pista para nosotros. Eran rusos. ¿Qué opinas tú? —preguntó Monnie.

—Que podría tratarse de un círculo que opera fuera de Nueva York. Brighton Beach. O también puede que tengan su centro de operaciones en Europa. Hoy en día las mafias rusas están instalándose casi en todas partes. Ya no se puede decir «vienen los rusos»; ya los tenemos aquí.

Monnie empezó a soltar información.

—La banda de Solntsevo es la organización criminal más grande del mundo en estos momentos. ¿Lo sabías? También son grandes aquí. En las dos costas. La Mafiya Roja está básicamente hundida en su país. Sacaron de Rusia cerca de cien mil millones en dinero negro, y una gran parte de esa cantidad llegó aquí. Tenemos importantes grupos especiales trabajando en Los Ángeles, San Francisco, Chicago, Nueva York, Washington DC y Miami. Los Rojos han comprado bancos enteros en el Caribe y en Chipre. Lo creas o no, en Israel tienen acaparado el negocio de la prostitución, el juego y el blanqueo de dinero. ¡En Israel!

Por fin logré meter baza.

—Anoche pasé un par de horas leyendo los archivos de Anti-Esclavitud Internacional. En ellos también aparece la Mafiya Roja.

—Te diré una cosa. —Me miró a los ojos—. Ese muchacho que secuestraron en Newport. Estoy segura de que responde a un patrón de actuación distinto, no me cabe duda, pero estoy convencida de que forma parte de esto. ¿Qué piensas tú?

Asentí con la cabeza. Yo también lo creía. Monnie tenía un gran talento para la calle, siendo una persona que rara vez salía de la oficina. Hasta el momento, ella era la mejor persona que había conocido en el FBI, y allí estábamos los dos, en su diminuto cubículo, intentando resolver el caso *Chica Blanca*.

47

En realidad, nunca había dejado de ser un estudiante desde mi época en Johns Hopkins, y eso me había servido de mucho en la policía de Washington, hasta me había proporcionado cierta aureola mística. Abrigaba la esperanza de que me sucediera lo mismo en el FBI. Me instalé con una buena provisión de café solo y comencé a investigar el tema de las mafias rusas. Necesitaba saberlo todo sobre ellas, y Monnie Donnelley fue una socia muy eficaz.

Durante todo el tiempo fui tomando notas, aunque por lo general suelo acordarme de la mayor parte de lo que importa de verdad y no necesito apuntarlo. Según los archivos del FBI, en ese momento, en Estados Unidos las mafias rusas eran más diversas y poderosas que La Cosa Nostra. A diferencia de la mafia italiana, los rusos estaban organizados en redes sueltas que cooperaban entre sí pero que no dependían unas de otras. Por lo menos hasta el momento. Una de las ventajas importantes de este estilo de organización era que eludía los procesamientos basados en la ley Rico, que se había promulgado para hacer frente a las organizaciones dedicadas al chantaje y la corrupción. No se podía demostrar que existiera conspiración alguna. Había dos clases de mafiosos rusos claramente distintas: los «gorilas», que se dedicaban a la extorsión, la prostitución y la estafa, los llamados Solntsevo; y los que operaban en un nivel más sofisticado, a menudo en el mundo del fraude de valores bursátiles y el blanqueo de dinero. Éstos eran los delincuentes neocapitalistas, llamados Izmailovo.

Por el momento, decidí centrarme en el primer grupo, los barriobajeros, sobre todo en los grupos que se dedicaban al negocio de la prostitución. Según el informe de la Sección OC del FBI, el negocio de la prostitución se gestionaba «en gran medida igual que el béisbol de las ligas mayores». De hecho, un propietario podía realizar un «traspaso» de prostitutas de una ciudad a otro propietario radicado en otra ciudad. Como nota a pie de página, en un estudio llevado a cabo en Rusia entre niñas de séptimo curso, la prostitución figuraba como una de las cinco primeras opciones profesionales de las niñas cuando fueran mayores. El archivo incluía varias anécdotas históricas para ilustrar la mentalidad del criminal ruso: inteligente y despiadado. Según una de esas anécdotas, Iván el Terrible encargó la construcción de la catedral de San Basilio para que rivalizase con las grandes iglesias de Europa, incluso las superase. Quedó complacido con el resultado e invitó al arquitecto al Kremlin. Cuando llegó el artista, quemaron todos sus planos y le sacaron los ojos a fin de asegurarse de que nunca podría crear una catedral mejor para nadie más.

En el informe había también varios ejemplos contemporáneos, pero así era como funcionaba la Mafiya Roja. A eso nos enfrentábamos si los que estaban detrás de *Chica Blanca* eran los rusos.

48

Algo increíble estaba a punto de suceder.

En el este de Pensilvania hacía una tarde fantástica. El director artístico se quedó ensimismado en el deslumbrante azul del cielo, y los reflejos de las nubes blancas que se deslizaban por el parabrisas de su coche resultaban hipnóticos. «¿Estoy haciendo lo correcto en este momento?», se había preguntado varias veces a lo largo del viaje. Y pensó que así era.

—Tienes que reconocer que esto es maravilloso —le dijo a la persona maniatada que llevaba en su moderno Mercedes clase G.

—Lo es —contestó Audrey Meek.

Había creído que jamás volvería a ver el cielo, a oler la hierba fresca y las flores. Entonces, ¿adónde la llevaba aquel demente con las manos atadas? Estaban alejándose de la cabaña. ¿Adónde irían? ¿Qué finalidad tendría aquello? Se sentía aterrorizada, pero procuraba que no se le notara. «Habla poco —se dijo—. Hazle hablar a él.»

—¿Le gustan estos coches de clase G? —le preguntó, y de inmediato comprendió que era una pregunta incongruente, completamente insensata.

La sonrisa tensa de él, pero sobre todo sus ojos, le dijeron que también opinaba lo mismo. Y sin embargo respondió de forma educada:

—Pues sí, me gustan. Al principio pensaba que eran la prueba definitiva de que la gente rica era de lo más imbécil. Quiero decir que es como poner el emblema de Mercedes a una carreta y después pagar por ella el triple. Pero el caso es que me gusta su originalidad, este diseño de líneas rígidas, los artilugios caprichosos como llevar diferenciales bloqueables. Por supuesto, tendré que librarme de éste pronto, ¿no?

Oh, Dios, le dio miedo preguntar por qué; a lo mejor ya conocía la respuesta. Había visto el automóvil. Tal vez lo hubiera visto alguien más. Pero también le había visto la cara a él, de modo que... De repente Audrey se quedó sin habla. No le salía ninguna palabra de la boca reseca. Aquel individuo declaradamente amable, que había dicho que deseaba ser amigo suyo pero que la había violado media docena de veces, iba a matarla muy pronto. Y después, ¿qué? ¿Pensaría enterrarla en aquellos hermosos bosques? ¿O arrojaría su cadáver a un espectacular lago con un peso atado a los pies?

Se le llenaron los ojos de lágrimas y la cabeza empezó a darle vueltas como si hubiera sufrido un cortocircuito. No quería morir tan pronto, ni de aquella forma. Amaba a sus hijos, a su marido, Georges, y hasta su empresa. Le había costado mucho tiempo, mucho sacrificio y mucho trabajo poner su vida en orden. Y ahora tenía que ocurrir esto, este avatar del destino, esta increíble mala suerte.

El director artístico tomó bruscamente una carretera sin asfaltar y a continuación pisó a fondo el acelerador. ¿Adónde se dirigían? ¿Y a qué venía tanta prisa? ¿Qué habría al final de aquel camino?

Pero, al parecer, no iban a llegar hasta el final del camino, porque el coche aminoró y empezó a frenar.

—¡Dios mío, no! —chilló Audrey—. ¡No! ¡Por favor! ¡No!

El director artístico detuvo el coche, pero dejó el motor encendido.

—Por favor —suplicó ella—. Se lo ruego… no haga esto. Por favor, por favor. No es necesario que me mate.

Él se limitó a sonreír.

—Vamos a darnos un abrazo, Audrey. Y después sal del coche antes de que cambie de opinión. Eres libre. No voy a hacerte daño. Te quiero demasiado.

49

Se produjo un punto de inflexión en el caso *Chica Blanca*. Una de las mujeres había sido encontrada viva.

Fui trasladado a Bucks County, Pensilvania, en uno de los dos helicópteros Bell que tenían preparados en Quantico para las emergencias. Varios agentes me habían dicho que ellos nunca habían subido a uno de aquellos aparatos. Yo no les caía demasiado bien, pero allí estaba yo, convirtiéndome en un agente normal durante mi período de orientación. Ser el enchufado del director tenía sus ventajas.

El esbelto Bell negro se posó en un pequeño campo de Norristown, Pensilvania. Durante el vuelo me sorprendí pensando en una clase de orientación a la que había asistido hacía poco. Habíamos copiado unos recortes de huellas dactilares para que todo el mundo supiera cómo olía un cadáver reciente. Yo ya lo sabía, y no me entusiasmaba precisamente la idea de experimentarlo de nuevo. En aquel viaje a Pensilvania no creía que fuera a haber ningún muerto reciente; por desgracia, estaba equivocado.

Varios agentes de la oficina del FBI en Filadelfia acudieron a recibir el helicóptero para acompañarme hasta el lugar al que habían llevado a Audrey Meek para interrogarla. Hasta el momento no se había comunicado nada a la prensa, si bien se había notificado el hecho a su marido, que ya iba de camino hacia Norristown.

—No estoy muy seguro de dónde estamos en este momento —dije mientras me llevaban a un cuartel militar local—. ¿A qué distancia nos encontramos del punto en que secuestraron a la señora Meek?

—A ocho kilómetros —respondió uno de los agentes de Philly—. Unos diez minutos en coche.

—¿La han tenido cerca de esta zona? —inquirí—. ¿Sabemos eso ya? ¿Qué sabemos exactamente?

—La señora Meek le ha contado a la policía estatal que el secuestrador la trajo aquí esta mañana. No está segura del itinerario, pero cree que viajaron durante bastante más de una hora. Le habían quitado el reloj de pulsera.

Asentí con la cabeza.

—¿Hizo todo el recorrido con los ojos vendados? Supongo que así habrá sido.

—No. Resulta extraño, ¿verdad? Vio varias veces a su captor. Y también su coche. Por lo visto, a él no le importó ni lo uno ni lo otro.

Aquello fue una verdadera sorpresa. Era algo que se salía de lo habitual, y así lo dije.

—Un juego de acertijos —contestó el agente—. Exactamente lo que viene siendo este caso hasta el momento.

El cuartel estaba en un edificio de ladrillo rojo discretamente apartado de la autopista. No se veía actividad en el exterior, lo que tomé como una buena señal. Por lo menos en eso nos habíamos adelantado a la prensa; de momento nadie había filtrado ninguna información.

Corrí al interior del cuartel para reunirme con Audrey Meek. Estaba deseoso de averiguar cómo había logrado sobrevivir, la primera mujer que lo conseguía.

50

Mi primera impresión fue que Audrey Meek no parecía en absoluto la persona que era ni tenía la imagen que daba de ella la publicidad. Al menos en aquel momento, después de la terrible peripecia que había sufrido. La señora Meek era más delgada, sobre todo de cara. Tenía unos ojos azul oscuro, pero con las cuencas muy hundidas. En las mejillas presentaba algo de color.

—Soy el agente del FBI Alex Cross. Me alegro de que se encuentre a salvo —le dije en voz baja.

Ella asintió con un gesto de la cabeza y su mirada se encontró con la mía. Tuve la sensación de que sabía perfectamente la buena suerte que había tenido.

—Tiene un poco de color en las mejillas. ¿Es de hoy? —le pregunté—. ¿Lo ha adquirido mientras estaba en el bosque?

—No lo sé con seguridad, pero me parece que no. Mientras me tuvo secuestrada me sacaba todos los días a dar un paseo. Teniendo en cuenta las circunstancias, se mostró bastante considerado. Me preparaba la comida y me alimentaba bien, mayormente. Me contó que en cierta ocasión había trabajado de chef en Richmond. Casi todos los días teníamos largas conversaciones, largas de verdad. Todo ha sido muy extraño. Hubo un día, a mitad del cautiverio, en que estuvo fuera de la casa todo el tiempo. Me entró el pánico al pensar que me había abandonado allí para que muriera, pero en realidad no lo creí capaz de hacerlo.

No la interrumpí. Quería que Audrey Meek relatara la historia sin ninguna presión ni influencia por mi parte. Me parecía asombroso que el secuestrador la hubiera dejado en libertad; aquello no sucedía en casos como el suyo.

—¿Y Georges? ¿Y mis hijos? —preguntó—. ¿Han llegado ya? ¿Me permitirán verlos?

—Están de camino —respondí—. Se los traeremos en cuanto lleguen. Quisiera hacerle unas preguntas ahora que todavía tiene fresco en la memoria todo lo ocurrido. Lamento todo esto. Es posible que haya más personas desaparecidas, señora Meek. Creemos que así es.

—Oh, Dios —musitó ella—. En ese caso me gustaría ayudarlas, si puedo. Pregúnteme lo que quiera.

Era una mujer valiente, y me contó todo el secuestro, incluida una descripción del hombre y la mujer que la habían asaltado, que encajaba con los difuntos Slava Vasilev y Zoya Petrov. A continuación me explicó el ritual de los días que había permanecido cautiva de aquel hombre que se llamaba a sí mismo «director artístico».

—Me dijo que le gustaba atenderme, que disfrutaba inmensamente con ello. Era como si estuviera acostumbrado a ser servil. Pero noté que también quería hacerse amigo mío. Era algo terriblemente grotesco. Me había visto en televisión y leído artículos sobre Meek, mi empresa. Me dijo que admiraba mi sentido del estilo y el hecho de que yo no pareciera darme demasiada importancia. Me obligó a tener relaciones sexuales con él.

Audrey Meek mantenía bastante bien la compostura. Me asombraba su fuerza, y me pregunté si no sería aquello lo que admiraba su secuestrador.

—¿Quiere un poco de agua? ¿Otra cosa? —ofrecí.

Ella negó con la cabeza.

—Le vi la cara —continuó—. Incluso intenté dibujarla para dársela a la policía. Yo diría que se parece bastante. Es él.

Aquello estaba volviéndose cada vez más raro. ¿Por qué habría permitido el secuestrador que ella lo viera, y luego la había soltado? Nunca me había encontrado con un comportamiento igual en ningún caso de secuestro.

Audrey Meek suspiró y continuó hablando con gestos nerviosos, entrelazando las manos una y otra vez.

—Reconocía que era un obsesivo-compulsivo en cosas como la limpieza, el arte, el estilo, el hecho de amar a otro ser humano. Me confesó varias veces que me adoraba. A menudo hacía comentarios despectivos de sí mismo. ¿Le he hablado de la casa? Es que no estoy muy segura de lo que he contado aquí... ni a los agentes que me han encontrado.

—Todavía no ha hablado de la casa —contesté.

—Está recubierta de un material especial, como un celofán muy resistente. Me recordaba al arte moderno, como el de Christo. Contiene decenas de cuadros, todos muy buenos. No debe de ser muy difícil encontrar una casa recubierta de celofán.

—La encontraremos. Ya la estamos buscando.

En ese momento se abrió ligeramente la puerta de la habitación y se asomó un militar tocado con una gorra. Entonces abrió la puerta del todo y entraron en tromba Georges, marido de Audrey Meek, y sus dos hijos. Aquél era un momento increíblemente insólito en casos de secuestro, sobre todo en uno en que la víctima llevaba más de una semana desaparecida. Los niños se mostraron asustados al principio; pero su padre los instó con suavidad a que perdieran el miedo y por fin se dejaron llevar por la alegría del reencuentro. Con las caras todo sonrisas y lágrimas, se fundieron en un abrazo colectivo que pareció durar una eternidad.

—¡Mamá, mamá! —chillaba la niña, aferrada a su madre como si no quisiera soltarla nunca más.

Se me humedecieron los ojos y volví a centrarme en la mesa de trabajo. Audrey Meek había hecho dos dibujos. Contemplé el rostro del captor. Parecía muy corriente, semejante a cualquier individuo que uno pueda encontrarse por la calle.

El director artístico.

«¿Por qué la has dejado en libertad?», le pregunté mentalmente.

51

Tuvimos otro posible golpe de suerte a eso de la medianoche. La policía sabía de la existencia de una casa cubierta con un material plástico en Ottsville, Pensilvania. Ottsville se encontraba a unos cincuenta kilómetros, y allá nos dirigimos en varios coches en plena la noche. Supuso un trabajo duro al final de una larga jornada, pero nadie se quejó demasiado.

Cuando llegamos, la escena me recordó a mi antigua vida en Washington; allí también solía haber agentes esperándome. Vi tres sedanes y un par de furgonetas negras estacionados a lo largo de la carretera rural flanqueada de vegetación, tras un recodo de un camino de tierra que conducía a la casa. Ned Mahoney, que acababa de llegar de Washington, y yo acudimos al encuentro del sheriff local, Eddie Lyle.

—La casa tiene todas las luces apagadas —observó Mahoney mientras nos acercábamos a lo que en realidad era una cabaña de troncos reformada. El único acceso a aquella apartada vivienda era el camino de tierra. Sus hombres del ERR aguardaban su orden para proceder.

—Es más de la una —comenté—. Pero es posible que

esté esperándonos. Tengo la sensación de que ese tipo está desesperado.

—¿Y por qué lo piensas? —quiso saber Mahoney.

—Ha soltado a su víctima. Ella le ha visto la cara, y también la casa y el coche. Tiene que saber que vendremos a buscarlo aquí.

—Mi gente sabe lo que se hace —me interrumpió el sheriff, sugiriendo que no le agradaba que lo ignoraran. A mí no me importaba mucho lo que pensara; yo ya había visto en Virginia un poli novato y sin experiencia que saltó por los aires en una explosión—. Y yo también sé lo que me hago —agregó el sheriff.

Dejé de hablar con Mahoney y miré a Lyle.

—Quédese aquí. No sabemos qué nos espera dentro de la casa, pero sí sabemos que ese tipo esperaba que encontráramos este lugar y viniésemos a detenerlo. Bien, ordene a sus hombres que no se muevan. Entrará primero el equipo ERR del FBI. Ustedes nos cubrirán. ¿De acuerdo?

Al sheriff le subieron los colores y tensó la mandíbula.

—De acuerdo, pero supongo que eso no querrá decir que vamos a quedarnos aquí rascándonos los cojones, ¿no?

—No, no quiere decir eso. Diga a sus hombres que no se muevan. Y eso va también por usted. Me importa muy poco que usted se considere Clint Eastwood.

Eché a andar otra vez con Mahoney, el cual sonreía de oreja a oreja y no intentaba disimularlo.

—Eres un tipo de cuidado —me dijo.

Dos de sus francotiradores vigilaban la cabaña a menos de cincuenta metros de distancia. Ésta tenía un tejado a dos aguas con una buhardilla en la parte alta. Dentro estaba todo oscuro.

—Aquí ERR Uno. ¿Alguna novedad por ahí, Kilvert?

—preguntó Mahoney por su micrófono a uno de los francotiradores.

—No se ve nada, señor. ¿Qué opina usted del sospechoso?

Mahoney me miró.

Mis ojos recorrieron lentamente la cabaña y los jardines de delante y de atrás. Todo ofrecía un aspecto limpio y cuidado y parecía conservarse en buen estado. Unos cables eléctricos iban hasta el tejado.

—Este tipo quería que viniéramos aquí, Ned. Eso no puede ser nada bueno.

—¿Una bomba casera? Ya lo tenemos en cuenta.

Asentí con la cabeza.

—Bien pensado. Si nos equivocamos, los polis locales se van a echar unas risas a nuestra costa.

—Que se jodan los paletos locales —replicó Mahoney.

—Estoy de acuerdo, ahora que he dejado de ser un poli local.

—Equipos Hotel y Charlie, aquí ERR Uno —dijo Mahoney por el micrófono—. Preparados. Cinco, cuatro, tres, dos, uno, ¡ahora!

Dos equipos ERR formados cada uno por siete hombres se lanzaron de la «línea amarilla», la última posición para ocultarse y cubrir a un compañero, y se dirigieron a la casa dejando atrás la «línea verde», punto a partir del cual ya no había retorno posible.

El lema del ERR para aquel tipo de operativo era «actuar con velocidad, sorpresa y violencia». Se les daba muy bien, mejor que lo que podía ofrecer el departamento de policía de Washington. En cuestión de segundos, los equipos Hotel y Charlie estaban ya dentro de la casa en que Audrey Meek había permanecido cautiva durante más de una semana. Acto seguido, Mahoney y yo irrumpimos por la puerta trasera y entramos en la cocina. Vi una cocina, un frigorífico, armarios y una mesa.

Pero ningún director artístico.

Ninguna clase de resistencia.

Todavía no.

Fuimos avanzando con cautela. En la sala había una estufa de leña, un sofá a rayas de estilo contemporáneo en marrón y beige, varias butacas. Un enorme arcón cubierto por una colcha de punto verde oscura. Todo denotaba orden y buen gusto.

Pero no había ningún director artístico.

Había muchos cuadros, la mayoría terminados. Quienquiera que fuera el autor de aquellas pinturas, poseía talento.

—¡Todo controlado! —oí decir, y un grito—: ¡Aquí dentro!

Mahoney y yo echamos a correr por un largo pasillo. Dos de sus hombres se hallaban ya dentro de lo que parecía el dormitorio principal. Allí había más cuadros, montones, unos cincuenta.

En el suelo de madera había un cadáver desnudo, abierto de piernas y brazos. La expresión de su cara era grotesca, torturada. Las manos aferraban con fuerza su propia garganta, como estrangulándose a sí mismo. Era el hombre del dibujo que nos había hecho Audrey Meek. Estaba muerto, y su muerte había sido horrible. Con toda probabilidad, producida por algún tipo de veneno.

Había papeles esparcidos por la cama y, junto a ellos, una estilográfica. Me incliné y cogí una nota:

A quien corresponda...

Como ya sabrán a estas alturas, soy la persona que tuvo cautiva a Audrey Meek. Lo único que puedo decir es que esto es algo que tenía que hacer. Creo que no tuve más remedio, aquí no hubo libre albedrío. La amaba desde la primera vez que la vi en una de mis exposiciones en Filadelfia. Aquella noche estuvimos conversando, pero por supuesto no se acordaba de mí. Nadie se acuerda nunca. (Al menos hasta ahora.) ¿Qué explicación racional subyace a una obsesión? Yo no tengo ni idea, pero he pasado siete años de mi vida obsesionado con Audrey. Tenía todo el dinero que podía necesitar, y sin embargo para mí no significaba nada. Hasta que me llegó la oportunidad de obtener lo que deseaba de verdad, lo que necesitaba. ¿Cómo iba a resistirme, fuera cual fuera el precio? Un cuarto de millón de dólares no me parecía nada en comparación con el hecho de poder estar con Audrey, aunque fuera durante estos pocos días. Ha sido algo extraño, tal vez un milagro. Después de haber pasado este tiempo juntos he descubierto que la amaba demasiado para tenerla prisionera. En ningún momento le he hecho daño, por lo menos según mi forma de verlo. Si te he hecho daño, Audrey, lo lamento. Te quería mucho, tanto como esto.

Una frase reverberó en mi mente una vez que terminé de leer: «Hasta que me llegó la oportunidad de obtener lo que deseaba de verdad, lo que necesitaba.» ¿Cómo había sucedido tal cosa? ¿Quién estaba haciendo realidad las fantasías de semejantes dementes? ¿Quién estaría detrás de todo aquello? Seguro que no se trataba del director artístico.

TERCERA PARTE

LAS PISTAS DEL LOBO

52

No regresé a Washington hasta casi las diez de la noche del día siguiente, y sabía que tendría problemas con Jannie, probablemente con todos los de casa excepto el pequeño Alex y la gata. Les había prometido ir a la piscina del centro juvenil, y ahora era demasiado tarde para ir a otro sitio que no fuera la cama.

Cuando entré en casa, Nana estaba sentada en la cocina, tomándose una taza de té. Ni siquiera levantó la vista. Decidí evitar el sermón y me dirigí al piso de arriba con la esperanza de que Jannie tal vez estuviera aún despierta.

Lo estaba. Mi chica favorita estaba sentada en su cama, rodeada por varias revistas, entre ellas *American Girl*, y con su osito preferido, *Theo*, sobre el regazo. Jannie se acostaba siempre con *Theo*, desde que tenía menos de un año de edad y su madre aún vivía.

En un rincón de la habitación distinguí a *Rosie* enroscada encima de una pila de ropa de Jannie para lavar. Uno de los encargos de Nana para Damon y ella era que empezaran a ocuparse ellos mismos de lavar su ropa.

En aquel momento me vino a la cabeza un pensamiento acerca de Maria. Mi mujer era bondadosa y valiente, una mujer especial que había muerto de un disparo en un misterioso incidente en un cine al aire libre que yo nunca había conseguido resolver. Nunca llegué a cerrar el expediente. Podía ser que surgiera algo, ya se sabe que a veces suceden esas cosas. Seguía echándola de menos casi todos los días. A veces incluso elevaba una pequeña oración por ella. «Espero que me perdones, Maria. Estoy haciéndolo lo mejor que puedo, pero es que a veces no parece ser suficiente. Suficiente para mí, al menos. Te queremos con toda el alma.»

Jannie debió de percibir que yo me encontraba en la habitación, observándola, hablando con su madre.

—Imaginaba que eras tú —me dijo.

—¿Y por qué?

Ella se encogió de hombros.

—Porque sí. Últimamente me funciona muy bien el sexto sentido.

—¿Estabas esperándome despierta? —le pregunté al tiempo que entraba en la habitación. Aquélla había sido nuestra única habitación de invitados, pero el año anterior la habíamos transformado en la de Jannie. Yo le construí una estantería para toda su fauna de arcilla correspondiente al «período en la escuela Sojourner Truth»: un estegosauro, una ballena, una ardilla negra, un pordiosero, una bruja atada a una estaca, además de sus libros favoritos.

—No te esperaba despierta, no. Ni siquiera esperaba que volvieras a casa.

Me senté en el borde de la cama. Enmarcada sobre ella había una reproducción de un cuadro de Magritte que representaba una pipa con una nota al pie que rezaba: «Esto no es una pipa.»

—Así que vas a torturarme un poco, ¿eh?

—Por supuesto. He estado todo el día deseando que llegara el momento de ir a la piscina.

—Me parece justo. —Puse mi mano sobre la suya—. Lo siento. De verdad que lo siento, Jannie.

—Ya lo sé. No hace falta que lo digas. No tienes por qué pedir perdón, en serio. Tu trabajo es importante. Lo comprendo. Hasta Damon lo entiende.

Apreté las manos de mi niña entre las mías. Cuánto se parecía a su madre.

—Gracias, tesoro. Esta noche necesitaba algo así.

—Lo sé —susurró ella—. Se te nota.

53

Aquella noche Lobo se encontraba en Washington DC, en un viaje de trabajo. Cenó tarde en el Ruth's Chris Steak House de Connecticut Avenue, cerca de Dupont Circle.

Lo acompañaba Franco Grimaldi, un italiano fornido de treinta y ocho años, capo de Nueva York. Estuvieron hablando de un prometedor proyecto para convertir Tahoe en una meca de los juegos de azar que rivalizaría con Las Vegas y Atlantic City; también hablaron a favor del hockey, de la última película de Vin Diesel y de un plan que tenía Lobo para ganar mil millones de dólares en un solo trabajo. Después el ruso anunció que tenía que marcharse; lo esperaba otra reunión en Washington. Negocios, más que placer.

—¿Vas a ver al presidente? —bromeó Grimaldi.

Lobo soltó una carcajada.

—No. No es capaz de hacer nada. Está totalmente *stronzate*. ¿Para qué iría a verlo? Debería ser él quien viniera a verme para hablar de Bin Laden y los terroristas. Yo sí consigo cosas.

—Dime una cosa —pidió Grimaldi—. Esa historia de

Palumbo en la prisión de máxima seguridad de Colorado... ¿Fuiste tú?

Lobo negó con la cabeza.

—Es pura invención. Yo soy un hombre de negocios, no un delincuente de pacotilla ni un carnicero. No te creas todo lo que te cuenten de mí.

El jefe mafioso contempló cómo aquel imprevisible ruso abandonaba el restaurante, y tuvo la casi total certeza de que había sido él quien había matado a Palumbo, y también de que el presidente debería hablar con él respecto a Al Qaeda.

A eso de la medianoche, Lobo se apeó de un Dodge Viper negro en el parque Potomac. Distinguió el perfil de un automóvil en la otra acera de Ohio Drive. La luz del techo estaba parpadeando e iluminaba a su único pasajero, que bajaba en aquel momento.

—Ven a mí, palomita —susurró.

El hombre que se le acercó en el parque Potomac pertenecía al FBI y trabajaba en el edificio Hoover. Caminaba con paso rígido y tambaleándose, como tantos funcionarios del gobierno. No tenía esa actitud de seguridad en sí mismo típica de los agentes del FBI. A Lobo lo habían advertido de que no podía comprar a un agente útil y de que, aunque lo comprara, no podría fiarse de la información que éste le diera. Pero él no se lo había creído. El dinero siempre compraba cosas, y personas, sobre todo si éstas se habían visto excluidas de promociones y ascensos. Aquello ocurría en Estados Unidos igual que había ocurrido en Rusia. Si acaso, aquí se daba todavía más, dado que el desengaño y la amargura estaban convirtiéndose en el pasatiempo nacional.

—Y bien, ¿alguien habla de mí allá arriba, en la quinta planta del Hoover? —preguntó.

—Prefiero que no nos veamos de esta manera. La próxima vez ponga un anuncio en el *Washington Times*.

Lobo sonrió, pero a continuación le puso un dedo en la mandíbula al agente federal.

—Le he hecho una pregunta. ¿Alguien habla de mí?

El otro negó con la cabeza.

—Aún no, pero hablarán. Han relacionado a la pareja asesinada en Long Island con lo de Atlanta y el centro comercial King of Prussia.

El ruso asintió.

—Por supuesto. Tengo entendido que esa gente suya no es idiota. Simplemente se ve muy limitada.

—No los subestime —le advirtió el agente—. El Bureau está cambiando. Irán por usted con todos los recursos de que dispongan.

—No serán suficientes. Además, tal vez sea yo el que vaya por ellos… con todos los recursos de que dispongo. Soplaré y soplaré, y tu casa derribaré.

54

Al día siguiente regresé a casa antes de las seis de la tarde. Cené con Nana y los chicos, que estaban sorprendidos pero entusiasmados de verme tan temprano en casa.

Hacia el final de la cena sonó el teléfono. No quise contestar. Era posible que hubiera tenido lugar otro secuestro, pero no tenía ganas de enfrentarme a ello en ese momento.

—Ya contesto yo —dijo Damon—. Probablemente será para mí. Alguna novia. —Descolgó el auricular de la pared de la cocina y se lo cambió de una mano a la otra.

—Ya quisieras tú que fuera una chica —se mofó Jannie desde la mesa—. Es la hora de cenar. Seguramente será alguien que vende servicios de Internet o algún crédito. Siempre llaman a la hora de la cena.

Pero Damon me estaba señalando y no sonreía. Tampoco tenía buen aspecto, como si de repente le hubiera entrado dolor de estómago.

—Papá —dijo en voz baja—. Es para ti.

Me levanté y cogí el auricular.

—¿Te encuentras bien? —le pregunté.

—Es la señora Johnson —susurró Damon.

Ahora fui yo quien sintió cierto malestar, pero también confusión.

—Soy Alex —contesté.

—Hola, soy Christine. Estoy en Washington, pasando unos días. Me gustaría ver al pequeño Alex mientras estoy aquí —dijo, recitando como si se hubiera preparado un discurso.

Noté que me sonrojaba. «¿Por qué me llamas aquí? ¿Por qué ahora precisamente?», quise decir, pero no lo hice.

—¿Quieres pasarte por casa esta noche? Es un poco tarde, pero podríamos esperar un poco para acostarlo.

Ella titubeó.

—Estaba pensando en la mañana. Tal vez a eso de las ocho y media o nueve menos cuarto. ¿Te viene bien?

—Perfecto. Aquí estaré —dije.

—Oh —respondió, sin saber cómo decirlo mejor—, no es necesario que te quedes en casa a esperarme. Me han dicho que ahora estás en el FBI.

Me dio un vuelco el estómago. Christine Johnson y yo habíamos roto hacía más de un año, principalmente debido al tipo de casos de asesinato en que yo trabajaba. De hecho, a ella la habían secuestrado por culpa de mi trabajo. La habíamos encontrado en una cabaña perdida en la selva de Jamaica. Allí fue donde nació Alex. Yo no sabía que Christine estaba embarazada. Después de aquello ninguno de los dos volvió a ser el mismo, y yo estaba convencido de que era culpa mía. Luego ella se trasladó a Seattle. Fue idea suya que Alex se quedara conmigo; estaba yendo al psiquiatra y decía que no se sentía emocionalmente preparada para ser madre. Y ahora estaba en Washington, por «unos días».

—¿Qué te trae por Washington? —pregunté.

—Tenía ganas de ver a nuestro hijo —musitó—. Y a algunos amigos.

Recordé lo mucho que la había querido, y probablemente todavía la seguía queriendo en cierto sentido, pero me había resignado al hecho de que no íbamos a estar juntos. Christine no soportaba mi vida de policía, y yo no concebía vivir de otra forma.

—De acuerdo, pues. Me pasaré por ahí mañana alrededor de las ocho y media —concluyó.

—Aquí estaré.

55

Las ocho y media en punto

Un reluciente Taurus plateado, alquilado en Hertz, se detuvo delante de nuestra casa de la calle Quinta.

De él se apeó Christine Johnson y, aunque lucía un aspecto un tanto severo con el cabello estirado hacia atrás y recogido en una coleta, tuve que reconocer que era una mujer muy guapa. Alta y esbelta, con unas facciones marcadas que yo no había conseguido olvidar. El verla otra vez me aceleró el corazón, a pesar de todo lo ocurrido.

Yo estaba nervioso, pero también cansado. Me pregunté cuánta energía había gastado en el último año y medio. Un médico amigo mío del Johns Hopkins sostenía la teoría, a medias seria, de que llevamos las líneas de nuestra vida escritas en la palma de la mano. Él jura que es capaz de localizar el estrés, las enfermedades y la salud general. Hace unas semanas fui a verlo, y Bernie Stringer, así se llama, me dijo que me encontraba en una forma física excelente, pero que mi línea de la vida había recibido un varapalo el año anterior. Aquello se debió en parte a Christine, a nuestra relación y a la ruptura.

Me encontraba detrás de la puerta mosquitera de la

entrada principal, con Alex en brazos. Al verla acercarse a la casa salí a su encuentro. Llevaba tacones altos y un traje de chaqueta azul oscuro.

—Di hola —le dije a Alex, al tiempo que le cogí un bracito y lo agité en dirección a su madre.

Resultaba de lo más extraño, sumamente inquietante ver a Christine así de nuevo. Habíamos tenido una historia muy complicada. Gran parte de ella había sido buena, pero la parte mala fue realmente mala. Su marido había muerto en su casa en el transcurso de un caso que llevaba yo; casi fui el responsable de su muerte. Y ahora vivíamos a miles de kilómetros de distancia. ¿Para qué habría regresado a Washington? Para ver al pequeño Alex, por supuesto. Pero ¿qué más la había traído aquí?

—Hola, Alex —dijo y sonrió, y por un instante fue como si nada hubiera cambiado entre nosotros. Me acordé de la primera vez que la vi, cuando ella era todavía la directora de la escuela Sojourner Truth. Me dejó sin respiración. Por desgracia, supongo, me seguía sucediendo.

Christine se arrodilló al pie de las escaleras y extendió los brazos.

—Pero qué niño tan guapo —le dijo al pequeño Alex.

Yo lo deposité en el suelo y dejé que él decidiera qué hacer. El niño me miró y luego escogió la atrayente sonrisa de Christine, escogió su calor y su encanto… y se fue directo a sus brazos.

—Hola, pequeñín —susurró ella—. Te he echado mucho de menos. Hay que ver cuánto has crecido.

Christine no traía ningún regalo, ningún soborno, y eso me gustó. Así era ella, nada de trucos ni artilugios, no hacían falta. Al cabo de pocos segundos, Alex ya reía y hablaba por los codos. Hacían buena pareja, madre e hijo.

—Me voy dentro —dije tras observarlos unos instantes—. Entra cuando quieras. Hay café recién hecho. Lo ha preparado Nana. Y también puedes desayunar.

Christine levantó la vista para mirarme y sonrió otra vez. Parecía feliz de abrazar al pequeño, a nuestro hijito.

—De momento no necesitamos nada —respondió—. Gracias. Entraré a tomar un café, claro que sí.

Claro que sí. Christine siempre estuvo muy segura de todo, y no había perdido ni un ápice de aquella seguridad.

Volví a entrar en la casa y estuve a punto de tropezar con Nana, que estaba observando justo al otro lado de la puerta mosquitera.

—Oh, Alex —susurró, y no hizo falta que dijera nada más.

Me sentía como si me hubieran clavado un cuchillo en el corazón. Aquél era el primer cambio, e iba a ser el primero de muchos. Cerré la puerta de la calle y dejé que disfrutaran de su intimidad.

Al rato entraron ambos y todos nos sentamos en la cocina a tomar café. Ella contempló a Alex, con su biberón de zumo de manzana. Habló de su vida en Seattle, principalmente del trabajo en una escuela de allí, nada demasiado personal ni revelador. Yo sabía que estaba nerviosa y tensa, pero no detecté el menor indicio.

Entonces Christine hizo gala de aquella calidez capaz de derretir el corazón de cualquiera. Estaba mirando al pequeño Alex.

—Es un niño encantador —comentó—. Un niño dulce y cariñoso. Oh, Alex, mi pequeño Alex, cuánto te he echado de menos. No tienes ni idea.

56

Christine Johnson otra vez en Washington.

¿Por qué habría vuelto precisamente ahora? ¿Qué querría de nosotros?

Aquellas preguntas no dejaban de bullir en mi cabeza, y también en lo más profundo de mi alma. Me daban miedo, incluso antes de que tuviera una clara idea de lo que debía temer. Por supuesto, albergaba una sospecha: Christine había cambiado de opinión respecto al pequeño Alex. Eso era, tenía que ser. Si no, ¿qué hacía allí? Desde luego no había venido a verme a mí. ¿O sí?

Me encontraba todavía en la I-95, pero a escasos minutos de Quantico, cuando Monnie Donnelley me llamó al teléfono móvil. En la radio del coche sonaba Miles Davis; intentaba tranquilizarme un poco antes de llegar al trabajo.

—Vas a llegar tarde otra vez —me dijo Monnie y, aunque sabía que era broma, me molestó un poco.

—Lo sé, lo sé. Anoche salí de juerga, ya me entiendes.

Monnie fue al grano.

—¿Sabías que anoche detuvieron a un par de sospechosos más?

Otra vez ellos. Me sorprendí de no contestar inmediatamente. ¡Nadie me había informado de ninguna redada!

—Creo que no —respondió ella a su propia pregunta—. En Beaver Falls, Pensilvania. ¿No es donde vivía Joe Namath? Dos individuos de cuarenta y tantos años, dueños de una librería para adultos, con un nombre parecido al de la localidad. La prensa se ha enterado hace unos minutos.

—¿Han encontrado a alguna de las mujeres desaparecidas? — pregunté.

—No. Al menos no aparece en las noticias. Por lo visto, aquí nadie lo sabe con seguridad.

No entendí.

—¿Sabes cuánto tiempo han estado bajo vigilancia?... Un momento. En este instante estoy saliendo de la noventa y cinco. Te veo en un par de minutos.

—Siento haberte estropeado el día tan temprano —se lamentó ella.

—Ya lo tenía estropeado —musité.

Trabajamos todo el día sin parar, pero a las siete seguíamos sin tener respuestas satisfactorias para varias preguntas acerca de la redada de Pensilvania. Yo sabía sólo unas pocas cosas, en su mayoría detalles sin importancia, y eso resultaba frustrante. Los dos hombres tenían antecedentes penales por vender pornografía. Varios agentes de la oficina de Philly habían recibido la información de que ambos andaban involucrados en la preparación de un secuestro. No estaba claro quién en concreto del FBI conocía a aquellos sospechosos, pero por lo visto existía un desglose de comunicación interna parecido a aquel del que yo había oído hablar durante años, antes de llegar a Quantico.

Hablé con Monnie un par de veces a lo largo del día,

pero mi colega Ned Mahoney no me llamó ni una sola vez en relación con la redada; tampoco intentó contactar conmigo la oficina de Burns. Yo estaba estupefacto. En primer lugar, había reporteros en el aparcamiento de Quantico. Desde mi ventana distinguí una camioneta de *USA Today* y un camión de la CNN. Era un día muy raro. Extraño e inquietante.

Más tarde me sorprendí pensando en la visita de Christine Johnson. Rememoré una y otra vez la escena en que ella abrazaba al pequeño y jugaba con él. Me costaba creer que hubiera venido a Washington sólo para verlo a él y a unos antiguos amigos; me dolía el corazón ante la idea de perder al «chico grande», como lo llamaba yo. ¡El chico grande! Qué alegría era aquel chico para mí, y para mis hijos, y para Nana Mama. Qué pérdida tan insorportable sería, no podía imaginarlo siquiera. Y tampoco podía imaginar que, en el lugar de Christine, no deseara recuperarlo.

Antes de marcharme a casa me obligué a hacer una llamada que me causaba pánico. El hecho de pensar en el pequeño Alex me recordó la promesa que había hecho. El juez Brendan Connolly respondió al cabo de unos tonos.

—Soy Alex Cross —dije—. Sólo quería ponerlo al corriente. Hablarle de los artículos que habrá visto hoy en la prensa.

Connolly me preguntó si habíamos encontrado a su esposa, si teníamos algún dato acerca de Lizzie.

—Aún no la han encontrado. No creo que esos dos hombres hayan tenido que ver con lo de su esposa. Todavía tenemos fundadas esperanzas de dar con ella.

Él empezó a murmurar algo que no logré entender. Tras escucharlo unos segundos intentando descifrar lo que decía, le prometí que lo mantendría informado. Si es que alguien me informaba a mí.

Una vez finalizada aquella difícil llamada, me quedé sentado a mi mesa sin hacer nada. De repente caí en la cuenta de que me había olvidado de otra cosa: ¡aquel día se había graduado mi clase! Ya éramos agentes de manera oficial. Mis compañeros de clase habían obtenido sus credenciales, así como sus respectivos nombramientos. En aquel preciso instante se estaba sirviendo tarta y ponche en el vestíbulo del salón de actos. Pero no acudí a la fiesta; no sabía por qué, pero me parecía inapropiado asistir. Así que regresé a mi casa.

57

¿Cuánto tiempo llevaba desaparecida ya?

¿Un día ¿Unas horas?

Apenas importaba, ¿verdad? Lizzie Connolly empezaba a aceptar las cosas tal como venían; estaba aprendiendo quién era ella y cómo conservar la cordura.

Excepto, naturalmente, cuando se moría de miedo.

Lizzie las llamaba «pesadillas de nadar». Siempre había practicado la natación con gran entusiasmo, desde los cuatro años. La repetición de una brazada tras otra, una patada tras otra, siempre tenía la capacidad de trasladarla a otro lugar y otro tiempo, como si se moviera con piloto automático, le permitía evadirse. Y eso era lo que estaba haciendo ahora en el interior de aquella habitación/armario en que la tenían encerrada.

Nadar.

Escapar.

Estirar el brazo con los dedos de la mano cerrados, describir una figura en forma de S con los brazos, alzarlos, sumergirlos. Ladear el cuerpo a la altura del ombligo y luego hacia abajo, hasta la parte de abajo del traje de baño. Una y otra vez, brazada tras brazada, sintiendo calor por dentro pero notando el frío del agua, refrescante, vigorizante. Sintiéndose poderosa porque se sentía más fuerte.

Llevaba casi todo el día, o al menos lo que a ella le pareció un día, pensando en la posibilidad de escapar. Repasó lo que sabía acerca de aquel lugar, el armario, y acerca del psicópata despiadado que la tenía prisionera. Lobo. Ése era el nombre que se daba a sí mismo el muy cabronazo. ¿Por qué Lobo?

Se encontraba en alguna parte de una ciudad, seguramente situada al sur y bastante grande. Debía de haber mucho dinero en aquella zona. Tal vez fuera Florida, pero ¿por qué se le ocurría ese lugar?; a lo mejor había oído comentar algo que se le quedó grabado en el subconsciente. Desde luego, oía voces en la casa cuando había grandes fiestas o, de vez en cuando, reuniones más pequeñas. Estaba convencida de que su repelente captor vivía solo. ¿Quién iba a poder vivir con tan horrible monstruo? Ninguna mujer sería capaz.

Se conocía de memoria algunas de sus patéticas costumbres. Lobo solía encender el televisor cuando llegaba a casa; a veces ponía la ESPN, pero más a menudo la CNN. Veía informativos continuamente. También le gustaban las series de detectives, como *Ley y orden*, *CSI* y *Homicidios.* El televisor estaba encendido todo el tiempo, hasta altas horas de la noche.

Físicamente era un tipo grande y fuerte, y además era un sádico, aunque tenía cuidado de no hacerle demasiado daño a ella, por lo menos hasta entonces. Lo cual quería decir… ¿qué quería decir?… ¿que tenía pensado tenerla allí encerrada más tiempo?

Eso, si Lizzie Connolly era capaz de soportar aquello un minuto más; eso, si no estallaba y lo ponía tan furioso como para que él le rompiera el cuello, tal como amenazaba con hacer varias veces al día. «Voy a romperte ese cuellecito que tienes, ¡así! ¿No me crees? Pues deberías creerme, Elizabeth.» Siempre la llamaba Elizabeth, no Lizzie. Opinaba que Lizzie no era un nombre lo bastante hermoso para ella. «¡Voy a retorcerte el jodido pescuezo, Elizabeth!»

Él sabía quién era ella y qué hacía, y también sabía cosas de Brendan, Brigid, Merry y Gwynnie. Le prometió que si lo hacía enfadar, no sólo le haría daño a ella, sino a toda su familia. «Iré hasta Atlanta y lo haré por pasar el rato, como diversión. Yo vivo para esa clase de cosas. Podría asesinar a tu familia entera, Elizabeth.»

Era evidente que la deseaba sexualmente cada vez más, resultaba fácil ver cuando un hombre se iba calentando. Entonces, tenía cierto control sobre él, ¿no? «¿Qué te parece eso? ¡Jódete tú también, hijoputa!»

A veces Lobo le dejaba las ataduras un poco flojas e incluso le concedía unos minutos de libertad para que se paseara por la casa. Maniatada, por supuesto, sujeta por una especie de cadena que él sostenía. Era de lo más humillante. Le dijo que ya sabía que ella supondría que él iba volviéndose suave y amable, pero que no se hiciera ilusiones.

¿Y qué otra cosa podía hacer ella, aparte de pensar? Allí todo el día, sola y a oscuras, no tenía nada que hacer. Estaba…

En ese momento se abrió violentamente la puerta del armario, tanto que chocó con fuerza contra la pared exterior.

Lobo le espetó a la cara:

—Estabas pensando en mí, ¿verdad? Empiezas a obsesionarte, Elizabeth. Me tienes en tus pensamientos a todas horas.

Maldita sea, en eso tenía razón.

—Incluso te alegras de tener compañía. Me echas de menos, ¿a que sí?

Pero en esto se equivocaba, se equivocaba de medio a medio.

Lizzie lo odiaba tanto que incluso concibió lo inconcebible: la posibilidad de matarlo. Tal vez llegara ese día.

«Imagínatelo —pensó—. Dios, eso es lo que más anhelo, matar a este bastardo yo misma. Ésa sería la mayor satisfacción.»

58

Aquella misma noche Lobo tenía una reunión con dos jugadores profesionales de hockey en el Caesars de Atlantic City, Nueva Jersey. La suite en que pernoctaba estaba empapelada de dorado, tenía ventanas que daban al Atlántico y contaba con una bañera en el salón. Por consideración a sus invitados, grandes estrellas, él lucía un carísimo traje a rayas de Prada.

Su contacto era el adinerado propietario de una televisión por cable que se presentó en la suite Nerón acompañado de los jugadores de hockey Alexei Dobushkin e Ilia Teptev. Ambos eran del equipo de los Flyers de Filadelfia. Los dos eran grandes defensas, considerados tipos duros porque eran individuos corpulentos que se movían con rapidez y podían hacer mucho daño. Lobo no creía que los jugadores de hockey fueran tan duros, pero era un gran admirador de aquel deporte.

—Me encanta el hockey al estilo americano —comentó tras recibirlos con una ancha sonrisa y la mano extendida.

Alexei e Ilia respondieron con sendas inclinaciones de la cabeza, pero ninguno le estrechó la mano. Lobo, pese a que se sintió ofendido no reveló sus sentimientos, sonrió una vez más y se imaginó que aquellos deportistas eran demasiado idiotas para comprender quién era él. Demasiados golpes con el palo en la cabeza.

—¿Os apetece beber algo? —ofreció a sus invitados—. ¿Vodka Stolichnaya? Lo que queráis.

—Paso —dijo el de la televisión por cable, que parecía muy pagado de sí mismo, aunque había muchos americanos que eran iguales que él.

—*Niet* —contestó Ilia con desdén, como si su anfitrión fuera el conserje de un hotel o un camarero. Tenía veintidós años y era oriundo de Voskresensk, Rusia. Medía uno noventa y dos, llevaba el pelo al rape, lucía una pelusilla en la cara que todavía no se podía considerar barba y tenía una cabeza enorme, sostenida por un grueso cuello.

—No bebo Stoly —dijo Alexei, el cual, como Ilia, vestía una cazadora de cuero negro con un jersey oscuro debajo—. ¿No tendrá Absolut? ¿O ginebra Bombay?

—Por supuesto —respondió Lobo asintiendo cortésmente.

Fue hasta el bar decorado con espejos, preparó las bebidas y decidió qué iba a hacer a continuación. Empezaba a disfrutar con aquello. Era distinto; allí nadie le tenía miedo.

Se dejó caer en el mullido sofá, entre Ilia y Alexei. Los miró alternativamente a uno y otro, de nuevo con una ancha sonrisa.

—Lleváis mucho tiempo fuera de Rusia, ¿no? Quizá demasiado —les dijo—. ¿Bebéis ginebra Bombay? ¿Es que habéis olvidado los modales?

—Nos han dicho que es usted un tipo duro de verdad —dijo Alexei, que tendría treinta y pocos años y era obvio que había levantado pesas, muchas pesas, y con frecuencia. Medía alrededor de uno ochenta y pesaría más de ciento diez kilos.

—En realidad no —replicó Lobo—. Hoy en día no soy más que un hombre de negocios americano como cualquier otro. Ya no soy duro. Y bien, estaba pensando, ¿hacemos un trato respecto del partido con Montreal?

Alexei se volvió hacia el de la televisión.

—Dígaselo —le dijo.

—Alexei e Ilia desean más acción de la que hablamos al principio —explicó—. ¿Entiende? Acción.

—Aah —respondió Lobo, y sonrió de oreja a oreja—. Me encanta la acción —le dijo al de la televisión—. Y también me encantan las *shalit*. En mi país quiere decir «travesuras». *Shalit*.

Se levantó del sofá más deprisa de lo que nadie hubiera creído posible. Sacó de debajo de un cojín del sofá un pequeño tubo de plomo y asestó un golpe seco en la mejilla de Alexei Dobushkin.

Acto seguido, en un movimiento de vaivén, lo descargó contra la nariz de Ilia Teptev. En cuestión de pocos segundos, las dos estrellas del hockey estaban sangrando como cerdos.

Sólo entonces sacó Lobo su pistola. La apoyó entre los ojos del propietario de la televisión por cable.

—¿Sabe?, estos chicos no son tan duros como creía. Me doy cuenta de estas cosas enseguida —comentó—. Bien, hablemos de negocios. Uno de estos dos osos permitirá que el Montreal puntúe en el primer período. El otro perderá una jugada de tantos en el segundo. ¿Lo ha entendido? Los Flyers perderán el partido en el que son favoritos. ¿Entendido? Si por alguna razón esto no ocurriera, morirá todo el mundo. Ahora ya pueden irse. Estoy deseando ver el partido. Como ya he dicho, me encanta el hockey al estilo americano.

Y rompió a reír al tiempo que las grandes estrellas del hockey salían con paso inseguro de la suite Nerón.

—Encantado de conoceros, Ilia y Alexei —les dijo cuando cerraba la puerta—. ¡Buena suerte!

59

Una reunión del grupo especial estaba teniendo lugar en las salas COIE, situadas en la quinta planta del edificio Hoover, que en el FBI eran consideradas territorio sagrado. COIE significa Centro de Operaciones de Informaciones Estratégicas, y la sala central era donde se celebraban los cónclaves importantes de verdad, desde el de Waco hasta el del 11 de Septiembre.

Yo había sido invitado, y me preguntaba a quién tendría que agradecérselo. Llegué alrededor de las nueve y fui acompañado hasta la sala en cuestión por un agente que se encontraba en el mostrador de recepción.

Advertí que había cuatro estancias, tres de las cuales se hallaban repletas de ordenadores de última generación, probablemente para uso de investigadores y analistas. Fui conducido hasta una gran sala de reuniones. El punto central de la misma era una larga mesa de vidrio y metal. En las paredes había relojes con diferentes husos horarios, varios mapas y media docena de monitores de televisión. Allí había ya una docena de agentes, pero reinaba el silencio.

Por fin llegó Stacy Pollack, la jefa del COIE, y se cerraron las puertas. Pollack presentó a los agentes que se encontraban allí, y también a otros dos procedentes de la CIA. Pollack tenía fama de ser una administradora prudente que no soportaba a los necios y conseguía buenos resultados. Tenía treinta y un años, y Burns la adoraba.

Los monitores de la pared retransmitían la noticia de última hora. Las cadenas más importantes emitían imágenes de la acción en directo. «Beaver Falls, Pensilvania», rezaba el rótulo.

—Esa noticia ya es antigua. Tenemos un problema nuevo —anunció Pollack desde la cabecera de la sala—. No estamos aquí a causa del batacazo de Beaver Falls. Esto es de índole interna, de modo que es peor. Señores, creemos haber conseguido el nombre del responsable de las filtraciones que salieron de Quantico.

Entonces Pollack me miró a mí.

—Un reportero del *Washington Post* lo niega, pero eso era de esperar. —Y prosiguió—: Las filtraciones proceden de una analista de homicidios llamada Monnie Donnelley. Usted está trabajando con ella, ¿no es así, doctor Cross?

De pronto la sala se me antojó muy pequeña y opresiva. Todo el mundo se volvió hacia mí.

—¿Por esa razón se me ha pedido que asista? —pregunté.

—No —replicó Pollack—. Se le ha pedido porque usted posee experiencia en casos de obsesión sexual. Ha tomado parte en más casos de ésos que ninguno de nosotros. Pero no le he preguntado eso.

Reflexioné antes de contestar.

—Esta vez no se trata de un caso de obsesión sexual —le dije a Pollack—. Y Monnie Donnelley no es la persona responsable de la filtración.

—Me gustaría que explicara esas dos afirmaciones —me

desafió Pollack—. Adelante, se lo ruego. Le escucho con gran interés.

—Lo intentaré —repuse—. Los secuestradores hacen esto por dinero. No encuentro otra explicación a sus actos. La pareja de rusos asesinados en Long Island es una clave importante. No creo que debamos centrarnos en anteriores delitos de obsesos sexuales. La pregunta debería ser: ¿quién posee los recursos y la pericia necesarios para secuestrar hombres y mujeres a cambio de dinero, probablemente una suma muy elevada? ¿Quién tiene experiencia en ese campo? Monnie Donnelley sabe eso y es una analista excelente. Ella no es responsable de la filtración al *Post*. ¿Qué podía ganar con ello?

Stacy Pollack bajó la mirada y removió un poco sus papeles. No hizo comentarios sobre mi afirmación.

—Continuemos —pronunció.

La reunión se reanudó sin que se volviera a hablar más de Monnie ni de las acusaciones que pesaban sobre ella. En su lugar, se habló largo y tendido sobre la Mafiya Roja, incluido un nuevo dato: la pareja asesinada en Long Island tenía conexiones con gángsteres rusos. También corrían rumores de una posible guerra entre mafias a punto de estallar en la Costa Este, entre italianos y rusos.

Tras aquella prolongada reunión, nos dividimos en grupos más pequeños. Varios agentes se sentaron a los ordenadores. Stacy Pollack me llevó a un aparte para hablarme.

—Escuche, no lo estaba acusando de nada —dijo—. No estaba sugiriendo que usted hubiera tenido relación con las filtraciones.

—¿Y quién ha acusado a Monnie? —pregunté.

Ella pareció sorprendida por la pregunta.

—Eso no pienso decírselo. Aún no hay nada oficial.

—¿Qué significa que no hay nada oficial? —repliqué.

—Que todavía no se ha adoptado ninguna medida respecto de la señora Donnelley. Pero lo más probable es que la apartemos de este caso. Eso es todo lo que tengo que decir de momento. Ya puede regresar a Quantico.

Supuse que había sido desestimado.

60

Llamé a Monnie tan pronto me fue posible y le conté lo sucedido. Ella se puso furiosa, como cabía esperar. Pero entonces recuperó el dominio y dijo:

—Está bien, ahora ya sabes que no soy tan controlada como parezco. En fin, que se jodan. Yo no pasé nada a los de la prensa de Washington. Eso es absurdo. ¿A quién iba contárselo, a nuestro chico de los periódicos?

—Ya sé que no fuiste tú —respondí—. Mira, tengo que parar un momento en Quantico; ¿qué tal si después os llevo a ti y a tus hijos a cenar? Algo rápido y barato —agregué, y ella consiguió contener la risa.

—De acuerdo. Iremos al Pub del Puesto de Mando. Allí nos veremos. A mis hijos les gusta mucho, ya descubrirás por qué.

Monnie me explicó cómo se llegaba al restaurante, que se encontraba muy cerca de Quantico, en la avenida Potomac. Después de efectuar una parada en mi oficina provisional del Club Fed, cogí el coche para reunirme con ella y sus hijos. Matt y Will tenían sólo once y doce años, pero eran dos chicos grandotes, que salían a su padre; ambos medían ya cerca de uno ochenta.

—Mamá dice que eres simpático —dijo Matt al tiempo que me estrechaba la mano.

—A mí me ha dicho lo mismo de ti y de Will —contesté, haciendo reír a todos.

A continuación pedimos una ronda de pecaminosos placeres: hamburguesas, alitas de pollo, fritos de queso; Monnie pensó que se los merecía, después de lo que había pasado. Sus hijos eran bien educados y resultaba fácil estar con ellos, y eso me dijo mucho acerca de Monnie.

Aquel pub era un lugar interesante. Estaba abarrotado de recuerdos del Cuerpo de Marines, entre otros, insignias de oficiales superiores, fotografías y un par de mesas que exhibían cartuchos de ametralladora. Monnie dijo que Tom Clancy había mencionado el nombre de aquel local en *Juego de patriotas*, pero en la novela afirmaba que en la pared había una foto de George Patton, lo cual fastidiaba a los clientes habituales, sobre todo desde que Clancy se había hecho famoso. El Puesto de Mando era un bar de marines, no del ejército.

Cuando ya nos íbamos, Monnie me llevó a un aparte. Estaban entrando y saliendo marines que nos lanzaban alguna que otra mirada de extrañeza.

—Gracias, Alex, de verdad. Esto significa mucho para mí —me aseguró—. Ya sé que las justificaciones no sirven de nada, pero puedes estar seguro de que yo no filtré ninguna información al *Washington Post*. Ni a Rush Limbaugh. Y tampoco a O'Reilly. Ni a nadie, maldita sea. Eso no ha ocurrido nunca y nunca ocurrirá. Yo soy leal hasta el final, el cual, por lo que se ve, podría no andar muy lejos.

—Eso les he dicho en el edificio Hoover —contesté—. Lo de tu lealtad.

Monnie se alzó de puntillas y me dio un beso en la mejilla.

—Le debo una importante, señor. Y también debes saber que me estás dejando impresionada. Hasta Matt y Will han pasado de ser neutrales a mostrar una actitud positiva, y eso que para ellos tú formas parte el enemigo, o sea, los adultos.

—Sigue trabajando en el caso —le dije—. Tienes exactamente la actitud que hace falta.

Monnie pareció desconcertada, pero enseguida lo pilló.

—Ah, sí, claro que la tengo. Que los jodan.

—Son los rusos —le dije, antes de despedirme de ella en la puerta del Puesto de Mando—. Tienen que ser ellos. Eso sí que lo tenemos claro.

61

Dos personas muy enamoradas. Con frecuencia era una bella escena que contemplar. Pero no en aquel caso, en aquella noche estrellada en las colinas centrales de Massachusetts.

Los nombres de los devotos amantes eran Vince Petrillo y Francis Deegan, y eran alumnos del centro universitario Santa Cruz, en Worcester, donde se habían hecho inseparables desde la primera semana del primer curso. Se habían conocido en la residencia de estudiantes de Mulledy, situada en Easy Street, y desde entonces rara vez se habían separado. Incluso los dos últimos veranos habían trabajado en el mismo restaurante de Provincetown. Cuando se licenciaran, tenían pensado casarse y a continuación realizar el gran viaje por Europa.

Santa Cruz era un centro de jesuitas que, de manera justa o injusta, tenía fama de homófobo. Los estudiantes que infringían las reglas podían ser suspendidos e incluso expulsados en virtud de la norma sobre perturbación del orden público, la cual prohibía toda «conducta impúdica o indecente». La Iglesia católica en realidad no condenaba la «tentación» hacia miembros del mismo sexo, pero los actos homosexuales a menudo se consideraban «intrínsecamente perversos» y se opinaba que constituían un «grave desorden moral». Dado que los jesuitas podían reprimir con dureza las relaciones homosexuales, al menos entre los alumnos, Vince y Francis mantenían la suya en secreto todo lo que les era posible. No obstante, en los últimos meses habían empezado a pensar que su relación probablemente no era para tanto, sobre todo dados los escándalos habidos entre el clero católico.

El campus Arboretum de Santa Cruz era desde hacía mucho tiempo un refugio para los alumnos que deseaban estar a solas o abrigaban intenciones románticas. Aquella zona ajardinada alardeaba de contar con más de un centenar de árboles y arbustos distintos y daba directamente al centro urbano de Worcester, o Wormtown (ciudad de los gusanos), como la llamaban a veces los alumnos.

Aquella noche Vince y Francis, vestidos con pantalón corto de deporte, camiseta y gorra de béisbol blanca y morada a juego, paseaban por Easy Street en dirección a una zona al aire libre de ladrillos y césped conocida como Wheeler Beach. El lugar estaba lleno de gente, de modo que continuaron caminando en busca de un sitio tranquilo en el arboretum.

Una vez allí, extendieron una manta en el suelo, bajo la luna casi llena y un cielo tachonado de estrellas. Se tomaron de las manos y hablaron de la poesía de W. B. Yeats, al cual Francis adoraba y Vince, que estudiaba el año preparatorio para ingresar en medicina, toleraba lo mejor que podía.

Físicamente, los dos muchachos formaban una pareja insólita. Vince medía apenas uno sesenta y ocho y pesaba noventa kilos. Era casi todo fibra, debido a su obsesión de levantar pesas en el gimnasio, pero era obvio que tenía que emplearse a fondo. Tenía un pelo negro y rizado que enmarcaba un rostro blando, casi angelical, que no se diferenciaba mucho de sus fotos de cuando era bebé, una de las cuales su amante llevaba en la cartera.

Francis hacía babear a ambos sexos, y aquélla era la broma particular que gastaban entre ellos cuando se encontraban en compañía de estudiantes de sexo femenino, «¡Babead, idiotas!». Francis medía uno ochenta y tres y no tenía ni un gramo de grasa. Tenía un cabello rubio platino, y lo llevaba cortado igual que cuando era estudiante de segundo año de la Academia de Hermanos Cristianos de Nueva Jersey. Adoraba a Vince con toda su alma, y Vince lo veneraba a él.

Sin que ninguno de los dos lo supiera, Francis había sido rastreado y adquirido.

62

Los tres fornidos hombres iban vestidos con vaqueros anchos, botas de trabajo e impermeables de color oscuro. Eran unos matones. En ruso se les llamaba *baklany,* bandoleros. Terroríficos demonios dondequiera que uno se topara con ellos, monstruos de Moscú que andaban sueltos por Estados Unidos gracias a Lobo.

Estacionaron un Pontiac Grand Prix negro en la calle, y a continuación subieron por la colina en dirección al campus de Santa Cruz. Uno de ellos caminaba sin resuello y se quejaba en ruso de la dura pendiente de la colina.

—Cállate, gilipollas —dijo el jefe del grupo, Maxim, al que le gustaba considerarse amigo personal de Lobo, aunque por supuesto no lo era. Ningún *pakhan* tenía amigos de verdad, en especial Lobo. Éste tenía solamente enemigos, y casi nunca se reunía en persona con quienes trabajaban para él. Incluso en Rusia tenía fama de ser un tipo invisible o misterioso. Aquí, en Estados Unidos, prácticamente nadie lo conocía de haberlo visto.

Los tres gorilas observaron a los dos estudiantes universitarios tumbados sobre la manta y cogidos de las manos, vieron cómo se besaban y se hacían carantoñas.

—Se besan igual que las chicas —comentó uno de los rusos con una risa desagradable.

—Pero no como las chicas que beso yo.

Los tres rompieron a reír y sacudieron la cabeza en un gesto de asco. Acto seguido, el robusto jefe del grupo echó a andar con paso muy rápido, teniendo en cuenta su envergadura y peso. Sin decir nada, señaló a Francis, y los otros dos agarraron al chico y lo apartaron de Vince.

—Eh, ¿qué diablos...? —chilló Francis, pero al instante quedó silenciado por una ancha banda de cinta aislante que le pegaron a la boca.

—Ahora ya puedes gritar —se burló uno de los matones—. Grita como una chica. Pero ya no va a oírte nadie.

Trabajaron a toda prisa. Mientras uno de los gorilas le inmovilizaba los tobillos a Francis con más cinta aislante, el otro le sujetaba las muñecas a la espalda. A continuación lo metieron en un petate de lona, de los que se utilizan para llevar equipo deportivo como bates de béisbol o balones de baloncesto.

Mientras tanto, el jefe extrajo una navaja delgada y muy afilada y la usó para cercenar la garganta del chico grueso, igual que cuando mataba cerdos y cabras en su país de origen. Vince no había sido comprado, y había visto al equipo de secuestradores. A diferencia de la pareja, estos hombres nunca practicaban jueguecitos particulares, ni traicionaban a Lobo, ni lo decepcionaban. No habría más errores. Lobo había sido muy explícito al respecto, lo había dejado muy claro, de una forma muy peligrosa, muy propia de él.

—Traed al guapo, rápido —ordenó el jefe al tiempo que se apresuraban a regresar al coche. Arrojaron el aparatoso bulto al maletero del Pontiac y salieron de la ciudad.

El trabajo había sido perfecto.

63

Francis intentaba recapacitar con calma y con lógica. ¡Nada de lo ocurrido podía haber ocurrido de verdad! No era posible que unas horas antes tres individuos aterradores lo hubieran secuestrado en el campus de Santa Cruz. Aquello no podía haber sucedido. Y tampoco era posible que lo hubieran transportado en el interior del maletero de un coche durante cuatro, tal vez cinco horas hasta Dios sabía dónde.

Y lo más importante: no podía ser que Vince estuviera muerto. Aquella mierda de tío, cruel y desalmado, no podía haberle cortado el cuello a Vince. Eso no había sucedido.

De modo que todo aquello tenía que ser un sueño imposible, una pesadilla de esas que Francis Deegan no sufría quizá desde los tres o cuatro años. Y el hombre que ahora se hallaba de pie delante de él, aquella absurda caricatura con unos mechones rizados de pelo rubio platino en forma de anillo alrededor de una cabeza casi calva, vestido con una especie de traje de submarinista de cuero negro… en fin, tampoco podía ser real. Ni hablar.

—¡Estoy muy enfadado contigo! ¡Estoy pero que

muy harto! —le chilló el señor Potter directamente en la cara—. ¿Por qué me has abandonado? —graznó—. ¿Por qué? Dime por qué. ¡No se te ocurra volver a marcharte! Me entra mucho miedo cuando no te tengo conmigo, y tú lo sabes. Ya sabes cómo soy. ¡Ha sido una falta de consideración por tu parte, Ronald!

Francis ya había intentado razonar con aquel loco… Potter, se llamaba a sí mismo, y no, no era Harry. Era el señor Potter. Pero no había servido de nada razonar. Varias veces le había dicho a aquel chiflado lunático que no lo había visto en su vida, que él no era Ronald, ¡que no conocía a ningún Ronald! Aquello le valió una serie de fuertes bofetadas en la cara, una de ellas tan violenta que lo hizo sangrar por la nariz. Aquel cabrón, aquel pirado con pinta de rockero de tres al cuarto era mucho más fuerte de lo que parecía.

Así que, ya por pura desesperación, Francis terminó por pedirle disculpas en tono sumiso.

—Lo siento. Lo siento mucho. No volveré a hacerlo.

Entonces, el señor Potter lo abrazó con ferocidad y se puso a llorarle encima. Qué raro era todo.

—Oh, Dios, cuánto me alegro de que hayas vuelto. Estaba muy preocupado por ti. Nunca debes volver a dejarme, Ronald.

¿Ronald? ¿Quién demonios era Ronald? ¿Y quién ese Potter? ¿Qué iba a suceder ahora? ¿De verdad estaría muerto Vince? ¿Lo habían asesinado aquella noche, en el campus universitario? Todas aquellas preguntas explotaban sin cesar en el sobrecargado cerebro de Francis. De manera que, en realidad, le fue fácil llorar en los brazos de Potter, incluso abrazarse a él como si le fuera la vida en ello. Apretar la cara contra aquel fragante cuero y susurrar una y otra vez:

—Lo siento. Lo siento muchísimo. Oh, Dios mío, lo siento de verdad.

Y Potter respondió:

—Yo también te quiero, Ronald. Te adoro. Nunca volverás a dejarme, ¿verdad?

—No. Te lo prometo. Jamás te dejaré.

Entonces Potter lanzó una carcajada y se apartó bruscamente del chico.

—Francis, querido Francis —susurró—. ¿Quién demonios es Ronald? Sólo estoy jugando contigo, muchacho. No es más que un juego mío. Tú estás en la universidad, eso ya debes de saberlo. Así que vamos a jugar un poco, Francis. Vamos a salir del granero a jugar.

64

Recibí un extraño correo electrónico de Monnie Donnelley en mi despacho provisional. Una actualización de información. No la habían suspendido, me decía, por lo menos de momento. Además, tenía una noticia para mí. «Necesito verte esta noche. Mismo sitio, misma hora. Tengo una noticia muy importante. M.»

Así que llegué al Puesto de Mando justo pasadas las siete y busqué a Monnie. ¿Qué sería aquella noticia tan misteriosa? La zona de la barra estaba atestada de clientes, pero la descubrí enseguida. Fue fácil: era la única mujer que había. También pensé que seguramente Monnie y yo éramos los únicos clientes del Puesto de Mando que no pertenecíamos a los marines.

—No podía hablar contigo por teléfono en Quantico. Es una verdadera mierda. Una no puede fiarse de nadie —me dijo cuando me acerqué a ella.

—De mí sí puedes fiarte. Naturalmente, no espero que te lo creas. ¿Tienes alguna noticia?

—Claro que sí. Nos va a quitar un peso de encima. De hecho, me parece que es una noticia muy buena.

Me senté en un taburete a su lado. Se acercó el camarero y pedimos cerveza. En cuanto el hombre se alejó, Monnie dijo:

—Tengo un buen amigo en el CII. Es el Centro de Investigación de Ingeniería de Quantico.

—Ya sé lo que es. Por lo visto, tienes amigos en todas partes.

—Ya. Pero supongo que no tengo ninguno en el edificio Hoover. Sea como sea, mi amigo me ha alertado respecto de un mensaje que recibió el Bureau hace un par de días pero que desechó por considerarlo obra de un bromista. Hablaba de un sitio de Internet llamado Guarida del Lobo. Supuestamente, en la Guarida uno puede comprar un amante, siendo miembro de ese círculo privado, hacer que secuestren a alguien. Es un sitio que se supone inexpugnable, ésa es la pega que tiene.

—¿Y cómo ha hecho él para entrar? Nuestro pirata informático.

—Es una chica, un genio. Sospecho que por eso mismo no le han hecho caso. ¿Quieres conocerla? Tiene catorce años.

65

Monnie tenía una dirección del prodigio informático en Dale City, Virginia, a sólo diecinueve kilómetros de Quantico. El agente que había recogido la llamada original no había realizado un buen seguimiento de la misma, lo cual nos molestó, de modo que imaginamos que no le importaría que hiciéramos su trabajo por él.

En realidad, no tenía pensado que Monnie viniese, pero ella se empeñó. Así que dejamos su automóvil en su casa y fuimos hasta Dale City en el mío. Yo ya había llamado previamente y hablado con la madre de la chica. Me pareció que estaba nerviosa, pero dijo que se alegraba de que por fin el FBI viniera a hablar con Lili. Y añadió: «Nadie puede ignorar a Lili durante mucho tiempo. Ya entenderá a qué me refiero.»

Atendió la puerta una jovencita vestida con un mono negro. Supuse que se trataba de Lili, pero resultó que no: era su hermana Annie, de doce años. Desde luego, aparentaba catorce. Nos invitó a entrar con un gesto de la cabeza, y nosotros pasamos al interior de la casa.

—Lili está en su laboratorio —informó Annie—. ¿Dónde, si no?

En ese momento apareció la señora Olsen, que venía de la cocina, y nos presentamos. Llevaba una sencilla blusa blanca y un pantalón de pana verde. En la mano sostenía una espátula manchada de grasa, y no pude evitar pensar en lo natural que resultaba aquella escena doméstica. Sobre todo si lo que Lili creía haber encontrado era real. ¿Tendría una niña de catorce años una posible pista que nos conduciría hasta los secuestradores? Yo había oído hablar de casos que se habían resuelto de maneras muy extrañas. Pero aun así...

—Nosotros la llamamos doctora Hawking, como Stephen Hawking. Tiene un cociente de inteligencia así de alto —aseguró su madre elevando el utensilio de cocina para hacer más énfasis—. Pero, con lo inteligente que es, vive a base de Sprite y barritas de chocolate. No hay nada que pueda hacer yo para influir en su dieta.

—¿Le viene bien que hablemos con Lili ahora? —pregunté.

La señora Olsen afirmó con la cabeza.

—Ya veo que están tomándose esto muy en serio. Lili es muy prudente. No se está inventando nada, créanme.

—Bueno, sólo queremos hablar con ella. Para no correr riesgos. No estamos seguros de que vayamos a encontrar algo aquí. —Lo cual era bastante cierto.

—Oh, sí que lo encontraréis —replicó la mujer—. Lili nunca comete errores. Por lo menos, hasta ahora no ha cometido ninguno.

Señaló con la espátula escaleras arriba.

—Segunda puerta a la derecha. Cosa sorprendente, la ha dejado sin cerrar con llave porque los esperaba a ustedes. Nos ha ordenado a todos que no nos entrometamos.

Monnie y yo nos encaminamos hacia la habitación de la joven.

—No tienen ni idea lo que podría ser esto —susurró Monnie—. Casi tengo la esperanza de que no sea nada. Una pista falsa.

Llamé una sola vez con los nudillos a una puerta de madera que sonó hueca.

—Está abierta —respondió una voz aguda—. Pasen.

Abrí la puerta y me encontré con un amplio dormitorio, todo de pino. Una sola cama con las sábanas arrugadas y en las paredes carteles del MIT, Yale y Stanford.

Sentada detrás de una lámpara halógena azul, frente a un ordenador portátil, había una adolescente: cabello oscuro, gafas, aparato en los dientes.

—Estoy a su disposición —declaró—. Yo soy Lili, por supuesto. Estaba trabajando en un ángulo de decriptado. Todo se reduce a encontrar fallos en los algoritmos.

Monnie y yo estrechamos la mano de Lili, que era muy pequeña y parecía tan frágil como una cáscara de huevo.

Monnie empezó a hablar.

—Lili, en tu correo electrónico nos decías que poseías una información que podía sernos de ayuda en relación con las desapariciones de Atlanta y Pensilvania.

—Exacto. Pero ustedes ya han encontrado a la señora Meek.

—Te colaste en una página web muy segura, ¿no es así?

—Envié sin que se dieran cuenta varios escaneos de los UDP. Después, unas IP falsas. Su servidor se tragó los falsos paquetes. Entonces instalé un código fuente para el analizador y por fin me colé utilizando un envenenamiento del DNS. Es un poco más complicado, pero ésa es la idea básica.

—Entiendo —repuso Monnie. De repente me alegré de tenerla conmigo en aquella casa.

—Creo que ellos saben que yo estaba allí, escuchando. De hecho, estoy segura —dijo Lili.

—¿Y cómo lo sabes? —le pregunté.

—Porque lo dijeron ellos mismos.

—Al agente Tiezzi no le diste demasiados detalles concretos. Dijiste que «te pareció» que había una persona «a la venta» en aquella página.

—Sí, pero lo estropeé todo, claro. El agente Tiezzi no se lo creyó. Admití que tengo catorce años. Qué tonta por mi parte, ¿no?

—Yo no pienso reprocharte eso —dijo Monnie, y sonrió.

Por fin Lili también esbozó una sonrisa.

—Estoy metida en un buen apuro, ¿verdad? No me cabe duda. Es posible que a estas alturas ya sepan quién soy.

Negué con la cabeza.

—No, Lili —la tranquilicé—. Ellos no saben quién eres ni dónde estás. Estoy seguro de ello.

«Si lo supieran, ya estarías muerta.»

66

Resultaba de lo más extraño y sobrecogedor encontrarse en la habitación de aquella niña prodigio, estando su vida, y posiblemente también las de sus familiares, en gran peligro.

Lili había mostrado cierta timidez en su mensaje al FBI, de modo que comprendí que la información que proporcionó se hubiera caído entre las grietas. Además, en efecto, tenía catorce años. Pero ahora que la habíamos visto y hablado con ella cara a cara, tuve la certeza de que aquella adolescente tenía algo real que podía servirnos de ayuda.

Los había oído hablar. Mientras ella estaba escuchando, habían comprado a una persona. Y ahora tenía miedo por su propia seguridad y por la de su familia.

—¿Quieren conectarse con ellos? —nos ofreció Lili con voz emocionada—. ¡Podemos hacerlo! Podemos ver si están reunidos en este momento. Últimamente estoy trabajando en un software genial que permite el total anonimato. Creo que funcionará, aunque no estoy segura del todo. Bueno, sí que funcionará.

Sonrió de oreja a oreja, enseñando aquel cómico aparato de ortodoncia. En su mirada adiviné que deseaba demostrarnos algo.

—¿Es una buena idea? —me preguntó Monnie, inclinándose hacia mí.

Yo me la llevé aparte y le contesté en voz baja:

—De todas formas vamos a tener que trasladarla a ella y su familia a otra parte. Ya no pueden quedarse aquí, Monnie. —Miré de nuevo a Lili.

—De acuerdo. ¿Por qué no intentas entrar en contacto con ellos otra vez? A ver qué están haciendo. Nosotros estaremos aquí mismo, a tu lado.

Lili no dejaba de hablar mientras iba dando los pasos necesarios para atravesar las contraseñas y los códigos de protección.

Yo no entendía ni una palabra de lo que decía aquella niña de catorce años, pero Monnie sí pillaba la mayor parte. Se mostró entusiasmada y colaboradora, pero sobre todo estaba impresionada.

De repente Lili levantó la vista, alarmada.

—Aquí está ocurriendo algo raro. —Y volvió a fijarse en su ordenador—. ¡Oh, mierda! ¡Malditos sean! —exclamó—. ¡Qué cabrones! No me lo puedo creer.

—¿Qué ha pasado? —quiso saber Monnie—. Han cambiado las contraseñas, ¿a que sí?

—Peor —repuso Lili, sin dejar de teclear a toda prisa—. Mucho, mucho peor. Joder, no me lo puedo creer. —Finalmente apartó la mirada de la brillante pantalla de su portátil—. En primer lugar, me ha costado encontrar la página. Han montado una red muy buena, muy dinámica, que abarca Detroit, Boston, Miami, va dando saltos por todas partes. Luego, después de haberla encontrado, resulta que no he podido entrar. Ahora ya no puede entrar nadie, excepto ellos.

—¿Y eso por qué? —preguntó Monnie—. ¿Qué ha ocurrido desde la última vez que entraste tú?

—Que han instalado un escáner de retina. Es casi imposible de engañar. Todo este tinglado lo dirige ese tipo que se llama Lobo. Es un ruso de cuidado, como un lobo siberiano. Yo diría que incluso es más inteligente que yo. Y eso es mucho decir.

67

Al día siguiente trabajé en las salas del COIE en la quinta planta del edificio Hoover. Y lo mismo hizo Monnie Donnelley, que todavía tenía la sensación de estar en el limbo. Manteníamos en secreto lo que nos había contado Lili Olsen, con el fin de poder comprobar unas cuantas cosas. La sala principal, en la que nos encontrábamos, bullía de conversaciones. Los secuestros se habían convertido en un tema importante en los medios de comunicación. En los últimos años el FBI había recibido una increíble cantidad de críticas; necesitaba una victoria. «No, necesitamos una victoria», pensé.

En el grupo que se reunió aquel día hasta muy tarde había personas importantes del FBI, entre ellas los jefes de las unidades de Análisis del Comportamiento, zonas Este y Oeste, el jefe del Centro de Recursos de Investigación de Asesinatos en Serie y Secuestros de Niños, así como el jefe de Imágenes de Menores de Baltimore, una unidad del FBI dedicada a buscar y eliminar depredadores sexuales en Internet. Una vez más la moderadora era Stacy Pollack, la encargada del caso.

Había desaparecido un alumno del centro universitario Santa Cruz, de Massachusetts, y habían encontrado a su amigo íntimo asesinado en el campus. El parecido físico de Francis Deegan con Benjamin Coffey, el estudiante secuestrado en Newport, nos llevó a muchos a pensar que el último había sido elegido como sustituto de Coffey, el cual temíamos que estuviera muerto.

—Deseo obtener aprobación para fijar una recompensa, tal vez de medio millón —dijo Jack Arnold, que dirigía la Unidad de Análisis del Comportamiento, zona Este. Nadie hizo comentario alguno sobre su propuesta. Varios agentes continuaron tomando notas o utilizando sus ordenadores portátiles. De hecho, resultaba descorazonador.

—Creo que yo tengo algo —dije por fin desde el fondo de la sala.

Stacy Pollack se volvió hacia mí. Unas cuantas cabezas se levantaron, como reacción a aquella interrupción en el silencio que reinaba en el grupo. Me levanté de mi asiento.

La escena estaba dominada por el Jodido Nuevo. Presenté a Monnie, sólo para ser bueno. A continuación les hablé de la Guarida del Lobo y de nuestra entrevista con Lili Olsen. También mencioné a Lobo, el cual, según la información recogida por Monnie, podría ser un gángster ruso que respondía al nombre de Pasha Sorokin. Sus antecedentes era difíciles de rastrear, sobre todo en la Unión Soviética.

—Si pudiéramos intoducirnos en la Guarida, creo que averiguaríamos algo acerca de las mujeres desaparecidas. Mientras tanto, pienso que necesitamos insistir en algunas de las páginas web ya identificadas por Imágenes de Menores. Me parece lógico que los pervertidos que hacen uso de la Guarida del Lobo visiten también páginas porno. Necesitamos ayuda. Si Lobo resulta ser Pasha Sorokin, vamos a necesitar mucha ayuda.

Había despertado el interés de Stacy Pollack. Inició una conversación en la que tanto Monnie como yo fuimos sometidos al tercer grado. Se veía a las claras que representábamos una amenaza para algunos de los agentes presentes en la sala. Entonces Pollack tomó una decisión.

—Pueden utilizar los recursos que necesiten —dijo—. Vigilaremos las páginas porno las veinticuatro horas del día, los siete días de la semana. Lo cierto es que en este momento no tenemos nada mejor. Quiero ver a ese grupo de rusos fuera de Nueva York. Me cuesta creer que Pasha Sorokin esté personalmente involucrado en esto, pero si lo está, el asunto es de envergadura. ¡Llevamos seis años detrás de Sorokin! Nos interesa mucho ese maldito Lobo.

68

Durante las veinticuatro horas siguientes, más de treinta agentes fueron encargados de vigilar catorce páginas y chats porno. Sin duda una de las tareas de vigilancia más morbosas del mundo. No sabíamos exactamente qué estábamos buscando, aparte de a alguien que por casualidad mencionara un sitio de la red denominado Guarida del Lobo, o posiblemente al propio Lobo. Mientras tanto, Monnie y yo nos dedicamos a recopilar toda la información que pudimos acerca de la Mafiya Roja y en particular sobre Pasha Sorokin.

Aquella misma tarde, tuve que ausentarme. El momento no pudo ser más inoportuno, pero es que no había ningún momento adecuado para aquello. Me habían pedido que asistiera a una entrevista preliminar con los abogados de Christine Johnson en el edificio Blake, en la zona de Dupont Circle. Christine pretendía recuperar al pequeño Alex.

Llegué un poco antes de las cinco y tuve que pelear con la riada de oficinistas que salían de aquella insólita estructura de doce pisos, la cual de hecho doblaba la esquina de la avenida Connecticut con la L. Examiné el directorio que había en la planta baja y vi que entre los inquilinos del edificio figuraban Mazda, Barron's, el Consejo de Seguridad Nacional y varios bufetes de abogados, entre ellos Mark, Haranzo y Denyeau, el que representaba a Christine.

Me acerqué con pesar a los ascensores y pulsé un botón. Christine deseaba la custodia de Alex. Su abogado había concertado aquella entrevista para arreglar las cosas sin acudir al juzgado ni recurrir a un método alternativo de resolución de disputas. Yo había hablado con mi abogado aquella mañana y había decidido que era mejor que él no estuviera presente, ya que se trataba de una entrevista informal. Mientras subía en el ascensor hacia la séptima planta, me repetí una sola cosa: «Haz lo que sea mejor para el pequeño Alex.» Con independencia de los sentimientos que ello pudiera provocarme.

Me bajé en la séptima, y fui recibido por Gilda Haranzo, que era esbelta y atractiva, vestida con un traje gris marengo y una blusa de seda blanca con un lazo en el cuello. Mi abogado conocía a Haranzo y me había comentado que era muy buena, y también muy empecinada. Estaba divorciada de su marido, médico, y tenía la custodia de sus dos hijos. Cobraba honorarios elevados, pero Christine y ella habían ido juntas a Villanova y desde entonces eran muy amigas.

—Christine está ya en la sala de juntas, Alex —me informó después de presentarse. Y añadió—: Lamento que nos encontremos en esta situación. Es un caso difícil. Aquí no hay malos. Si eres tan amable de seguirme…

—Yo también lamento que hayamos llegado a esta situación —repliqué. Sin embargo, yo no estaba tan seguro de que no hubiera malos. Pronto lo veríamos.

Haranzo me condujo hasta una sala de tamaño mediano con moqueta gris y paredes enteladas en azul claro. En el centro había una mesa de cristal con seis sillones de cuero negro. Los únicos objetos que se veían sobre la mesa eran una jarra de agua helada, unos cuantos vasos y un ordenador portátil.

La estancia constaba de una fila de altos ventanales que daban al Dupont Circle. Christine se encontraba de pie cerca de los ventanales, y cuando entré no dijo nada. Entonces fue hasta la mesa y tomó asiento en uno de los sillones de cuero.

—Hola, Alex —dijo por fin.

69

Gilda Haranzo se deslizó en su asiento detrás del ordenador y me situé enfrente de Christine, al otro lado de la mesa. De improviso, la pérdida del pequeño Alex se me antojó muy real. El mero hecho de pensarlo me dejó sin respiración. Ya fuera una decisión acertada o no, justa o injusta, Christine se había alejado de nosotros, se había trasladado a miles de kilómetros de distancia y no había venido a visitar a su hijo ni una sola vez. Había renunciado a sus derechos de madre. Y ahora había cambiado de idea. ¿Y si volvía a hacerlo más adelante?

—Gracias por venir, Alex. Lamento las circunstancias. Debes creerme, lo lamento de veras.

No supe qué decir. No era que estuviera furioso con ella, pero… bueno, quizá sí un poco enfadado. El pequeño Alex había pasado casi toda su vida conmigo, y en aquel momento no soportaba la idea de perderlo. Mi estómago estaba hundiéndose en el vacío igual que un ascensor en caída libre. Aquella experiencia era como ver a tu hijo cruzar la calle corriendo, a punto de sufrir un accidente grave, y no poder evitar que sucediera. Me quedé allí sentado, en profundo silencio, reprimiendo un alarido primitivo que hubiera destrozado los cristales de aquella oficina.

Entonces dio comienzo la reunión. La entrevista informal. Sin la presencia de malos.

—Doctor Cross, le agradezco que haya hecho un hueco en su tiempo para venir hasta aquí —dijo Gilda Haranzo, dirigiéndome una sonrisa cordial.

—¿Por qué no iba a venir? —repliqué.

Ella asintió y sonrió de nuevo.

—Todos deseamos resolver este problema de manera amistosa. Ha sido usted un cuidador excelente, y eso nadie lo discute.

—Soy el padre del niño, señora Haranzo —la corregí.

—Por supuesto. Pero Christine tiene capacidad para cuidar del pequeño a partir de ahora, y es la madre. Además, también es directora de una escuela de primaria en Seattle.

Noté que se me sonrojaban la cara y el cuello.

—Hace un año abandonó a Alex.

Entonces intervino Christine.

—Eso no es justo, Alex. Te dije que por el momento podías hacerte cargo del niño. Siempre se entendió que nuestro arreglo era provisional.

La señora Haranzo preguntó:

—Doctor Cross, ¿no es cierto que su abuela, que tiene ochenta y dos años, es quien se ocupa del pequeño la mayor parte del tiempo?

—Nos ocupamos todos —contesté—. Además, el año pasado, cuando Christine se marchó a Seattle, Nana no era demasiado mayor. Es una mujer sumamente capaz, y no creo que le convenga hacerla subir al estrado de los testigos.

La abogada prosiguió:

—Su trabajo lo obliga a estar con frecuencia fuera de casa, ¿no es así?

Asentí con la cabeza.

—Sí, de vez en cuando. Pero Alex siempre está bien atendido. Es un niño feliz, sano e inteligente, sonríe todo el tiempo. Y es muy querido. Es el centro de nuestra familia.

Haranzo aguardó a que yo terminara, y después empezó otra vez. Yo me sentía como si estuviera siendo juzgado.

—Su trabajo, doctor Cross, es peligroso. Su familia ya se ha visto en grave peligro en otras ocasiones. Además, ha tenido usted relaciones íntimas con mujeres desde que se fue la señora Johnson. ¿No es cierto?

Lancé un suspiro. A continuación, me levanté muy despacio de mi sillón de cuero.

—Lo siento, pero esta reunión ha terminado. Discúlpenme. Tengo que salir de aquí. —Al llegar a la puerta, me volví y le dije a Christine—: Esto no está bien.

70

Tenía que salir de allí y despejarme la cabeza pensando en otra cosa. Regresé al edificio Hoover, y al parecer nadie me había echado de menos. No pude evitar pensar que algunos de aquellos agentes siempre refugiados en las oficinas centrales no tenían ni idea de cómo se resolvían los crímenes en el mundo real. Casi estaban convencidos de que uno no tenía más que introducir datos en los ordenadores y éstos terminaban soltando el nombre de un criminal. «¡Las cosas tienen lugar en la calle! Salid de esas oficinas sin ventanas, llenas de aire viciado. ¡Caminad por las aceras!», tuve ganas de gritar.

Pero no pronuncié ni una palabra. Me senté delante de un ordenador y busqué lo último que hubiera sobre la mafia rusa. No encontré ninguna conexión que prometiera. Además, en realidad no podía concentrarme, después de haberme reunido con la abogada de Christine. Justo pasadas las siete, recogí mis cosas y salí del edificio Hoover.

Nadie pareció advertir que me marchaba.

Cuando llegué a casa, Nana estaba esperándome en la puerta. Yo subía los escalones cuando ella abrió la puerta y salió.

—Cuida del pequeño Alex, Damon. Volvemos dentro de un rato —exclamó.

Bajó cojeando los escalones de la entrada, y yo fui tras ella.

—¿Adónde vamos? —le pregunté.

—A dar un paseo en coche —contestó ella—. Tú y yo tenemos cosas de que hablar.

«Oh, mierda.»

Volví a subir al viejo Porsche y encendí el motor. Nana se dejó caer en el asiento del pasajero.

—Conduce —ordenó.

—Sí, señorita Daisy.

—No me vengas con ironías, o lamentarás haber intentado hacerte el ingenioso.

—Sí, señora.

—Ése es un buen ejemplo de ironía.

—Lo sé, señora.

Me dirigí hacia el oeste, hacia las montañas Shenandoah, un paseo muy bonito y uno de los favoritos de Nana. Durante la primera parte del trayecto, los dos estuvimos bastante callados, algo insólito en nosotros.

—¿Qué ha ocurrido en el bufete de abogados? —preguntó Nana por fin cuando yo giraba para tomar la carretera 66.

Le conté la versión completa, probablemente porque necesitaba desahogarme. Ella me escuchó en silencio, y después hizo una cosa impropia de ella: lanzó un juramento.

—¡A la mierda con Christine Johnson! ¡No tiene razón en esto!

—No puedo reprochárselo del todo —repuse. Por más que me empeñara en lo contrario, comprendía su manera de ver las cosas.

—Pues yo sí. Abandonó al pequeño siendo un bebé y se fue a Seattle. No tenía por qué marcharse tan lejos. Fue decisión suya. Y ahora tiene que hacer de tripas corazón.

Volví la cabeza y la miré. Tenía el semblante contraído.

—No sé si hoy en día eso se consideraría un punto de vista esclarecedor.

Ella hizo un gesto con la mano para desechar mis palabras.

—A mí no me parece que hoy en día estén tan claras las cosas. Ya sabes que yo creo en los derechos de la mujer, en los derechos de las madres, todo eso, pero también creo que uno tiene que ser responsable de sus actos. Christine abandonó a ese niño. No asumió su responsabilidad.

—¿Has terminado? —le pregunté.

Nana tenía los brazos fuertemente cruzados sobre el pecho.

—Sí. Y me siento muy bien, realmente fenomenal. Deberías probarlo de vez en cuando. Desahógate, Alex. Pierde el control. Deja salir todo lo que llevas dentro.

Tuve que echarme a reír.

—He venido del trabajo con la radio a todo volumen, y he venido chillando todo el rato a pleno pulmón. Yo estoy más alterado que tú, Nana.

Por una vez, y no recuerdo que se hubiera dado una ocasión anterior, Nana me dejó decir la última palabra.

71

Aquella noche llamó Jamilla alrededor de las once, que para ella eran las ocho. Llevábamos varios días sin hablar y, para ser sincero, aquél no era el mejor momento. La visita de Christine a Washington y la entrevista con su abogada me habían dejado tenso y descolocado. Desconcertado. Procuré que no se me notara, pero eso tampoco me salió bien.

—Nunca escribes, nunca llamas —me dijo Jamilla, riendo con su habitual estilo desenfadado y contagioso—. No me digas que ya estás enfrascado en un caso del FBI. He acertado, ¿verdad?

—Sí, estoy en un caso importante y desagradable. Aunque digamos más bien que entro y salgo de él —dije, y a continuación le expliqué sucintamente lo que estaba ocurriendo y lo que no estaba ocurriendo en el edificio Hoover, incluido mi conflicto de sentimientos respecto a estar en el FBI... todas aquellas cosas de mi vida que en realidad carecían de importancia en aquel preciso momento.

—Eres el chico nuevo del barrio —comentó ella—. Dales un poco de tiempo.

—Procuro tener paciencia. Simplemente ocurre que no estoy acostumbrado a este derroche de movimientos y recursos.

Ella rió.

—Y tampoco estás acostumbrado a ser el centro de atención, ¿no crees? Eres una estrella, Alex.

Sonreí.

—Tienes razón, ya. Eso es parte del tema.

—Tú veías al FBI desde el otro lado de la valla. Sabías en qué te estabas metiendo. ¿O no lo sabías?

—Supongo que sí, claro. Pero me hicieron un montón de promesas en el momento de firmar.

Jamilla suspiró.

—Ya sé, no estoy siendo muy solidaria, empática, lo que sea. Es uno de mis defectos.

—No; soy yo.

—Sí. —Rió de nuevo—. Eres tú. Nunca te había visto tan decaído. A ver qué podemos hacer para animarte.

Conversamos sobre el caso en que estaba trabajando ella, y después me preguntó por cada uno de los chicos. Mostró el mismo interés de siempre. Pero yo me encontraba de un humor taciturno y no pude deshacerme de él. No sé si ella estaría dándose cuenta, y entonces me dijo:

—En fin, sólo quería saber qué tal estabas. Si tienes alguna noticia, llámame. Siempre estoy a tu disposición. Te echo de menos, Alex.

—Yo también te echo de menos —contesté.

Jamilla cortó la comunicación con un suave «adiós».

Me quedé allí sentado, moviendo la cabeza adelante y atrás. Mierda. Qué gilipollas era a veces. Estaba echando a Jamilla la culpa de lo que había sucedido con Christine. ¡Menuda estupidez!

72

—Hola. Te echaba de menos —dije, y sonreí—. Y lo siento mucho.

Cinco minutos después de que colgara Jamilla, volví a llamarla para intentar enmendar el entuerto.

—Haces bien en pedir perdón, pesado. Me alegro de ver que tu famosa intuición te sigue funcionando —dijo ella.

—No ha sido tan difícil. La prueba más importante la tenía delante de los ojos. Ha sido la conversación telefónica más breve que hemos tenido nunca. Y probablemente también la más incómoda y frustrante. He tenido uno de mis famosos presentimientos.

—Y bien, ¿qué te ocurre, campeón? ¿Es algo del trabajo, o se trata de otra cosa? ¿Es por mí, Alex? Puedes decírmelo. Pero debo advertirte que llevo pistola.

Le reí la broma. Luego respiré hondo y expulsé el aire lentamente.

—Ha vuelto Christine Johnson. A partir de aquí, la cosa va empeorando. Ha venido a buscar al pequeño Alex. Quiere llevárselo, obtener la custodia, probablemente irse con él a Seattle.

Ella inspiró bruscamente.

—Oh, Alex, eso es terrible. Terrible. ¿Has hablado con ella?

—Claro que sí. Esta tarde he estado en la oficina de su abogada. A Christine le resulta difícil ser dura, pero a su abogada no.

—¿Christine os ha visto a los dos juntos? ¿Ha visto cómo eres tú con el niño? Eres como el padre de esa vieja película, *Kramer contra Kramer*. Dustin Hoffman y aquel niño tan encantador.

—No, no nos ha visto juntos, pero yo sí que la he visto a ella con Alex. El niño se rindió a sus encantos, la recibió feliz, sin recriminaciones. El muy traidor.

Jamilla ya estaba furiosa.

—Muy propio del pequeño Alex. Siempre es el perfecto caballero. Como su padre.

—Eso, y además… Christine es su madre. Los dos tienen una historia común, Jam. Es complicado.

—No, no lo es. Desde luego para mí no, ni para nadie que tenga cerebro. Ella lo abandonó, Alex. Se fue a vivir a cinco mil kilómetros, y no ha vuelto en un año entero. ¿Quién sabe si no repetirá la hazaña? Bueno, ¿y qué piensas hacer?

Aquélla era la pregunta del millón, claro.

—¿Qué opinas tú? ¿Qué harías tú?

Jam reprimió una carcajada.

—Oh, ya me conoces, yo pelearía como una fiera.

Acabé por sonreír.

—Eso haré. Pienso pelear con Christine como una auténtica fiera.

73

Las llamadas telefónicas de aquella noche no habían terminado aún. Nada más colgar con Jamilla, y me refiero a un intervalo de un minuto, aquel artefacto infernal empezó a sonar otra vez. Temí que fuera Christine. La verdad era que en aquel momento no tenía ganas de hablar de Alex. ¿Qué querría decirme... y qué podría yo decirle a ella?

Pero el teléfono no dejaba de sonar. Consulté el reloj y vi que eran más de las doce. ¿Y ahora qué? Dudé unos instantes, y finalmente levanté el auricular.

—Alex Cross —dije.

—Alex, soy Ron Burns. Perdone que lo llame tan tarde. Es que estoy a punto de tomar un avión de Nueva York a Washington. Otra conferencia sobre métodos antiterroristas, sea lo que sea lo que eso signifique actualmente. Por lo visto, nadie sabe con exactitud cómo luchar conta esos hijos de puta, pero todo el mundo tiene una teoría.

—Jugar con sus mismas reglas. Naturalmente, eso molestaría a más de uno —repuse—. Y seguramente no será política o socialmente correcto.

Burns rió.

—Usted sí que va directo al meollo —comentó—. No es nada tímido para decir lo que piensa.

—Mira quién fue a hablar… —dije.

—Ya sé que está un poco cabreado. Y no se lo reprocho, teniendo en cuenta lo que ha pasado últimamente. Tanto baqueteo en el Bureau, todas esas advertencias que le han hecho. Hay una cosa que tiene que entender, Alex: estoy intentando dar la vuelta a un dinosaurio muy lento y muy pesado. Confíe en mí un poco más. A propósito, ¿qué hace en Washington todavía? ¿Por qué no está ya en New Hampshire?

Parpadeé sin entender.

—¿Qué hay en New Hampshire? Oh, mierda, no me lo diga.

—Tenemos un sospechoso. Veo que no se lo han dicho. ¿Se acuerda de su idea de buscar todo lo hubiese sobre la Guarida del Lobo? Pues ha funcionado. ¡Tenemos a un tipo!

No di crédito a mis oídos.

—Nadie me ha informado. He estado en casa desde que salí del trabajo.

Hubo un breve silencio.

—Voy a hacer un par de llamadas. Tome un avión mañana por la mañana. Lo estarán esperando en New Hampshire. Créame, lo estarán esperando. Y… Alex, confíe en mí un poco más de tiempo.

—Vale, de acuerdo.

«Un poco» más de tiempo.

74

Parecía improbable y peculiar al mismo tiempo, pero el sujeto vigilado por el FBI en New Hampshire era un respetado profesor suplente de literatura inglesa de Dartmouth. Hacía poco que había entrado en un chat denominado Tabú y había alardeado de conocer una exclusiva página web en la que uno podía comprar de todo, siempre que tuviera suficiente dinero.

Un agente del COIE había descargado de la red la extraña conversación con el señor Potter...

Novio: ¿Exactamente cuánto es suficiente dinero para comprar «cualquier cosa»?

Señor Potter: Más de lo que tienes tú, amigo mío. Sea como sea, hay un escáner de retina para impedir el acceso a la morralla como tú.

El Paquete: Es un honor que hoy te hayas rebajado a hablar con nosotros.

Señor Potter: La Guarida del Lobo se abre sólo dos horas por semana. Y ninguno de vosotros está invitado, por supuesto.

Resultó que «señor Potter» era el apodo utilizado por el doctor Homer Taylor. Culpable o no, al doctor Taylor ahora se lo miraba con lupa. Había varias parejas de agentes trabajando en turnos de ocho horas que vigilaban cada paso que daba el sospechoso en Hanover. Durante los días laborables vivía en una pequeña casa victoriana situada cerca de la universidad e iba y venía andando a las clases. Era un individuo delgado, medio calvo y de aspecto serio, que vestía trajes de confección inglesa con corbatas de pajarita de vivos colores y tirantes no coordinados adrede. Siempre parecía muy satisfecho consigo mismo. Las autoridades del centro universitario nos habían contado que enseñaba teatro isabelino y de la Restauración, y que además aquel semestre impartía un seminario sobre Shakespeare.

Sus clases eran tremendamente populares, y él también. El doctor Taylor tenía fama de estar a disposición de los alumnos, incluso de los que no asistían a su asignatura. También era conocido por su rápido ingenio y su crudo sentido del humor. A menudo sus clases estaban tan abarrotadas que no quedaban asientos libres, lo cual él denominaba «aforo completo», y con frecuencia interpretaba escenas de teatro, tanto papeles masculinos como femeninos.

Todo el mundo suponía que era homosexual, pero nadie tenía noticia de que hubiera mantenido alguna relación seria. Era propietario de una granja situada a unos ochenta kilómetros de allí, en Webster, New Hampshire, en la que pasaba la mayoría de los fines de semana. Ocasionalmente iba a Boston o Nueva York, y había pasado varios veranos en Europa. Jamás había tenido un incidente con un alumno, aunque algunos chicos lo llamaban Puck, el duendecillo malicioso y juguetón de *Sueño de una noche de verano*, varios de ellos en la cara.

Vigilar a Taylor resultaba difícil, dado el ambiente de

aquella localidad universitaria. Hasta el momento creíamos que nuestros agentes no habían sido descubiertos, pero no podíamos estar seguros del todo. No se había visto a Taylor hacer mucho más que dar sus clases y regresar a su casa.

El segundo día en Hanover, me encontraba en un coche de vigilancia, un Crown Vic azul oscuro, en compañía de una agente llamada Peggy Katz. La agente Katz se había criado en Lexington, Massachusetts. Era una persona muy seria cuya principal afición era por lo visto el baloncesto profesional. Era capaz de pasarse horas hablando de la NBA o la WNBA, lo cual hizo mientras estábamos allí.

Los otros agentes que estaban de turno aquella noche eran Roger Nielsen, Charles Powiesnik y Michelle Bugliarello. Powiesnik era el agente especial encargado. Yo en realidad no estaba seguro de dónde encajaba, pero todos estaban al tanto de que había sido enviado por Washington, y por Ron Burns en persona.

«El bueno del doctor Taylor sale de casa. Podría ser interesante», oímos por el transmisor poco después. Desde el lugar donde nos encontrábamos, en realidad no alcanzábamos a ver la casa.

«Va hacia vosotros. Seréis los primeros en captarlo», dijo el agente especial Powiesnik.

Katz encendió los faros del coche, y nos acercamos hasta un recodo. Allí aguardamos a que pasara Taylor. Un instante después apareció su Toyota 4Runner.

—Se dirige a la I-89 —informó ella—. Circula a unos setenta kilómetros por hora, manteniéndose dentro del límite de velocidad, y eso lo convierte en sospechoso. Tal vez se dirija a su granja de Webster. Aunque es un poco tarde para recoger tomates.

«Diremos a Nielsen que se sitúe por delante de él en la

I-89. Vosotros quedaos detrás. Michelle y yo os pisaremos los talones», dijo Powiesnik.

Aquello me resultó familiar, y al parecer también a la agente Katz, porque al cortar la comunicación suspiró en voz baja:

—Bien.

Después de abandonar la 89, Taylor tomó un par de carreteras secundarias más estrechas. Circulaba casi a cien por hora.

—Por lo visto, ahora tiene prisa —comentó Peggy.

Entonces el Toyota de Taylor giró para tomar un camino sin asfaltar. Tuvimos que rezagarnos un poco para no ser descubiertos. Los campos estaban cubiertos por una densa niebla, y fuimos avanzando despacio hasta que pudimos aparcar sin ser vistos en el arcén. Los otros coches del FBI no habían llegado todavía; al menos no vimos ninguno. Nos apeamos de nuestro sedán y nos escondimos entre la vegetación.

Entonces vimos el Toyota de Taylor aparcado delante de una casa en sombras. Al cabo de unos instantes se encendió una luz en el interior, después otra. La agente Katz guardó silencio, y yo me pregunté si habría participado alguna vez en algo tan fuerte como aquello. Probablemente no.

—Estamos viendo el Toyota de Taylor frente a la casa —informó a Powiesnik. —Se volvió hacia mí—. ¿Y ahora qué? —preguntó en voz baja.

—No depende de nosotros —contesté.

—¿Y si dependiera?

—Yo me acercaría un poco más. Quiero ver si tiene ahí dentro a ese chico desaparecido en Santa Cruz. No sabemos qué peligro corre.

Powiesnik volvió a hablarnos:

«Vamos a echar un vistazo. Usted y el agente Cross quédense donde están. Vigilen nuestra retaguardia.»

La agente Katz se volvió hacia mí conteniendo la risa.

—Powiesnik ha querido decir que lo observemos a ver si aprendemos algo, ¿a que sí?

—O que nos quedemos chupando rueda —dije.

—O que nos jodamos mientras ellos se divierten —refunfuñó ella.

Tal vez no hubiera participado nunca en una acción, pero estaba claro que deseaba hacerlo. Tuve la corazonada de que a lo mejor iba a salirse con la suya.

75

—Ahí está, dirigiéndose al granero —dije, señalando—. Ése es Taylor. ¿Qué estará haciendo?

—Powiesnik se encuentra al otro lado de la casa. Seguramente le es imposible ver que Taylor está fuera —comentó la agente Katz.

—Vamos a ver qué se propone.

Katz titubeó.

—No irás a permitir que me peguen un tiro, ¿verdad?

—No —respondí, demasiado deprisa. Aquello estaba complicándose por momentos. Deseaba ir detrás de Taylor, pero comprendía que también tenía que mantenerme atento a Katz.

—Vamos allá —decidió ella por fin—. Taylor está fuera de la casa. Se dirige hacia el suroeste —alertó a Powiesnik—. Vamos tras él.

Atravesamos a la carrera unos cincuenta metros. Teníamos que recuperar terreno y no perder de vista a Taylor. En el cielo brillaba una media luna que ayudaba un poco, pero también era posible que Taylor nos viera llegar. Ahora podíamos perderlo fácilmente, sobre todo si era un tipo desconfiado.

Al parecer, no se dio cuenta de que ocurriera nada a su alrededor, por lo menos de momento. Lo cual me hizo pensar que estaba acostumbrado a pasearse por allí a altas horas de la noche, a no preocuparse de que pudiera verlo alguien. Aquel lugar era su refugio particular, ¿no?

Observé que entraba en el granero.

—Deberíamos llamar otra vez —dijo Katz.

Era una sugerencia sensata, pero me ponía nervioso que llegasen rápidamente otros agentes haciendo ruido. ¿Cuántos de ellos tenían experiencia sobre el terreno?

—De acuerdo —asentí por fin.

Los otros tardaron un par de minutos en llegar a la linde del bosque, donde estábamos agazapados detrás de unos altos matorrales. La luz del granero se filtraba por las grietas y los agujeros de la cubierta de tablones. Desde nuestro escondite no alcanzábamos a ver ni oír gran cosa.

De pronto se oyó una música procedente del interior del granero. Reconocí un tema de Queen, con una letra que hablaba de montar en bicicleta. Una auténtica pasada a aquellas horas de la noche, semejante estruendo en mitad de ninguna parte.

—En su pasado no hay pruebas de que haya hecho uso de la violencia —informó Powiesnik al tiempo que se agachaba a mi lado.

—Ni de que haya secuestrado a nadie —apunté—, pero puede que tenga a una persona en ese granero. Podría ser el chico de Santa Cruz. Taylor conocía la Guarida del Lobo, incluso sabía lo del escáner de retina. Dudo que sea un espectador inocente.

—Vamos a apresarlo —ordenó el agente especial—. Puede que esté armado —les dijo a los demás—. Procedan como si lo estuviera.

Ordenó a Nielsen y Bugliarello que vigilaran el lado

opuesto de la casa por si el sospechoso intentaba escapar por otro sitio. Powiesnik, Katz y yo nos dirigiríamos hacia la puerta por la que había entrado Taylor.

—¿De acuerdo, pues? —le pregunté a Powiesnik—. ¿En entrar por él ya mismo?

—Ya estaba decidido —contestó con voz tensa.

De manera que allá fuimos, derechos hacia la puerta del granero. En el interior continuaba sonando a toda pastilla la música de Queen: *I want to ride my bycicle! Bycicle! Bycicle!*

Todo aquello me producía una sensación de lo más extraña. El FBI contaba con excelentes recursos para obtener información, y desde luego su personal estaba muy bien preparado y entrenado, pero en el pasado yo siempre había confiado en los polis callejeros habituados a escenas del crimen peligrosas.

Taylor no había cerrado la puerta del granero con pestillo ni con llave; lo descubrimos a simple vista cuando nos escondimos tras unos grandes arbustos a unos metros de ella.

De repente la música cesó.

Entonces oí voces que gritaban en el interior. Más de una. Pero no logré distinguir lo que decían ni a quiénes pertenecían.

—Deberíamos detenerlo. Ahora mismo —le susurré a Powiesnik—. Ya estamos en el ajo. Tenemos que entrar.

—No me diga lo que…

—Ya se lo estoy diciendo —repliqué.

Me entraron ganas de asumir el mando. Powiesnik estaba dudando demasiado. Ya que nos habíamos acercado tanto al granero, no deberíamos habernos parado.

—Iré yo el primero. Síganme —dije por fin.

Powiesnik no lo discutió. Katz no pronunció palabra.

Corrí a toda velocidad hacia el granero empuñando la pistola. Llegué en cuestión de segundos. La puerta emitió un sonoro chirrido cuando la empujé. Un intenso chorro de luz me cegó momentáneamente.

—¡FBI! —grité a pleno pulmón—. ¡FBI! ¡Joder!

Taylor me miró con expresión de sorpresa y pánico. No tenía ni idea de que lo habían seguido. Al fin y al cabo, estaba en un lugar privado y seguro, ¿no? Lo vi con toda claridad.

Y también distinguí a otra persona en las sombras del granero. Era un varón, atado con unas correas de cuero a un poste de madera que sostenía una viga, en el pajar. Estaba completamente desnudo. Tenía el pecho y los genitales ensangrentados. ¡Pero Francis Deegan estaba vivo!

—Queda usted detenido… señor Potter.

76

El primer interrogatorio de Potter tuvo lugar en su pequeña biblioteca de la granja. Era una habitación acogedora y amueblada con gusto, y no proporcionaba la menor pista de los horribles actos que se cometían en otros lugares de aquella propiedad. Potter estaba sentado en un banco de madera oscura, con las muñecas esposadas por delante. Sus ojos oscuros centelleaban de furia, fijos en mí.

Yo estaba sentado en una silla enfrente de él. Por espacio de largos instantes nos miramos ceñudos el uno al otro, y después yo dejé vagar la mirada por la habitación. Todas las paredes estaban cubiertas por estanterías y armarios fabricados a medida. Sobre un gran escritorio descansaban un ordenador y una impresora, así como varias cajas de madera y montones de exámenes para corregir. Detrás del escritorio había un letrero de madera verde que rezaba: «Bendito sea este desorden.» Por ninguna parte había ni rastro del verdadero Taylor, o «Potter».

Me fijé en los autores que figuraban en los lomos de los libros: Richard Russo, Jamaica Kincaid, Zadie Smith, Martin Amis, Stanley Kunitz...

Se rumoreaba que el FBI a menudo disponía de una amplia información sobre un detenido antes de llevar a cabo el interrogatorio. Y en efecto, así ocurría con Taylor. Yo ya sabía que su infancia la había pasado en Iowa, y que después había estudiado en Iowa y en la Universidad de Nueva York. Nadie había sospechado que tuviera un lado siniestro. Aquel año se había presentado a una promoción para ascender a profesor numerario, y había trabajado en un libro acerca de *El paraíso perdido* de Milton, además de escribir un artículo sobre John Donne. Sobre el escritorio se encontraban los borradores de ambos proyectos literarios.

Me levanté de la silla y hojeé aquellas páginas. «Es un tipo organizado. Estructura muy bien el trabajo», pensé.

—Un material interesante —dije.

—Tenga cuidado con eso —me advirtió él.

—Oh, perdón. Tendré cuidado —contesté, como si todavía importase algo lo que él hubiera escrito acerca de Milton o Donne. Continué echando un vistazo a sus libros: el *Oxford Dictionary*, el *Riverside Shakespeare*, revistas trimestrales sobre Shakespeare y Milton, *El arco iris de gravedad*, un manual Merck.

—Este interrogatorio es ilegal. Ustedes lo saben. Quiero ver a mi abogado —dijo mientras yo volvía a sentarme—. Lo exijo.

—Oh, sólo estamos conversando un poco —repliqué—. Esto es sólo una entrevista. Estamos esperando a que llegue un abogado. Así te vamos conociendo.

—¿Han llamado a mi abogado? ¿Ralph Guild, de Boston? Dígamelo. No juegue conmigo.

—No lo dudes —contesté—. Veamos, a ti te hemos detenido alrededor de las ocho. A él lo han llamado a las ocho y media.

Taylor se miró el reloj, y sus ojos oscuros llamearon.

—¡Ya son las doce y media!

Me encogí de hombros.

—Bueno, no es de extrañar que aún no esté aquí tu abogado. Tú no estás preso. Así que das clase de literatura inglesa, ¿cierto? A mí me gustaba la literatura cuando iba al colegio, leía mucho, todavía lo hago, pero me encantaban las ciencias.

Taylor siguió mirándome con cara de pocos amigos.

—Olvida usted que Francis ha sido llevado al hospital. La hora figura en la ficha.

Chasqueé los dedos e hice una mueca.

—Correcto. Desde luego que sí. Se lo llevaron poco después de las nueve. Yo mismo firmé el formulario. Tengo un doctorado, igual que tú, en psicología, obtenido en la Johns Hopkins.

Homer Taylor se balanceaba adelante y atrás en el banco. Sacudió la cabeza y dijo:

—No me intimida, gilipollas de mierda. A mí no se me puede intimidar con gente insignificante como usted. Puede creerme. Dudo que usted tenga un doctorado, como no sea de capullo.

Hice caso omiso de aquella provocación.

—¿Has matado a Benjamin Coffey? Yo diría que sí. Dentro de un rato empezaremos a buscar su cadáver. ¿Por qué no nos ahorras las molestias?

Por fin Taylor sonrió.

—¿Que les ahorre las molestias? ¿Y por qué iba yo a hacer algo así?

—Tengo una buena respuesta para esa pregunta: porque más tarde vas a necesitar mi ayuda.

—Ya, bueno, pues entonces les ahorraré molestias más tarde, después de que usted me ayude. —Sonrió—. ¿Qué es usted? ¿La idea que tiene el FBI de lo que son medidas a favor de las minorías?

Sonreí.

—No. En realidad, soy tu última oportunidad. Más te vale aprovecharla.

77

La biblioteca de la granja se encontraba vacía salvo por la presencia de Potter y la mía. Él estaba esposado, tranquilo y nada asustado, mirándome con gesto amenazante.

—Quiero ver a mi abogado —repitió.

—Me lo creo. A mí me pasaría lo mismo. Yo incluso estaría montando un numerito.

Taylor no pudo evitar sonreír. Tenía los dientes manchados.

—¿Qué tal un cigarrillo? Deme algo, lo que sea.

Le di un pitillo. Hasta se lo encendí.

—¿Dónde has enterrado a Benjamin Coffey?

—¿Así que es usted quien está al mando? —replicó—. Muy interesante. Las vueltas que da la vida, ¿eh? Y también los gusanos.

—¿Dónde está Benjamin Coffey? —repetí—. ¿Lo tienes enterrado ahí fuera? Seguro que sí.

—¿Para qué me pregunta si ya conoce la respuesta?

—Porque no quiero perder tiempo en excavar esos terrenos ni dragar el estanque.

—Pues no puedo ayudarlo. No conozco a ningún Benjamin Coffey. Y, naturalmente, Francis estaba aquí por voluntad propia. Odiaba el ambiente de Santa Cruz; no les gustamos a los jesuitas, ni a algunos curas.

—¿Que a los jesuitas no les gustan quiénes? ¿Quién más trabaja contigo?

—Es usted ciertamente gracioso, para ser un parásito de mierda. Me gusta utilizar el humor mordaz.

Le lancé una patada al pecho y volqué el banco en que estaba sentado. Él cayó el suelo y se golpeó en la cabeza. Aquello lo conmocionó y sorprendió. Cómo mínimo, debió de dolerle un poco.

—¿Se supone que esto debe asustarme? —dijo una vez que hubo recuperado el aliento.

Ahora estaba enfadado, con la cara congestionada y las venas del cuello palpitantes. Bien.

—¡Quiero ver a mi abogado! ¡Estoy exigiendo de modo explícito ver a un abogado! —empezó a vociferar—. ¡Un abogado! ¡Un abogado! ¡Un abogado! ¿Es que nadie me oye?

Siguió gritando durante más de una hora, igual que un niño majadero que no consigue salirse con la suya. Yo lo dejé chillar y maldecir hasta que empezó a quedarse ronco. Incluso salí de la casa a estirar las piernas, me tomé un café y conversé un poco con Charlie Powiesnik, que resultó un tipo bastante agradable.

Cuando volví a entrar, Potter parecía cambiado. Había tenido tiempo para recapacitar sobre lo ocurrido en la granja. Sabía que estábamos interrogando a Francis Deegan y que también encontraríamos a Benjamin Coffey. Puede que a otros cuantos más.

Entonces lanzó un fuerte suspiro.

—Supongo que podríamos llegar a algún acuerdo que sea de mi agrado. Que nos beneficie mutuamente.

Asentí con la cabeza.

—Estoy seguro. Pero a cambio necesito algo concreto. ¿Cómo consigues a los chicos? ¿Cómo funciona el sistema? Eso es lo que necesito saber.

Aguardé. Varios minutos.

—Le diré dónde está Benjamin —dijo por fin.

—Eso me lo dirás también.

Aguardé un poco más. Volví a salir a ver a Charlie. Luego regresé a la biblioteca.

—Los chicos se los he comprado a Lobo —cedió Potter por fin—. Pero va a lamentar haberlo preguntado. Y yo también, probablemente. Él nos hará pagar a los dos. En mi humilde opinión, y recuerde que quien le habla no es más que un profesor universitario, Lobo es el hombre más peligroso del mundo. Es ruso. De la Mafiya Roja.

—¿Dónde puedo encontrar a Lobo? ¿Cómo te pones en contacto con él?

—No sé dónde está. Nadie lo sabe. Es un tipo misterioso. Ése es su rasgo más destacado, su marca de fábrica. Yo diría que lo pone cachondo.

Hicieron falta varias horas más de charla, negociación y regateo, pero Potter terminó diciéndome parte de lo que yo deseaba saber acerca de aquel misterioso ruso que lo tenía tan impresionado. Aquel mismo día escribí en mis notas: «Esto aún no tiene lógica. En realidad, nada tiene lógica. El plan de Lobo parece demencial. ¿Lo será de verdad?»

Después escribí lo último que había pensado, al menos por el momento: «Quizá sea la genialidad de todo ello lo que no tiene lógica. Para nosotros. Para mí.»

CUARTA PARTE

DENTRO DE LA GUARIDA

78

Stacy Pollack constituía una presencia solemne y dominante en aquella reunión de agentes en la quinta planta del edificio Hoover. Ya no quedaba ningún asiento libre en la sala. Yo era una de las personas que se encontraban de pie al fondo, pero desde nuestro éxito en New Hampshire casi todo el mundo sabía quién era yo. Habíamos rescatado a otro cautivo, Francis Deegan, que pronto se recuperaría del todo. Y también habíamos encontrado los cadáveres de Benjamin Coffey y de otros dos varones, aún sin identificar.

—Dado que no estoy acostumbrada a que las cosas nos salgan bien —comenzó Pollack, y arrancó una carcajada general—, aceptaré este reciente logro y daré humildemente las gracias a quienes lo han hecho posible. Esto ha supuesto un gran avance para nosotros. Como ya saben muchos de ustedes, Lobo viene siendo un objetivo clave en nuestra lista de la Mafiya Roja, probablemente el más importante de todos. Se rumorea que está metido en venta de armas, extorsión, tongos deportivos, prostitución y trata de blancas. Por lo visto se llama Pasha Sorokin, y al parecer aprendió el oficio en los alrededores de Moscú.

Y digo «al parecer» porque no hay nada seguro en lo que respecta a este individuo. De alguna manera se las arregló para entrar en el KGB. Allí duró tres años y después se convirtió en un *pakhan*, un jefe, en los bajos fondos rusos, pero al final decidió emigrar a Estados Unidos, donde desapareció por completo.

»De hecho, durante un tiempo creímos que estaba muerto. Pero parece que no, al menos si podemos creer al señor Potter. ¿Podemos? —Pollack hizo un gesto en mi dirección—. A propósito, ése de ahí es el agente Alex Cross. Ha participado en la detención de New Hampshire.

—Yo opino que podemos creer al señor Potter —dije—. Él sabe que lo necesitamos, y está claro que entiende lo que puede ofrecernos: una posible pista que nos conduzca a Sorokin. También me ha advertido de que Lobo vendrá por nosotros. Su empeño consiste en ser el gángster más importante del mundo entero. Según Potter, eso es Lobo.

—Entonces, ¿a qué viene lo de la trata de blancas? —quiso saber un agente—. En ese negocio no se gana tanto dinero, y es arriesgado. ¿Qué finalidad tiene? A mí me parece una chorrada. Tal vez nos hayan engañado.

—No sabemos por qué actúa de esa forma. Estoy de acuerdo en que resulta preocupante. Quizá sean ésas sus raíces, sus pautas —aportó un agente del grupo encargado de mafia rusa en la oficina de Nueva York—. Siempre ha metido la mano en todo lo que ha podido. La cosa se remonta hasta la época en que trabajaba en las calles de Moscú. Por otra parte, a Lobo le gustan las mujeres. Es un pervertido.

—Yo no creo que le gusten exactamente —terció un agente femenino de Washington—. En serio, Jeff.

El agente de Nueva York continuó:

—Corre el rumor de que hace un par de semanas entró en un local de Brighton Beach y liquidó a una de sus ex esposas. Ése es su estilo. En una ocasión vendió a dos primas suyas en el mercado de esclavos. Y no hay que olvidar que no tiene miedo a nada. Esperaba morir joven en Rusia, y le sorprende seguir con vida. Le gusta caminar por la cuerda floja.

Stacy Pollack volvió a hablar:

—Os contaré un par de historias más para que tengáis una idea de nuestro hombre. Parece que Pasha manipuló a la CIA para que ésta lo sacara de Rusia. En efecto, la CIA lo trajo aquí. Se suponía que él debía proporcionarles una jugosa información, pero no lo hizo. Cuando aterrizó en Nueva York, se dedicó a vender bebés en un apartamento de Brooklyn. Según lo que cuentan, en un solo día vendió seis bebés a parejas de barrios residenciales a diez mil dólares cada uno. Más recientemente ha estafado doscientos millones a un banco de Miami. Le gusta lo que hace, y es evidente que se le da bien. Y ahora sabemos que hay una página de Internet que él visita. Puede que incluso consigamos acceder a ella, estamos trabajando al respecto. Estamos más cerca de Lobo de lo que hemos estado nunca. O eso creemos.

79

Aquella noche Lobo estaba en Filadelfia, la cuna de la nación, aunque no de su nación. No lo dejó traslucir en ningún momento, pero estaba nervioso, y le gustaba la tensión emocional que eso le producía.

Lo hacía sentirse más vivo. Y también le gustaba ser invisible, que nadie supiera quién era, poder ir a cualquier parte y hacer lo que se le antojara. Aquella noche estaba viendo jugar a los Flyers contra Montreal en el First Union Center. Aquel partido de hockey era uno que él había amañado, pero hasta el momento no había ocurrido nada, y precisamente por eso se encontraba nervioso y contrariado.

Cuando ya iba tocando a su fin la segunda parte, la puntuación era 2-1. ¡Flyers! Él se hallaba sentado ante la pista de hielo, cuatro filas detrás del área de castigo, cerca de donde estaba la acción. Para distraerse observaba al público, formado por una mezcla de yuppies con traje y corbata floja y miembros de la clase trabajadora con holgadas camisetas de los Flyers. Todo el mundo parecía tener un cucurucho de nachos y un vaso de cerveza de medio litro.

Su mirada terminó por fijarse de nuevo en el partido. Los jugadores se movían por la pista a una velocidad de vértigo, siseando al surcar la superficie de hielo con las cuchillas de sus patines.

—Vamos, vamos. ¡Haced algo! —los instó.

De repente vio a Ilia Teptev fuera de su posición. Se oyó el estruendo como de escopeta de un fuerte golpe con el palo que lanzó el disco por los aires. Gol... ¡de Montreal! El público estalló en insultos.

—¡Ilia cabronazo! ¿Acaso quieres perder el partido, mamón de mierda?

Entonces el comentarista del encuentro anunció por los altavoces: «Gol de Montreal por parte del número dieciocho, Stevie Bowen. Hora del gol, diecinueve minutos y treinta y dos segundos.»

El período terminó 2-2. En el intermedio salió a la pista la máquina para alisar el hielo. Se consumieron más nachos y más cerveza. Y el hielo volvió a ser una superficie lisa y brillante.

Durante los dieciséis minutos siguientes, el partido se mantuvo 2-2. A Lobo le entraron ganas de aporrear a Teptev y Dobushkin. Pero entonces el centro canadiense, Bowen, se coló atravesando una defensa poco entusiasta e irrumpió en el área de los Flyers. Lanzó un pase paralelo al borde derecho. ¡Una jugada... larga! Fue recuperado por Alexei Dobushkin... el cual se metió detrás de su propia red con el disco.

Huyó por la derecha, luego lanzó un pase hacia el otro lado de la pista —por delante del área de meta— y fue interceptado por Bowen, que impulsó el disco al fondo de la red.

Gol... ¡de Montreal!

Lobo sonrió por primera vez en todo el partido. Después se giró hacia su acompañante Dimitri, su hijo de siete años, cuya existencia habría sorprendido a cualquiera que supuestamente conociera a Lobo.

—Vámonos, Dimmie, ya se ha acabado el partido. Van a ganar los canadienses, tal como te dije. ¿Acaso no te lo dije?

Dimitri no estaba convencido del resultado, pero sabía que no debía discutir con su padre.

—Tenías razón, papá —dijo el niño—. Tú siempre tienes razón.

80

Aquella noche a las once y media tenía pensado acceder por primera vez a la Guarida del Lobo. Ahora bien, para ello necesitaba la ayuda del señor Potter. Homer Taylor había sido trasladado a Washington para dicho propósito. Yo necesitaba sus ojos.

Los dos nos sentamos muy juntos, Taylor con esposas, en una sala operativa de la quinta planta del Hoover. Al profesor se le veía nervioso, y supuse que estaba pensándoselo mejor respecto de nuestro acuerdo para lo de Lobo.

—No crea que no va a venir por usted. Es implacable. Está loco —me advirtió una vez más.

—Ya me he librado de locos otras veces —repuse—. ¿Sigue en pie nuestro trato?

—Sí. ¿Qué remedio me queda? Pero se arrepentirá. Y yo también, me temo.

—Te protegeremos.

Él entrecerró los ojos.

—Eso lo dirá usted.

Aquella noche ya había habido bastante ajetreo. Los máximos expertos en informática del FBI habían intentado utilizar un software especial para averiguar contraseñas con el fin de entrar en la Guarida del Lobo, pero hasta el momento había fallado todo. También había fracasado el ataque «masivo» que a menudo conseguía decodificar datos encriptados introduciendo combinaciones de letras y números. Nada había funcionado. Necesitábamos al señor Potter para entrar, necesitábamos sus ojos. El mapa de los vasos sanguíneos de la retina y el dibujo del tejido del iris eran los únicos métodos de identificación. Para el escaneo se necesitaba una fuente luminosa de baja intensidad y un acoplador óptico.

Potter acercó un ojo al aparato y a continuación lo enfocó sobre un punto de color rojo. Se tomó una impresión y después se envió. Segundos después, obtuvimos acceso.

«Aquí Potter», tecleé mientras conducían a Taylor fuera de la sala. Lo llevarían a pasar la noche en la prisión federal de Lorton, y después lo trasladarían otra vez a Nueva Inglaterra. Yo me lo quité de la cabeza, pero no pude olvidarme de su advertencia respecto a Lobo.

«Justo estábamos hablando de ti», dijo alguien cuyo nombre de usuario era Master Trekr.

«Ya decía yo que me pitaban los oídos», tecleé, y me pregunté si estaría comunicándome por primera vez con Lobo. ¿Estaría en línea? Y en ese caso, ¿dónde? ¿En qué ciudad?

Yo ocupaba el centro del escenario de la sala operativa del COIE. Alrededor de mí se apiñaban más de una docena de agentes y técnicos, la mayoría también frente a un ordenador. La escena se parecía a una aula de alta tecnología.

Master Trekr: «En realidad no estábamos hablando de ti, Potter. Estás paranoico. Como siempre, vamos.»

Me fijé en los otros nombres de usuario:

Esfinge 3000
ToscaBella
Luis XV
Sterling 66

Lobo no estaba. ¿Significaba eso que no se encontraba en línea en la Guarida? ¿O sería Master Trekr? ¿Estaría estudiándome en ese momento? ¿Estaba yo superando la prueba?

«Necesito un sustituto para Worcester», tecleé. Potter me había dicho que el nombre clave de Francis Deegan era Worcester.

ESFINGE 3000: «Pues ve pidiendo la vez. Estábamos hablando de mi paquete, de mi envío. Ahora me toca a mí. Ya lo sabes, capullo.»

Al principio no respondí. Aquélla era mi primera prueba. ¿Le pediría disculpas Potter a Esfinge 3000? Supuse que no. Lo más probable era que reaccionara con una respuesta cáustica. O quizá no. Decidí no contestar nada de momento.

ESFINGE 3000: «Jódete tú también. Ya sé lo que estás pensando. Eres un pervertido hijoputa. Como iba diciendo antes de que me interrumpieran, quiero una tía del Sur, cuanto más colgada de sí misma y cuanto más engreída, mejor. Quiero una diosa de hielo, que yo pienso hacer pedazos. Totalmente obsesionada consigo misma. Que vista de Chanel y Miu Miu y que lleve joyas Bulgari hasta para ir al supermercado. Con tacones altos, por supuesto. No me importa que sea alta o baja. Guapa de cara. Con tetas firmes.»

TOSCABELLA: «Qué original.»

ESFINGE 3000: «A la mierda lo de original, y siento repetirme, pero jódete. Quiero ese antiguo rock-and-roll. Quiero lo que quiero, y me lo he ganado.»

STERLING 66: «¿Algo más? Esa belleza sureña que pides. ¿La quieres de veintitantos? ¿De treinta y tantos?»

ESFINGE 3000: «Eso estaría bien. Me da igual, me valen todas.»

LUIS XV: «¿Adolescentes también?»

STERLING 66: «¿Cuánto tiempo piensas tenerla contigo?»

ESFINGE 3000: «Una gloriosa noche de éxtasis y salvaje abandono… sólo una noche.»

STERLING 66: «¿Y después?»

ESFINGE 3000: «Me desharé de ella. Bueno, ¿qué? ¿Conseguiré a mi diosa?»

Se hizo una pausa.

Nadie respondió nada.

¿Qué estaría pasando?

«Por supuesto que sí —contestó Lobo—. Pero ten cuidado, Esfinge. Ten mucho cuidado. Nos están vigilando.»

81

No estaba seguro de cómo reaccionar a la contestación de Lobo, ni al mensaje que dirigió a Esfinge. ¿Debía hablar en aquel momento? ¿Sabría Lobo que estábamos tras sus huellas? ¿Pero cómo?

STERLING 66: «Bueno, ¿y qué problema tienes tú, señor Potter?»

Aquélla era mi oportunidad. Deseaba desenmascarar a Lobo. Pero ¿cómo iba a hacerlo salir de su madriguera? Era muy consciente de que todo el mundo me observaba de cerca en aquella sala.

«No tengo ningún problema —tecleé—. Sencillamente, estoy listo para recibir otro chico. Ya sabes que yo cumplo bien. ¿No he cumplido siempre?»

STERLING 66: «¿Quieres otro chico nuevo? Pero si no hace ni una semana que recibiste uno.»

«Sí, pero ya no está con nosotros», tecleé.

ESFINGE 3000: «Eso sí que tiene gracia. Eres un encanto, Potter. Un encanto de asesino psicópata.»

Era evidente que a Esfinge no le gustaba nada Potter. Tuve que suponer que el sentimiento debía de ser recíproco. De modo que tecleé:

«Yo también te quiero. Deberíamos juntarnos y tocarnos en persona.»

STERLING 66: «Cuando dices que ya no está con nosotros, supongo que quieres decir que está muerto, ¿no?»

SEÑOR POTTER: «Sí, nuestro querido niño ha pasado a mejor vida. Pero ya me he quitado el luto, así que a otra cosa.»

ESFINGE 3000: «Para partirse de risa.»

Aquello empezaba a ponerme nervioso. ¿Quiénes serían aquellos cabrones enfermizos? ¿Dónde estarían, aparte de en el ciberespacio?

SEÑOR POTTER: «Ya he pensado en uno. Llevo un tiempo vigilándolo.»

ESFINGE 3000: «Seguro que está como un quesito.»

SEÑOR POTTER: «Ya lo creo. Es de lo que no hay. El amor de mi vida.»

STERLING 66: «Eso dijiste de Worcester. ¿Qué ciudad?»

SEÑOR POTTER: «Boston. Cambridge, en realidad. Es alumno de Harvard, está haciendo el doctorado. Es argentino, creo. En verano monta caballos de polo.»

STERLING 66: «¿Dónde has dado con éste, Potter?»

El caramelito siguiente lo tomé directamente del propio Homer Taylor:

SEÑOR POTTER: «De hecho, me he topado con él literalmente. Está duro como una piedra.»

ESFINGE 3000: «¿Dónde lo has conocido? Cuenta, cuenta.»

SEÑOR POTTER: «En Harvard, en un simposio al que fui.»

STERLING 66: «¿Sobre qué tema?»

SEÑOR POTTER: «Milton, naturalmente.»

STERLING 66: «¿Él asistió también?»

SEÑOR POTTER: «No. Me topé literalmente con él en

los aseos. Me pasé el resto del día mirándolo. Averigüé dónde vivía. Llevo tres meses estudiándolo.»

STERLING 66: «Entonces, ¿por qué compraste a Worcester?»

Sabía que iban a preguntármelo.

SEÑOR POTTER: «Por un impulso. Pero este chico de Cambridge, esto sí que es amor verdadero. No es un rollete sin más.»

STERLING 66: «¿Así que tienes el nombre? ¿La dirección?»

SEÑOR POTTER: «Sí. Y también el talonario de cheques.»

STERLING 66: «¿No encontrarán a Worcester? ¿Estás seguro?»

Me parecía oír dentro de mi cabeza la voz de Potter mientras tecleaba.

SEÑOR POTTER: «Santo Dios, no. A no ser que a alguien le dé por darse un bañito en mi fosa séptica.»

ESFINGE 3000: «Caray, Potter. Me encanta.»

STERLING 66: «Bueno, si tienes talonario en mano…»

LOBO: «No, eso tendrá que esperar. Es demasiado pronto, Potter. Ya volveremos contigo. Como siempre, he disfrutado de la conversación, pero tengo otros asuntos que atender.»

Lobo desconectó. Se fue. Mierda. Entraba y salía como si tal cosa. El hombre misterioso, como siempre. ¿Quién sería aquel cabrón?

Permanecí en línea unos minutos, charlando con los demás, expresando mi desilusión por la decisión del jefe, de las ganas que tenía de efectuar una compra. Y después abandoné el chat.

Recorrí con la mirada los colegas que me rodeaban. Unos cuantos se pusieron a aplaudir, algunos en tono de guasa, pero mayormente para felicitarme de verdad. Cosas de policías. Casi como en los viejos tiempos. Me sentí ligeramente aceptado por los presentes. Por primera vez, de hecho.

82

Esperamos a recibir noticias de la Guarida del Lobo. Todos los que se encontraban en aquella sala abarrotada deseaban detener a Lobo a cualquier precio. Era un crimimal complicado y retorcido, pero, además de eso, el FBI necesitaba apuntarse un tanto; lo necesitaba mucha gente que estaba deslomándose a trabajar. Cazar a Lobo supondría una victoria tremenda. Ojalá lo lográsemos. ¿Y si también atrapábamos a todos aquellos hijos de puta? Esfinge, ToscaBella, Luis XV, Sterling.

Aun así, había una cosa que me molestaba muchísimo. Si Lobo era tan poderoso y dominador como parecía, ¿por qué estaba metido en aquello? ¿Porque siempre había participado en toda clase de delitos? ¿Porque él mismo era un pirado del sexo? ¿Sería eso, que Lobo era un chalado? ¿Adónde podía llevarme aquella forma de pensar?

«Es un pirado, y por lo tanto...»

Excepto por un par de horas que fui a casa para ver a los chicos, el siguiente día y medio lo pasé en el edificio Hoover. Y lo mismo hicieron otros muchos agentes que trabajaban en el caso, hasta Monnie Donnelley, que estaba tan emocionalmente implicada como el que más. Continuamos recabando información, sobre todo acerca de los mafiosos rusos radicados en Estados Unidos, pero principalmente estábamos esperando un mensaje de la Guarida del Lobo dirigido al señor Potter. Un sí o un no, luz verde o luz roja. ¿Qué estaría esperando aquel bastardo?

Hablé varias veces con Jamilla —largo y tendido—, y también con Sampson, con los niños, con Nana Mama. Hasta llamé a Christine. Tenía que averiguar qué planes tenía con respecto al pequeño Alex. Después de la conversación que tuve con ella, no me quedó claro si sabía o no lo que iba a hacer, lo cual me resultó lo más molesto de todo. Comencé a detectar un tono ambivalente en su voz cuando habló de criar a Alex, incluso cuando dijo que estaba preparada para solicitar legalmente la custodia. Teniendo en cuenta todo por lo que había pasado, me costaba trabajo seguir enfadado con ella.

Sin embargo, preferiría haber dado mi brazo derecho antes que perder a mi niño. El solo hecho de pensarlo me produjo un dolor de cabeza que no dejaba de asediarme y que me hizo aún más insoportable la larga espera de una resolución.

Alrededor de las diez del segundo día, sonó el teléfono de mi mesa. Atendí de inmediato.

—¿Estabas esperando mi llamada? ¿Qué tal va la cosa?

Era Jamilla, y aunque sonaba como si estuviera cerca, en realidad se encontraba al otro lado del país, en California.

—Fatal —contesté—. Estoy encerrado en un despacho pequeño y sin ventanas, en compañía de ocho informáticos del FBI que huelen a tigre.

—Ya veo. Deduzco que ese tal Lobo todavía no ha contestado.

—No, y no es sólo eso. —Le conté mi conversación telefónica con Christine.

Jamilla no se mostró tan solidaria con Christine como me sentía yo.

—Pero ¿quién diablos se cree que es? Se marchó y abandonó a su hijo.

—La cosa es más complicada —apunté.

—No, no lo es, Alex. A ti siempre te gusta conceder a las personas el beneficio de la duda. Tú crees que la gente es básicamente buena.

—Supongo que sí. Ésa es la razón por la que puedo realizar mi trabajo, porque la gente es básicamente buena y no se merece toda la mierda que le cae encima.

Jamilla soltó una risotada.

—Ya, y tú tampoco. Piénsalo. Ni el pequeño Alex, ni Damon, ni Jannie, ni Nana Mama. Claro que no me has pedido mi opinión. Ya me callo. En fin, ¿cómo vais con el caso? Vamos a cambiar a un tema más agradable.

—Estamos esperando a ese matón ruso y a los cerdos de sus amigos. Sigo sin comprender por qué anda metido en un negocio de secuestro.

—¿Estás en este momento en el FBI, en el cubo Hoover? ¿Me estás llamando desde ahí?

—Sí, pero no es exactamente un bloque cuadrado. En la parte que da a la avenida Pennsylvania sólo tiene siete pisos, por culpa de las leyes urbanísticas de Washington. Y en la parte de atrás tiene once pisos.

—Gracias por la información. Empiezas a hablar como un federal. Me imagino que tienes una sensación extraña estando ahí dentro.

—No; sólo pienso que estoy en la quinta planta. Podría estar en cualquier parte el edificio.

—Ja, ja. No, estás trabajando en el otro lado, en el lado oscuro. Eso de estar en el edificio J. Edgar Hoover, de ser un federal... El mero hecho de pensarlo me da escalofríos.

—La espera es la misma, Jam. La espera siempre es la misma.

—Por lo menos tienes buenos amigos con quienes charlar durante una parte de ese tiempo. Por lo menos tienes algún que otro colega para hablar por teléfono.

—Así es. Y tienes razón, la espera resulta más fácil contigo.

—Me alegro de que pienses así. Necesitamos vernos, Alex. Necesitamos tocarnos. Hay cosas de las que tenemos que hablar.

—Lo sé. En cuanto termine este caso. Te lo prometo. Tomaré el primer avión.

Jamilla rió de nuevo.

—Venga, tío, ponte manos a la obra. Atrapa a ese cabrón psicópata, a ese lobo siberiano. Si no, seré yo la que tome un avión a la Costa Este.

—¿Lo prometes?

—Lo prometo.

83

Una docena de agentes, más o menos, se hallaban sentados alrededor de la mesa, devorando gruesos bocadillos de rosbif y ensalada de patatas y bebiendo té frío cuando volvió a establecerse contacto con la Guarida del Lobo. La palabra «rosbif» tenía un significado especial dentro del FBI, pero aquélla era otra historia. Estaba llamando Lobo.

«Potter. Hemos tomado una decisión respecto de lo que has pedido —decía el correo electrónico—. Ponte en contacto con nosotros.»

El grupo continuó comiendo. Todos estuvimos de acuerdo en que no había necesidad de ponerse en contacto con Lobo de inmediato; levantaría sospechas que Potter estuviera allí mismo, esperando su mensaje. Ya había un agente en Hanover representando el papel del doctor Homer Taylor. Habíamos hecho correr la mentira de que el profesor estaba con gripe y que no iría a clase durante unos días. De vez en cuando se organizaban «avistamientos» del profesor Taylor en su casa, en ocasiones se asomaba por la ventana o salía a sentarse en el porche. Que nosotros supiéramos, nadie había preguntado por Taylor ni en Dartmouth ni en su casa de Webster. Ambos lugares estaban siendo estrechamente vigilados por varios agentes.

Yo abrigaba la esperanza de que los agentes destacados en el terreno supieran lo que se hacían. A aquellas alturas no teníamos idea respecto de qué precauciones habría adoptado Lobo o si ya sospechaba algo. No sabíamos lo suficiente acerca de aquel ruso, ni siquiera si tenía a alguien dentro del Bureau que le suministrara información.

Se acordó que yo aguardase una hora y media, dado que no me encontraba en línea cuando Lobo estableció contacto, y él lo sabría. A lo largo del día anterior habíamos intentado varias veces, sin éxito, relacionar la Guarida del Lobo con un propietario o incluso con uno de los otros usuarios. Ello significaba, seguramente, que la página había sido bien protegida por un informático de alto nivel. Los expertos del FBI estaban seguros de que terminarían entrando, pero todavía no lo habían conseguido.

Homer Taylor había sido transportado de nuevo a Washington, y una vez más nos servimos de sus ojos para el escáner de retina. Después me senté frente a un ordenador y empecé a teclear. Fui siguiendo el modelo de comunicación con la Guarida que nos había proporcionado Taylor como parte de nuestro acuerdo.

«Aquí Potter —comencé—. ¿Cuándo tendré a mi amante?»

84

Esperé a que Lobo respondiera la insensata pregunta de Potter. Esperamos todos.

No llegó respuesta alguna. Mierda. ¿En qué me había equivocado? Seguro que me había pasado. Lobo era muy listo. De alguna manera sabía qué estábamos tramando. Pero ¿cómo?

—Voy a aguantar un poco —dije, mirando a mis compañeros—. Quiero saber qué me ofrece. Él lo sabe. Se supone que debo de estar al rojo vivo.

«Aquí Potter», tecleé de nuevo al cabo de unos minutos.

De repente empezaron a aparecer palabras en mi pantalla.

Leí:

LOBO: «No te repitas, Potter. Ya sé quién eres.»

Tecleé unas palabras más con la estridente «voz» de Taylor:

«Es mala educación de tu parte hacerme esperar así. Ya sabes cómo estoy, lo que estoy pasando.»

LOBO: «¿Cómo voy a saberlo? Eres tú el pirado que da miedo, Potter, no yo.»

SEÑOR POTTER: «De eso nada. El verdadero monstruo eres tú. El más cruel de todos.»

LOBO: «¿Por qué dices eso? ¿Crees que yo tomo rehenes como haces tú?»

El corazón me latía con fuerza. ¿Qué habría querido decir con aquello? ¿Tendría Lobo algún rehén? ¿O más de uno? ¿Podría ser que Elizabeth Connolly aún estuviera viva, después de todo aquel tiempo? ¿O habría otro rehén, tal vez uno del que no sabíamos nada?

LOBO: «Dime una cosa, maricón. Demuéstrame lo que vales.»

¿Que demostrara lo que valía? ¿Cómo? Aguardé a recibir más instrucciones, pero no llegaron. Así que volví a teclear:

SEÑOR POTTER: «¿Qué quieres saber? Estoy cachondo. No, en realidad no. Estoy enamorado.»

LOBO: «¿Qué le ha ocurrido a Worcester? De ése también estabas enamorado.»

Aquella conversación estaba derivando hacia terreno desconocido. Yo esperaba poder mantener la continuidad con cosas que Homer Taylor me hubiese contado. La otra cuestión me causaba una profunda intranquilidad: ¿realmente era Lobo la persona con la que estaba hablando?

SEÑOR POTTER: «Francis era incapaz de amar. Me puso furioso. Pero ya no está, nunca más se sabrá nada de él.»

LOBO: «¿Y no habrá repercusiones?»

SEÑOR POTTER: «Soy muy cuidadoso. Igual que tú. Me gusta la vida que llevo y no quiero que me atrapen. ¡Y no me atraparán!»

LOBO: «¿Eso quiere decir que a Worcester ya le has dejado descansar en paz?»

No estaba seguro de cómo contestar. ¿Con otra bromita cruel por mi parte?

SEÑOR POTTER: «Algo parecido. Eres muy gracioso.»

LOBO: «Sé más concreto. Dame los jodidos detalles, Potter. ¡Vamos!»

SEÑOR POTTER: «¿Qué es esto, un examen? No me hace falta esta mierda.»

LOBO: «Ya sabes que sí lo es.»

SEÑOR POTTER: «La fosa séptica. Ya te lo dije.»

No hubo respuesta por parte de Lobo. Me estaba desquiciando los nervios.

SEÑOR POTTER: «Bueno, ¿cuándo recibiré a mi chico?»

Una pausa de varios segunos.

LOBO: «¿Tienes el dinero?»

SEÑOR POTTER: «Naturalmente.»

LOBO: «¿Cuánto tienes?»

Creí saber lo que debía responder, pero no estaba seguro. Dos semanas antes, Taylor había retirado de su cuenta ciento veinticinco mil dólares por medio de un administrador de Lehman, en Nueva York.

SEÑOR POTTER: «Ciento veinticinco mil. El dinero no es problema. Me quema en el bolsillo.»

Ninguna respuesta.

SEÑOR POTTER: «¿No me has dicho que no me repita?»

LOBO: «De acuerdo, puede que te consigamos al chico. ¡Ten cuidado! ¡Puede que no haya otro!»

SEÑOR POTTER: «¡En ese caso, tampoco habrá otros ciento veinticinco mil!»

LOBO: «No me preocupa. Sobran pirados como tú. Te sorprenderías.»

SEÑOR POTTER: «Ya. ¿Qué tal le va a tu rehén?»

LOBO: «Tengo que volver al trabajo… Una pregunta más, Potter, sólo para asegurarnos: ¿de dónde sacaste tu apodo?»

Miré a mis compañeros. Mierda. Aquello no se lo había preguntado a Taylor. Entonces una voz me susurró al oído. Era Monnie.

—¿No será del libro ese para niños? A Harry, el protagonista, lo llaman señor Potter en la escuela Hogwarts. ¿Podría ser? No sé.

¿Sería aquello? Necesitaba responder algo; y tenía que acertar. ¿Habría tomado el nombre de los libros de Harry Potter? ¿Porque le gustaban los niños? En aquel momento me vino a la cabeza una cosa que había visto en el despacho de Taylor, en la granja.

Mis dedos fueron al teclado. Esperé un segundo, y a continuación tecleé:

SEÑOR POTTER: «Esto es absurdo. He tomado el nombre del título de una novela de Jamaica Kincaid, *Señor Potter*. ¡Que te jodan!»

Aguardé la respuesta. Igual que el resto de los presentes. Hasta que por fin llegó.

LOBO: «Te conseguiré al chico, señor Potter.»

85

Ya estábamos en marcha otra vez, yo trillando las calles de nuevo, tal como me gustaba, tal como antes.

Yo había estado varias veces en Boston, una ciudad que me gustaba lo suficiente como para haber barajado la posibilidad de mudarme a vivir allí, y me sentía cómodo. Los dos días siguientes los pasamos siguiendo de cerca a un estudiante llamado Paul Xavier, desde su apartamento en Beacon Hill hasta sus clases en Harvard, luego hasta el Ritz-Carlton, donde trabajaba de camarero, y también a locales de moda como Sin Fronteras y Reproche.

Xavier era el «cebo» que habíamos tendido para Lobo y su cuadrilla de secuestradores.

En realidad, el papel de Xavier lo representaba un agente de treinta años de edad enviado por nuestra oficina de Springfield, Massachusetts. Se llamaba Paul Gautier, poseía belleza juvenil, era alto y delgado, de cabello castaño claro, y aparentaba veintipocos. Iba armado, pero también era vigilado de cerca en todo momento por varios agentes, día y noche. No teníamos ni idea de cómo ni cuándo intentarían pillarlo los hombres de Lobo, sólo sabíamos que lo intentarían.

Doce horas al día yo era uno de los agentes que vigilaban y protegían a Gautier. Ya había advertido acerca de los peligros de emplear un cebo para intentar cazar a los secuestradores, pero nadie me hizo caso.

La segunda noche de vigilancia, y de acuerdo con el plan, Paul Gautier acudió a los Fens, una zona de marismas situada a lo largo de Muddy River, cerca de Park Drive y la calle Boylston.

Llamados en realidad Back Bay Fens, habían sido ideados por Frederick Law Olmsted, que también había diseñado el parque Common de Boston y el Central Park de Nueva York.

Por la noche, cuando ya los locales habían cerrado, el auténtico Paul Xavier solía pasear por los Fens en busca de encuentros sexuales, razón por la que nosotros enviamos allí a nuesto agente.

Se trataba de un trabajo peligroso para cualquiera, pero sobre todo para el agente Gautier. La zona estaba muy oscura y no había farolas. Los altos juncos que crecían junto al río eran tupidos y servían de escondite a amantes y rateros… y también a secuestradores.

Peggy Katz y yo nos encontrábamos al lado de los juncos, que parecían un auténtico bosque. Llevaba media hora explicándome que en realidad no le interesaban tanto los deportes, pero que sabía mucho de baloncesto y fútbol americano porque quería poder hablar de algo con sus colegas varones.

—Los hombres hablan de otras cosas —le dije mientras escudriñaba los Fens con unos prismáticos de visión nocturna.

—Ya lo sé. También puedo hablar de dinero y de coches. Pero me niego a hablar de sexo con vosotros, que no sois más que unos calentorros.

Solté una risita. Desde luego, Katz sabía expresarse. A menudo era irónica, con cierta malicia, y parecía reírse con uno, aunque resultara que uno era el objeto de sus chistes. Pero yo también sabía que era muy fuerte, verdaderamente de primera línea.

—Y tú, ¿por qué te has venido al FBI? —me preguntó mientras seguíamos esperando que apareciera el agente Gautier—. Te iba bastante bien en la policía de Washington, ¿no?

—No me iba mal. —Bajé el tono de voz y señalé un claro que había delante—. Aquí llega Gautier.

Gautier acababa de salir de la calle Boylston y venía caminando despacio por los Fens, en dirección a Muddy River.

Yo conocía el área bastante bien gracias a una anterior ronda de reconocimiento. Durante el día aquella misma zona del parque se denominaba jardines de la Victoria; los vecinos cultivaban flores y plantas, y ponían carteles en los que rogaban a los visitantes nocturnos que no las pisotearan.

El jefe del equipo, Roger Nielsen, me habló en susurros por los auriculares:

«Varón con gorro de lana, Alex. Un tipo fornido. ¿Lo ves?»

—Lo tengo.

El del gorro estaba hablando a un micrófono que llevaba prendido en el cuello de su polo deportivo. No era uno de los nuestros, de modo que tenía que ser uno de los suyos, de Lobo.

Escudriñé la zona en busca de posibles compañeros. ¿Sería el equipo de secuestro? Probablemente. ¿Qué otra cosa podía ser?

Nielsen dijo:

«Creo que lleva puesto un micrófono. ¿Lo ves?»

—Lleva un micro, sin duda. Veo a otro varón sospechoso. Cerca de los jardines, a nuestra izquierda —informé—. También está hablando con el cuello de su camisa. Se dirigen hacia Gautier.

86

Eran tres hombres corpulentos, y fueron convergiendo poco a poco hacia Paul Gautier. Al mismo tiempo, nosotros fuimos aproximándonos a ellos. Yo había desenfundado mi Glock, pero ¿de verdad estaba preparado para lo que pudiera suceder en aquel parque pequeño y oscuro?

Los secuestradores se mantenían cerca de Park Drive, y supuse que tendrían una furgoneta o un coche grande esperando en la calle. Parecían seguros de sí mismos y nada asustados. Ya habían hecho aquello otras veces, ya habían raptado hombres y mujeres previamente comprados por alguien. Eran secuestradores profesionales.

—Deténgalos ya —le dije al agente *senior* Nielsen—. Gautier corre peligro.

—Espere hasta que ellos le pongan la mano encima —fue la respuesta—. Queremos hacerlo bien. Espere.

Yo no estaba de acuerdo, y no me gustaba nada lo que estaba ocurriendo. ¿Para qué esperar? Gautier llevaba demasiado tiempo allí, y el parque estaba oscuro.

—Gautier corre peligro —repetí.

Entonces, uno de los tres hombres, rubio y con un impermeable Boston Bruins, le hizo una seña con la mano.

Gautier observó cómo se le acercaba el otro, asintió con la cabeza y sonrió. El rubio llevaba una especie de linterna pequeña en la mano, con la cual iluminó el rostro de Gautier.

Los oí hablar:

—Hace una noche muy buena para dar un paseo —comentó Gautier, sonriendo. Parecía nervioso.

—Hay que ver las cosas que hacemos por amor —respondió el rubio, con acento ruso.

Ambos se encontraban apenas a un par de metros. Los otros secuestradores aguardaban en la retaguardia, no lejos de allí.

De pronto el rubio sacó una pistola de la chaqueta y le encañonó la cara a Gautier.

—Tú te vienes conmigo. Nadie va a hacerte daño. No intentes ninguna tontería, ¿vale?

Entonces se les unieron los otros dos.

—Estáis cometiendo un error —dijo Gautier.

—Ah, ¿sí? ¿Y por qué? —repuso el rubio—. El que tiene la pistola soy yo, no tú.

—Ahora —ordenó Nielsen—. ¡FBI! Manos arriba. ¡Apártense de él! —gritó al tiempo que nosotros corríamos hacia ellos.

—¡FBI! —gritó otro agente—. ¡Manos arriba, todo el mundo!

A continuación se produjo un gran revuelo. Los otros dos secuestradores sacaron pistolas. El rubio seguía apretando la suya contra el cráneo de Gautier.

—¡Atrás! —gritó—. ¡Atrás o lo mato! Arrojad las armas al suelo. ¡Pienso disparar! No es un farol.

Nuestros agentes continuaron avanzando… despacio.

Entonces sucedió lo peor: el fornido rubio disparó al agente Paul Gautier en plena cara.

87

En medio de la conmoción ocasionada por el disparo, los tres hombres huyeron a la carrera. Dos de ellos corrieron como liebres hacia Park Drive, pero el rubio salió como una flecha en dirección a la calle Boylston.

Era un hombre corpulento, pero corría como un gamo. Recordé que Monnie Donnelley me había comentado que a veces la Mafiya reclutaba rusos que eran grandes atletas, incluso ex olímpicos. ¿Sería el rubito un deportista retirado? Desde luego lo parecía. La confrontación, el tiroteo y todo lo demás me recordaron lo poco que sabíamos de los gángsteres rusos. ¿Cómo trabajaban? ¿Cómo pensaban?

Eché a correr tras él, con el organismo inundado por una sobrecarga de adrenalina. Seguía sin creer lo que acababa de ocurrir. Podría haberse evitado. Ahora Gautier probablemente había muerto.

Sin dejar de correr, grité:

—¡Atrápenlos vivos!

Debería ser algo obvio, pero los otros agentes acababan de ver disparar cruelmente a un compañero. No sabía cuánta acción en la calle, o cuánto combate, habrían visto antes. Y además necesitábamos interrogar a aquellos cabrones.

Empezaba a quedarme sin resuello. A lo mejor necesitaba insistir más en las clases de preparación física de Quantico, o quizá se debiera a que las últimas semanas había pasado demasiado tiempo sentado en el edificio Hoover.

Perseguí al rubio asesino por una zona residencial bordeada de árboles. De pronto, los árboles desaparecieron y vi elevarse frente a mí las resplandecientes torres del Prudential Center y del Hancock. Miré hacia atrás; me seguían tres agentes, entre ellos Peggy Katz, empuñando su pistola.

El hombre que corría delante de mí estaba cada vez más cerca del Centro de Convenciones Hynes, con cuatro agentes del FBI a la zaga. Yo iba acercándome a él, pero no lo suficiente. Me pregunté si acaso habíamos tenido suerte: ¿sería Lobo el hombre al que perseguíamos? Siempre participaba personalmente, ¿no? En ese caso, podríamos procesarlo por asesinato. Quienquiera que fuese, seguía moviéndose muy bien. Era un verdadero corredor de fondo.

—¡Alto! ¡Alto o disparamos! —gritó uno de los agentes a mi espalda.

El ruso no se detuvo, sino que viró bruscamente por una calle lateral, más estrecha y oscura que Boylston, y de un solo sentido. Me pregunté si ya tenía prevista aquella ruta de escape. Probablemente no.

Lo insólito era que no había titubeado al disparar al agente Gautier. «No es un farol», había dicho. ¿Quién era capaz de asesinar con tanta naturalidad? ¡Y con varios agentes del FBI como testigos! ¿Lobo? Se le suponía despiadado y ajeno al miedo, tal vez incluso loco. ¿Uno de sus esbirros?… ¿Cómo pensaban los rusos?

Oía sus fuertes pisadas en el pavimento delante de mí. Poco a poco iba ganándole terreno, ahora que contaba con renovados bríos.

De repente se dio la vuelta… ¡y me disparó!

Me arrojé al suelo, pero con la misma rapidez me levanté y reanudé la persecución. Le había visto la cara con toda claridad: rostro ancho, facciones poco marcadas, ojos oscuros, unos cuarenta años.

Entonces se volvió otra vez, se plantó y disparó.

Yo me agazapé detrás de un coche aparcado. Oí un grito. Me giré a toda prisa y vi un agente en el suelo. Doyle Rogers. El rubio se volvió y echó a correr una vez más. Pero yo ya había recobrado las fuerzas y estaba seguro de alcanzarlo. Y después, ¿qué? Aquel tipo estaba dispuesto a morir.

De pronto sonó un disparo a mi espalda y me costó creer lo que vi. El rubio se desplomó y cayó al suelo de bruces. Una vez tendido en el suelo, no hizo ni un solo movimiento. Le había acertado uno de los agentes que venían detrás de mí. Al volverme vi a Peggy Katz, todavía agachada en la postura en que había disparado.

Examiné al agente Rogers y comprobé que sólo se trataba de una herida en el hombro. Se recuperaría. Después regresé andando a solas hasta los Fens. Al llegar vi que Paul Gautier seguía con vida. Pero los otros dos secuestradores habían logrado escapar. Habían robado un coche en Park Drive y nuestros agentes los habían perdido. Malas noticias, las peores.

El operativo se nos había ido de las manos delante de nuestras propias narices.

88

No recordaba haberme sentido tan mal por un operativo en todos los años que había trabajado para el departamento de policía de Washington, quizá ni en todos los años que llevaba trabajando en total. Si antes no estaba seguro, lo estaba ahora. Había cometido un error al entrar en el FBI; aquí se hacían las cosas de manera muy distinta de como yo estaba acostumbrado. El FBI actuaba según el manual, como mandaban los cánones, y luego, de repente, cambiaba la pauta. Contaban con tremendos recursos e ingentes cantidades de información, pero a menudo se comportaban como unos aficionados en las calles. Había personas estupendas, y también inefables patosos.

Después del tiroteo de Boston acudí a las oficinas del FBI. Los agentes que se encontraban allí parecían todos afectados por una neurosis de guerra. No pude reprochárselo; había sido un desastre, uno de los peores que yo había presenciado. No pude evitar pensar que el responsable había sido el agente *senior* Nielsen, pero ¿qué importaba, de qué servía repartir culpas? Habían sido heridos dos agentes bien intencionados, uno de ellos de gravedad. Quizá no debiera, pero yo también me sentía parcialmente responsable. Yo le había dicho a Nielsen que acudiera antes en auxilio de Paul Gautier, pero él no quiso escucharme.

Por desgracia, el asesino había muerto. La bala de Katz lo había alcanzado en la nuca y le había arrancado la mayor parte de la garganta. Seguramente había muerto en el acto. No llevaba ninguna identificación. Su cartera contenía unos seiscientos pavos, pero pocas cosas más. Tenía tatuajes en los hombros y la espalda: una serpiente, un dragón y un oso negro, con letras del alfabeto cirílico que todavía nadie había descifrado. Eran típicos tatuajes carcelarios. Supusimos que era ruso, pero no contábamos con ningún nombre, ninguna identificación, ninguna prueba fidedigna.

Se habían tomado fotografías del cadáver, así como sus huellas dactilares, y se habían enviado a Washington. Estaban comprobándolas, de manera que teníamos poca cosa que hacer en Boston hasta que nos dijeran algo. Unas horas después, el Ford Explorer que se habían agenciado por la fuerza los dos otros secuestradores fue encontrado en el aparcamiento de una tienda de comida rápida de Arlington, Massachusetts. Habían robado un segundo vehículo de aquel mismo aparcamiento, y a aquellas alturas probablemente ya lo habrían sustituido por otro.

Un desastre total en todos los sentidos. No podría haber salido peor.

Estaba sentado a solas en una sala de reuniones, abatido, cuando entró uno de los agentes de Boston. Me señaló con un dedo acusador y dijo:

—El director Burns al teléfono.

Burns deseaba que regresara a Washington, así de sencillo y directo. No hubo explicaciones, ni siquiera recriminaciones, respecto a lo sucedido en Boston. Supuse que iba a dejarme un poco más de tiempo sin saber lo que él opinaba de verdad, lo que opinaba el Bureau, y no me pareció un proceder correcto.

Llegué a las oficinas del COIE, situadas en el edificio Hoover, a las seis de la mañana. No había dormido nada. Las oficinas bullían de actividad, y me alegré de que nadie tuviera tiempo para hablar del episodio de Boston.

A los pocos minutos de mi llegada se reunió conmigo Stacy Pollack. Parecía tan cansada como yo, pero me apoyó una mano en el hombro y dijo:

—Aquí todo el mundo está enterado de que usted sabía que Gautier corría peligro y de que intentó detener antes a su agresor. He hablado con Nielsen, y me ha asegurado que fue decisión de él.

Asentí con un gesto, pero luego respondí:

—Tal vez debería haber hablado antes conmigo.

Pollack entrecerró los ojos, pero cambió de tema.

—Hay algo más —anunció—. Hemos tenido suerte. La mayoría de nosotros hemos pasado aquí toda la noche. ¿Recuerda la transferencia de dinero que hicimos a la Guarida del Lobo? —dijo—. Nos hemos servido de un contacto que tenemos dentro del mundo financiero, un banquero de la corresponsalía internacional del Morgan Chase. Seguimos el itinerario de esa transferencia desde que salió de las islas Caimán. A continuación vigilamos prácticamente todas las transacciones realizadas a bancos norteamericanos que poseen relaciones de corresponsalía. Les pedimos que nos enseñaran todas las órdenes de pago electrónicas entrantes. Y ahí es donde nuestro contacto, Robert Hatfield, nos dijo que la cosa se puso difícil. La transferencia fue saltando de un banco a otro: Nueva York, Boston, Detroit, Toronto, Chicago y otro par de sitios más. Pero sabemos a dónde fue a parar por fin.

—¿Adónde? —inquirí.

—Dallas. El dinero ha ido a Dallas. Y además tenemos el nombre del receptor de los fondos. Abrigamos la esperanza de que sea Lobo. En cualquier caso, sabemos dónde vive. Alex, te vas a Dallas.

89

Los primeros casos de secuestro que habíamos rastreado se localizaban en Texas, y se destinaron numerosos
agentes y analistas para investigarlos a fondo. Ahora todo
lo relacionado con el caso se había dimensionado. Los
dispositivos de vigilancia de la vivienda y el lugar de trabajo del sospechoso eran los más impresionantes que yo
recordara. Dudaba que ningún departamento de policía
del país, con las posibles excepciones de Nueva York y
Los Ángeles, pudiera permitirse semejante esfuerzo.

Como de costumbre, el FBI había trabajado concien-
zudamente para averiguar todo lo posible acerca del hombre que había recibido el dinero a través del banco de las
Caimán. Lawrence Lipton vivía en Old Highland Park,
un barrio de alto nivel económico del norte de Dallas. Allí
las calles serpenteaban bordeando las vaguadas bajo una
cúpula de magnolios, robles y pacanas autóctonas. Casi
todas las casas contaban con una parcela cuyos cuidados
eran sin duda carísimos, y durante el día el tráfico en su
mayor parte lo formaban proveedores, niñeras, servicios
de limpieza y jardineros.

Sin embargo, hasta el momento, las informaciones recopiladas acerca de Lipton eran contradictorias. El sospechoso había asistido a St. Mark, un prestigioso colegio de Dallas, y después a la Universidad de Dallas en Austin. Su familia y la de su esposa se habían hecho millonarias con el petróleo, pero Lawrence había preferido diversificar y actualmente poseía una bodega en Texas, un grupo de capital de riesgo y una empresa de informática con la que le iba muy bien. Esta última llamó la atención de Monnie Donnelley, y también la mía.

No obstante, por lo visto Lipton no era estrecho de miras. Pertenecía al consejo de administración del Museo de Arte de Dallas y de la institución Amigos de la Biblioteca. Y también era administrador del hospital Baylor y diácono de la Primera Iglesia Metodista Unida.

¿Podría ser Lobo? No me lo parecía.

El segundo día que pasé en Dallas se celebró una reunión en la oficina local del FBI. El agente superior Nielsen seguía al frente del caso, pero todo el mundo tenía claro que quien mandaba era Ron Burns, desde su despacho de Washington. Ninguno de nosotros se habría sorprendido demasiado si Burns en persona se hubiera presentado en la reunión.

A las ocho de la mañana, Roger Nielsen se plantó delante de los agentes que abarrotaban la sala.

—En Washington han tenido una nochecita ajetreada —empezó, sin parecer impresionado o sorprendido. Al parecer, aquello se había convertido en un procedimiento habitual en casos que concitaban la atención en los medios—. Os pondré al corriente de lo último que sabemos acerca de Lawrence Lipton. La novedad más importante es que, por lo visto, no posee ninguna relación conocida con el KGB ni con las mafias rusas. No es ruso. Puede que más adelante surja algo, o puede que sencillamente se le dé muy bien ocultar su pasado. En los años cincuenta su padre se trasladó de Kentucky a Texas para hacer fortuna «en la pradera». Y, según parece, la encontró «debajo» de la pradera, en los campos petrolíferos del oeste de Texas.

Nielsen se interrumpió y recorrió la sala con la mirada, deteniéndose uno por uno en todos los rostros.

—Hay otra novedad interesante —continuó—. Entre sus propiedades, Lipton's Micro-Management posee en Dallas una empresa denominada Medioambiente Seguro. Se trata de una empresa privada de seguridad. Recientemente, Lipton ha contratado vigilantes armados que velan por su seguridad personal, y yo me pregunto por qué. ¿Está preocupado por nosotros, o tiene miedo de otra persona? ¿Tal vez de una persona como Lobo?

90

Si no fuera tan increíble y terrorífico, sería realmente alucinante. Lizzie Connolly seguía en el mundo de los vivos. Conservaba una actitud positiva transportándose a sí misma a otro lugar, a cualquier sitio que no fuera aquel horrible armario. Con aquel demente que irrumpía en su encierro dos, tres y hasta cinco veces al día.

Sobre todo, se perdía en sus recuerdos. Hubo una época, que parecía muy lejana en el tiempo, en que llamaba a sus niñas Fresita, Muñequita, cosas así. Ellas cantaban todo el tiempo canciones de *Mary Poppins*. Tenían inagotables pensamientos positivos, lo que Lizzie llamaba «pensamientos felices», y siempre los compartían entre ellas, y también con Brendan, por supuesto.

¿Qué más podía recordar?

Con el paso de los años habían acumulado tantos animales que al final les pusieron un número a cada uno. *Chester*, un labrador negro que tenía la cola enroscada como un perro chino, hacía el número 16. Ladraba constantemente, todo el día y toda la noche, hasta que Lizzie le hizo oler un frasco de salsa de tabasco que acabó siendo su criptonita particular. A partir de entonces se calló por fin. *Duquesa*, el número 15, era una gata moteada de pelaje corto y anaranjado, acerca de la cual Lizzie estaba convencida de que en otra vida había sido una anciana dama judía y que siempre andaba quejándose: «Oh, no, no, por favor, no.» *Maximus Kiltimus* era el número 11; *Pelusas*, el número 31; *Gatita*, el 35.

Los recuerdos eran lo único que tenía Lizzie... porque para ella no existía un presente. Ninguno en absoluto.

No era posible que estuviera en aquella casa de los horrores.

Tenía que estar en algún otro sitio, donde fuera.

¡Aquello no era posible!

¡No era posible!

¡No era posible!

Porque en aquel momento él la estaba penetrando.

Lobo la estaba penetrando, en el mundo real, gruñendo y embistiéndola igual que un animal, violándola, ultrajándola durante minutos que parecían horas.

Pero quien ríe el último ríe mejor, ¿verdad?

Ella no estaba allí.

Ella estaba en algún lugar de sus recuerdos.

91

Por fin se marchó, aquel ser inhumano, aquel terrible depredador. ¡Monstruo! ¡Bestia! Le había permitido un breve descanso para ir al baño y comer, pero ahora se había ido. Dios, ¡qué arrogancia más grande, tenerla allí encerrada en su casa! «¿Cuándo pensará matarme? Voy a volverme loca. Voy a volverme loca sin remedio.»

Miró la negra oscuridad con los ojos llenos de lágrimas. Una vez más se encontraba atada y amordazada. Por extraño que pareciera, aquello era una buena noticia, significaba que él todavía la deseaba, ¿no?

«¡Dios santo, estoy viva porque le resulto deseable a una bestia repulsiva! Dios mío, ayúdame. Ayúdame, te lo suplico.»

Pensó en sus encantadoras hijas, y a continuación intentó encontrar una forma de evasión. Una fantasía, se dijo, y por tanto una evasión en sí misma.

A aquellas alturas ya se había aprendido de memoria aquel armario, incluso en medio de la oscuridad. Era como si pudiera verlo todo, como si gozara de visión nocturna. Más que ninguna otra cosa, era consciente de su propio cuerpo, allí prisionero, y de su mente, prisionera también.

Lizzie dejó que sus manos vagaran todo lo posible. En el interior del armario había ropa, ropa de hombre… de él. Lo que tenía más cerca era una especie de prenda deportiva con bolsillos redondos y lisos. ¿Una cazadora? Pesaba poco, lo cual reforzó su convencimiento de que en aquella ciudad el clima era más bien cálido. Lo siguiente era un chaleco; en uno de sus bolsillos había una bola pequeña y dura, quizás una pelota de golf.

¿Qué podía hacer ella con una pelota de golf? ¿Podría utilizarla como arma?

El bolsillo tenía una cremallera. ¿Qué podía hacer ella con una cremallera? ¡Ya le gustaría pillarle con ella aquella maldita polla cubierta de tatuajes!

Luego encontró un impermeable. Desprendía un fuerte y asqueroso olor a tabaco. Y más allá, la prenda que más le gustaba tocar, un abrigo suave, posiblemente de cachemir.

En los bolsillos del abrigo había más «tesoros»: un botón suelto; trocitos de papel, ¿de un cuaderno?; un bolígrafo, posiblemente un Bic; monedas, cuatro de veinticinco centavos, dos de diez, una de cinco. Salvo que fueran monedas extranjeras.

Se lo preguntaba una y otra vez. También había una caja de cerillas con letras en relieve. ¿Qué pondrían aquellas letras? ¿Podrían revelarle en qué ciudad la tenían cautiva? También un encendedor. Y medio paquete de caramelos, que ella sabía que eran de canela porque el aroma se le adhirió a las manos. Y en el fondo del bolsillo, hilachas, tan insignificantes pero tan importantes para ella en aquellos momentos.

Detrás del abrigo había dos bultos de ropa aún envueltos en el plástico de la tintorería. Encima del primero había una especie de recibo sujeto con una grapa. Imaginó el nombre de la tintorería, un número identificativo de color rojo y la escritura a mano de un empleado.

Todo aquello le resultaba extrañamente preciado, porque no tenía nada más.

Excepto una indeclinable voluntad de vivir.

Y de lograr vengarse de Lobo.

92

Yo formaba parte del gran dispositivo de vigilancia desplegado cerca de la casa de Highland Park, y pensaba que íbamos a detener a Lawrence Lipton pronto, tal vez en cuestión de horas. Nos habían dicho que Washington estaba trabajando con la policía de Dallas.

Contemplé la casa, una enorme construcción de dos plantas estilo Tudor, levantada en medio de una parcela de unos diez mil metros cuadrados de un terreno muy caro. Lucía un aspecto inmaculado. Había una vereda de ladrillo rojo desde la calle hasta una entrada en forma de arco, que a su vez conducía a una casa de dieciséis habitaciones. Aquel día, la gran noticia que circulaba por Dallas era que se había declarado un incendio en Kessler Park que había incinerado una mansión de veintiún mil metros cuadrados. La casa de Lipton ocupaba menos de una tercera parte de ese tamaño, pero seguía siendo impresionante, o deprimente, o ambas cosas.

Alrededor de las nueve de la noche, un agente de supervisión de la oficina de Dallas, Joseph Denyeau, me habló por los auriculares:

«Acabamos de recibir una orden del director. Tenemos que retirarnos inmediatamente. Yo tampoco lo entiendo, pero la orden ha sido muy clara: que todo el mundo regrese a la oficina. Tenemos que hacer un reconocimiento y hablar de esto.»

Miré a mi compañero de coche de aquella noche, un agente de nombre Bob Shaw. Él tampoco entendía qué diablos acababa de suceder.

—¿Qué crees? —le pregunté.

Shaw sacudió la cabeza y puso los ojos en blanco.

—Qué sé yo. Regresamos a la oficina, nos tomamos una taza de café lodoso y quizás algún jerifalte nos explique de qué va esto, pero no te hagas muchas ilusiones.

A aquellas horas de la noche, tardamos sólo quince minutos en llegar a la oficina. Fuimos desfilando al interior de una sala de reuniones, en la que vi a muchos agentes cansados, confusos y cabreados. Ninguno hablaba mucho. Estábamos muy cerca de obtener un posible éxito en aquel caso, y ahora nos ordenaban replegarnos. Al parecer, nadie entendía el motivo.

Por fin salió de su despacho el agente de supervisión y se unió a nosotros. Joseph Denyeau parecía profundamente molesto. Apoyó sus polvorientas botas de vaquero encima de la mesa y declaró:

—No tengo ni idea. Ni la menor idea, señores. Eso es todo lo que puedo decirles.

Así que los agentes se quedaron esperando una explicación del operativo de aquella noche, pero dicha explicación no llegó, y tampoco iba a llegar «próximamente», como suele decirse. Por fin el agente encargado, Roger Nielsen, llamó a Washington y le dijeron que ya nos informarían. Mientras tanto, debíamos sentarnos a esperar. Incluso cabía la posibilidad de que por la mañana nos mandasen a casa.

A las once, Denyeau recibió otra notificación de Nielsen que nos trasladó a nosotros:

—Están trabajando en ello —dijo, y sonrió con ironía.

—¿Trabajando en qué? —inquirió alguien desde el fondo de la sala.

—Joder, no lo sé, Donnie. Estarán trabajando en hacerse la pedicura, o en conseguir que todos nos larguemos del Bureau. Así ya no habrá más agentes, y por lo tanto tampoco más desastres vergonzosos de los que pueda informar la prensa. Voy a dormir un rato. Os aconsejo que hagáis lo mismo.

Y eso hicimos.

93

A las ocho de la mañana ya estábamos de vuelta en la oficina. Varios agentes parecían resacosos después de tener una noche libre. Al teléfono se encontraba el director Burns, desde Washington. Yo estaba bastante seguro de que el director rara vez hablaba a sus tropas de aquel modo. Entonces, ¿por qué lo hacía ahora? ¿Qué estaba ocurriendo?

Los agentes se miraban unos a otros. Entrecejos fruncidos, cejas arqueadas. Nadie conseguía entender por qué se involucraba el director Burns. Tal vez yo sí. Yo había visto su inquietud, su insatisfacción por aquellos métodos pertenecientes al pasado, aunque él no pudiera cambiarlos todos al instante. Burns había empezado como policía en las calles de Filadelfia y había perseverado hasta llegar a comisario. Tal vez pudiera cambiar las cosas en el FBI.

—Deseo explicar lo que sucedió anoche —dijo por el altavoz del teléfono. Todos los agentes escucharon atentamente, incluido yo—. Y también quiero pedirles disculpas a todos ustedes. De repente, todo se volvió territorial. Estaba implicada la policía de Dallas, el alcalde, incluso el gobernador de Texas. La policía de Dallas solicitó que nos replegásemos porque no confiaban demasiado en nosotros. Yo di mi consentimiento porque quería discutir el asunto con ellos antes de forzarlos a aceptar nuestra presencia.

»No querían que se cometieran errores, y no estaban seguros de que hubiese pruebas concluyentes contra Lawrence Lipton. La familia Lipton goza de muy buena reputación en la ciudad, posee muy buenos contactos. Sea como sea, en Dallas se sorprendieron de que escucháramos sus preocupaciones… Respetan el equipo que hemos formado.

»Continuaremos con nuestra operación contra Lawrence Lipton, y créanme, vamos a detener a ese cabrón. Después detendremos a Pasha *Lobo* Sorokin. No quiero que ustedes se preocupen por errores del pasado, no quiero que se preocupen en absoluto por ningún error. Limítense a cumplir con su misión en Dallas. Tengo la máxima confianza en ustedes.

Cuando Burns cortó la comunicación, prácticamente todos los presentes exhibían una ancha sonrisa. Fue una alocución bastante carismática.

El director había dicho cosas que algunos de ellos llevaban años esperando oír; especialmente bien recibida fue la noticia de que él confiaba en su capacidad y no se sentía preocupado por los errores cometidos. Estábamos otra vez en el partido; y se esperaba de nosotros que detuviéramos a Lawrence Lipton.

Minutos después sonó mi teléfono móvil. Era Burns en persona.

—Y bien, ¿cómo lo he hecho? —me preguntó.

Percibí la sonrisa en su tono. Y casi también llegué a ver el gesto burlón de su labio al sonreír. Él ya sabía cómo lo había hecho.

Me separé del grupo y fui hasta un rincón alejado para decirle lo que deseaba oír:

—Lo ha hecho muy bien. Les ha insuflado adrenalina renovada para que cumplan con su trabajo.

Burns exhaló un suspiro.

—Alex, quiero que les meta caña a esos ineptos. Me he empleado a fondo para convencer a la policía de Dallas de que usted es un miembro clave del equipo. Y lo he logrado. Ahora respetan su reputación. Saben lo bueno que pensamos que es. Quiero que ponga muy incómodo a Lawrence Lipton. Hágalo a su manera.

Me sorprendí sonriendo.

—Veré qué puedo hacer.

—Y, Alex, al contrario de lo que les he dicho a los demás, no cometa ningún error.

94

«No cometa ningún error.» Desde luego, era una buena frase de despedida, eso tuve que concedérselo. Un poco graciosilla, con un estilo un tanto duro y sarcástico. Empezaba a gustarme otra vez Ron Burns, no podía evitarlo. Pero ¿me fiaba de él?

Sin saber por qué, tenía la sensación de que a Burns no lo preocupaban los errores; lo que quería era atrapar a los secuestradores, sobre todo a Pasha Sorokin. Según las órdenes de Burns, lo único que tenía que hacer yo era encontrar una manera de hacer que Lawrence Lipton se derrumbara, encontrarla deprisa y no avergonzar al FBI de ningún modo.

Me reuní con Roger Nielsen para hablar de posibles estrategias, pues ya habíamos reanudado la vigilancia de Lipton.

Se decidió que había llegado el momento de presionarlo de verdad, de hacerle saber que estábamos en Dallas tras su rastro. No me sorprendió que Burns me hubiera elegido para la confrontación con Lipton.

Decidimos que yo iría a ver a Lipton a su oficina en el edificio Lakeside Square, en la intersección de la autopista LBJ y la autovía Central Norte. El edificio era de veinte plantas, con un sinfín de cristales reflectantes. Resultaba prácticamente cegador si levantabas la vista hacia el soleado cielo de Texas.

Pasaba de las diez de la mañana cuando entré. Las oficinas de Lipton se encontraban en el piso 19. Al salir del ascensor, una voz grabada dijo: «Hola, qué tal.» Pasé a una amplia recepción provista de moqueta burdeos, paredes crema y varios sofás y sillones de cuero marrón oscuro. En las paredes había fotos enmarcadas de Toger Staubach, Nolan Ryan y Tom Landry.

Una joven de traje pantalón azul oscuro y aire muy compuesto me indicó que tomase asiento. Ella estaba sentada con gesto de importancia a un esbelto escritorio de nogal bañado por una iluminación difusa.

Por su aspecto aparentaba unos veintidós años y parecía recién salida de una academia de secretariado. Actuaba y hablaba con la misma formalidad que irradiaba su porte.

—Dígale al señor Lipton que se trata del FBI —le dije.

La chica sonrió con amabilidad, como si ya hubiera oído excusas similares en otras ocasiones, y acto seguido siguió atendiendo las llamadas que le entraban por el auricular. Tomé asiento y aguardé pacientemente. Pasaron quince minutos. Me levanté y me acerqué a la joven.

—¿Le ha dicho al señor Lipton que estoy aquí? —pregunté cortésmente—. ¿Que soy del FBI?

—En efecto, señor —respondió ella con una voz almibarada que empezaba a buscarme las cosquillas.

—Necesito verlo de inmediato —insistí, y esperé a que ella hiciera otra llamada a la secretaria de Lipton.

Hablaron brevemente, y a continuación volvió a mirarme.

—¿Tiene alguna identificación, señor? —solicitó, ahora con ceño.

—Sí. Se llaman credenciales.

—¿Me permite verla, por favor? Sus credenciales.

Le enseñé mi nueva placa del FBI, y ella la escudriñó igual que la cajera de un supermercado inspeccionando un billete de cincuenta dólares.

—¿Le importaría esperar sentado unos minutos? —me pidió de nuevo, sólo que esta vez un poco nerviosa, y yo me pregunté qué le habría dicho la secretaria de Lawrence Lipton.

—Por lo visto, no lo ha entendido usted, o quizá no me he explicado bien —le espeté—. No estoy aquí para tontear con usted, ni tampoco para esperar.

Ella asintió con la cabeza.

—El señor Lipton está reunido. Eso es todo lo que sé, señor.

—Dígale a su secretaria que lo saque inmediatamente de esa reunión, que le diga al señor Lipton que no he venido a arrestarlo todavía.

Regresé una vez más al sofá, pero no me tomé la molestia de sentarme; me quedé contemplando el magnífico césped en verde tecnicolor que se extendía hasta el borde de cemento de la autopista LBJ. Por dentro estaba que echaba chispas.

Acababa de actuar igual que un policía de las calles de Washington. Me pregunté si Burns habría aprobado mi conducta, pero carecía de importancia; me había dado carta blanca, pero yo también había tomado la decisión de que no iba a cambiar de forma de ser porque ahora perteneciese al FBI.

Estaba en Dallas para atrapar a un secuestrador, para averiguar si Elizabeth Connolly y otras víctimas estaban vivas y tal vez retenidas en algún lugar como esclavas. Había vuelto a las calles.

En ese momento se abrió una puerta y me giré. Por ella se asomó un hombre corpulento de cabello gris, que parecía enfadado.

—Soy Lawrence Lipton —anunció—. ¿Qué diablos significa esto?

95

—¿Qué diablos significa esto? —repitió Lipton desde la puerta con una actitud de individuo arrogante y bocazas. Me habló como si yo fuera un vendedor de cepillos a domicilio—. Me parece que ya le han dicho que me encuentro en una reunión importante. ¿Qué quiere de mí el FBI? ¿Y por qué no puede esperar? ¿Por qué no tiene la cortesía de concertar una cita?

Algo en su actitud no me cuadraba del todo. Estaba intentando actuar como un tipo duro, pero me pareció que no lo era. Simplemente, estaba acostumbrado a pelearse con otros empresarios. Vestía una camisa azul arrugada y una corbata de tela de tapicería, pantalón a rayas y zapatos con borlas, y tenía unos veinticinco kilos de sobrepeso. ¿Qué podía tener en común aquel hombre con Lobo?

Lo miré y dije:

—Vengo a hablar de secuestros y asesinatos. ¿Quiere que lo hablemos aquí, en recepción, Sterling?

Lawrence Lipton palideció y perdió la mayor parte de su bravuconería.

—Vamos dentro —dijo, al tiempo que daba un paso atrás.

Lo seguí a una zona de despachos abiertos separados por divisiones de escasa altura. Numeroso personal administrativo. Hasta el momento todo iba saliendo tal como esperaba, aunque prometía ponerse más interesante. Tal vez Lipton fuera más blando de lo que yo creía, pero poseía importantes contactos en Dallas. Aquel edificio de oficinas se encontraba en una de las áreas residenciales y comerciales de mayor nivel económico de la ciudad.

—Soy el señor Potter —informé mientras recorríamos un pasillo de paredes cubiertas de tela—. Al menos representé el papel del señor Potter la última vez que hablamos en la Guarida del Lobo.

Lipton no se volvió ni mostró reacción alguna. Pasamos al interior de un despacho forrado de madera y cerró la puerta. Aquella amplia estancia tenía media docena de ventanas y gozaba de vistas panorámicas. De un perchero para sombreros que había cerca de la puerta colgaba una colección de gorras autografiadas de los Cowboys de Dallas y los Rangers de Texas.

—Sigo sin saber de qué va todo esto, pero le concederé exactamente cinco minutos para que se explique —me espetó—. No creo que sepa con quién está hablando.

—Usted es el hijo mayor de Henry Lipton. Está casado, tiene tres hijos y posee una bonita casa en Highland Park. Además, está involucrado en una organización dedicada al secuestro y el asesinato que llevamos varias semanas vigilando. Usted es Sterling, y quiero que entienda una cosa: todos sus contactos, todos los contactos que tiene su padre en Dallas, no lo van a ayudar en esta ocasión. Por otra parte, me gustaría proteger a su familia lo más posible. Eso depende de usted. No me estoy tirando ningún farol, nunca me tiro faroles. Esto es un delito federal, no local.

—Llamaré a mi abogado —dijo Lipton, e hizo ademán de tomar el teléfono.

—Le asiste ese derecho. Pero yo en su lugar no lo haría. No le servirá de nada.

Mi tono impidió que Lipton hiciera la llamada. Su mano regordeta se apartó del teléfono de su mesa.

—¿Por qué? —inquirió.

—No es usted quien me preocupa —respondí—. Usted está implicado en asesinatos, pero he visto a sus hijos y su esposa. Estamos vigilando su casa. Ya hemos hablado con sus vecinos y sus amigos. Cuando lo detengamos a usted, su familia correrá peligro. Podemos protegerlos de Lobo.

El rostro y el cuello de Lipton enrojecieron, y explotó:

—Pero ¿qué le ocurre a usted? ¿Está loco? Soy un empresario respetado. Jamás he secuestrado ni causado daño a nadie. Esto es absurdo.

—Usted daba las órdenes. El dinero venía a usted. El señor Potter le ha enviado ciento veinticinco mil dólares. O más bien lo ha hecho el FBI.

—Llamaré a mi abogado —repitió Lipton—. Esto es ridículo, es un insulto. No tengo por qué aguantar esto.

Me encogí de hombros.

—En ese caso caerá del peor modo posible. Estas oficinas serán registradas inmediatamente. Y después su casa de Highland Park. Y el domicilio de sus padres en Kessler Park. Y la oficina de su padre. Y la de su esposa en el museo de arte.

Él levantó el auricular. Le temblaba la mano. Entonces susurró:

—Que le jodan.

Extraje mi transmisor y di la orden:

—Adelante con las oficinas y las casas. —Luego me

volví hacia Lipton—. Queda usted detenido. Ahora ya puede llamar a su abogado. Dígale que lo han trasladado a las oficinas del FBI.

Minutos después, una docena de agentes irrumpió en el despacho, con sus fantásticas vistas de la ciudad y su carísimo mobiliario.

Y detuvimos a Sterling.

96

Pasha Sorokin se encontraba muy cerca y observaba todo y a todos con gran interés. Quizá fuera el momento de demostrar al FBI cómo se hacían aquellas cosas en Moscú, de demostrarles que aquello no era un juego de niños que pudiera practicarse con unas reglas inventadas por la policía.

Cuando el equipo del FBI irrumpió en el edificio de Sterling, él se encontraba aparcado en el bordillo de enfrente. Acudieron más de una docena de agentes. Una extraña mezcolanza, desde luego: unos vestidos con oscuros trajes de ejecutivo, otros con impermeables que llevaban «FBI» impreso en la espalda con grandes letras amarillas. En realidad, ¿a quién esperaban pillar allí dentro? ¿A Lobo? ¿A otros de la Guarida del Lobo?

No tenían ni la menor idea de dónde se estaban metiendo. Sus sedanes y sus furgonetas estaban estacionados en la calle, a la vista de todo el mundo. Menos de quince minutos después de haber entrado en el edificio, salieron llevando esposado a Lawrence Lipton, el cual intentaba patéticamente ocultar el rostro.

Menuda escena. Querían dar todo un espectáculo, ¿no?

¿Y para qué?, se preguntó. ¿Para demostrar lo duros que eran? ¿Lo inteligentes que eran? Pero no eran inteligentes. «Ya os enseñaré yo lo duros e inteligentes que vais a tener que ser. Ya os enseñaré yo lo mucho que os falta aprender.»

Ordenó a su chófer que arrancara. Éste no se volvió a mirar a su jefe, sentado en el asiento de atrás. No dijo nada. Sabía que no debía cuestionar sus órdenes. Los métodos de Lobo no eran nada ortodoxos, pero funcionaban.

—Pase por delante de ellos —ordenó—. Quiero saludarlos.

Los agentes del FBI condujeron a Lawrence Lipton hacia una furgoneta, lanzando miradas nerviosas a un lado y otro de la calle. Junto a Sterling iba un negro alto que rezumaba una extraña seguridad en sí mismo. Pasha Sorokin sabía por su informador en el Bureau que aquél era Alex Cross, y que se lo tenía en alta estima.

¿Cómo era posible que hubieran dado el mando de la operación a un negro? En Rusia, el negro americano era profundamente despreciado. Sorokin jamás había superado sus propios prejuicios; y tampoco había motivos para que los superara en Estados Unidos.

—¡Acérqueme más! —ordenó al chófer.

Bajó la ventanilla derecha del asiento trasero. Un segundo después de que Cross y Lipton dejaran atrás su coche, Sorokin sacó un arma y la apuntó a la nuca de Sterling. Entonces sucedió algo asombroso, una cosa que él no había previsto: Alex Cross empujó a Lipton al suelo y ambos rodaron hasta detrás de un coche aparcado. ¿Cómo lo había sabido Cross? ¿Qué lo había puesto en guardia?

Sorokin disparó de todas formas, pero no lo tenía fácil para acertar en el blanco. Aun así, el disparo se oyó con toda claridad. Acababa de enviar un mensaje: Sterling no estaba a salvo. Sterling era hombre muerto.

97

Transportamos a Lawrence Lipton a la oficina del FBI en Dallas y lo encerramos allí. Yo amenacé con trasladarlo a Washington si se producía alguna interferencia de la policía local o incluso de la prensa. Hice un trato con ellos. Les prometí a los detectives de Dallas que podrían tratar con Lipton en cuanto yo hubiera terminado.

A las once en punto de aquella noche me desplomé en una silla de una sala de interrogatorios sin ventanas. Era estéril y claustrofóbica, y me sentí como si ya hubiera estado allí cientos de veces. Saludé con un gesto de la cabeza a Lawrence Lipton; él no respondió. Tenía un aspecto horroroso. Y probablemente yo también.

—Podemos ayudarlo, ayudar a su familia. Los pondremos a salvo. En este momento nadie más puede ayudarlo —le dije—. Ésa es la verdad.

Por fin Lipton respondió.

—No deseo volver a hablar con usted. Ya se lo he dicho, yo no tengo nada que ver con toda esa mierda que usted dice. No pienso decir nada más. Llame a mi abogado. —Y me hizo un gesto con la mano para que me fuera.

Llevaba siete horas siendo interrogado por otros agentes del FBI. Aquélla era su tercera sesión conmigo, y no estaba resultando más fácil. Sus abogados se encontraban en el edificio, pero no se les había permitido hablar con él. Les habían comunicado que Lipton podía ser acusado formalmente de secuestro y conspiración para cometer un asesinato y que tal vez fuese enviado a Washington inmediatamente. También estaba en el edificio su padre, pero no fue autorizado a ver a su hijo. Yo había interrogado a Henry Lipton, y éste había llorado e insistido en que la detención de su hijo era una equivocación.

Me senté enfrente de Lawrence.

—Su padre se encuentra aquí. ¿Le gustaría verlo? —le pregunté.

Él se echó a reír.

—Claro. Lo único que tengo que hacer es reconocer que soy un secuestrador y un asesino. Entonces podré ver a mi padre y pedirle que perdone mis pecados.

Hice caso omiso del sarcasmo. No se le daba muy bien.

—¿Ya sabe que podemos confiscar los archivos de la empresa de su padre y cerrarla? Además, su padre es un probable objetivo para Lobo. No queremos que los miembros de su familia salgan dañados —añadí—. A no ser que su padre también esté implicado en esto.

Lipton negó con la cabeza y mantuvo la mirada baja.

—Mi padre nunca se ha metido en líos.

—Eso me dice todo el mundo —repuse—. Recientemente he leído muchas cosas acerca de usted y su familia. Me he remontado hasta la época en que iba al colegio en Texas. Tomó parte en un par de asuntillos en Austin, dos violaciones. Ninguna de las dos lo llevó a juicio. En ambas ocasiones lo salvó su padre. Pero esta vez no va a ocurrir lo mismo.

Lawrence Lipton no respondió. Su mirada era inexpresiva, y tenía aspecto de llevar varios días sin dormir. Su camisa azul estaba tan arrugada como un pañuelo de papel usado, manchada de sudor en las axilas. Tenía el pelo húmedo, le caían pequeños surcos de sudor que se le colaban por el cuello de la camisa. Tenía los ojos hundidos y con un tinte violáceo bajo la árida luz de la sala de interrogatorios.

Por fin dijo:

—No quiero que mi familia sufra daños. Dejen a mi padre en paz. Búsquenle protección.

Asentí con la cabeza.

—De acuerdo, Lawrence. ¿Por dónde empezamos? Daremos protección su familia hasta que atrapemos a ese tipo.

—¿Y después? —preguntó—. Esto no se acaba con él.

—Protegeremos a su familia —me limité a contestar.

Lipton suspiró audiblemente y dijo:

—Está bien. Yo soy el encargado del dinero. Soy Sterling. Podría conducirlos hasta Lobo. Pero necesito promesas por escrito. Muchas promesas.

98

Me dirigía nuevamente hacia la más profunda oscuridad, atraído por ella igual que la mayoría de la gente se siente atraída por la luz del sol. No dejaba de pensar en Elizabeth Connolly, aún desaparecida y a la que todos consideraban muerta.

El padre de Lipton visitó a su hijo un par de veces, y ambos lloraron juntos. A la señora Lipton se le permitió ver a su marido. Hubo mucho llanto entre los miembros de la familia, y la mayoría de las emociones parecían auténticas.

Yo permanecí con Sterling en la sala de interrogatorios hasta poco después de las tres de la madrugada. Estaba preparado para quedarme más tiempo, lo que fuera preciso para obtener la información que necesitaba. A lo largo de la noche se llegó a diversos acuerdos con sus abogados.

Alrededor de las dos, una vez terminadas las reuniones con los abogados, Lipton y yo nos pusimos a hablar otra vez. En la sala se encontraban también dos agentes de la oficina de Dallas, sólo con el fin de tomar notas y grabar la conversación. El encargado de dirigir aquel interrogatorio era yo.

—¿Cómo empezó su relación con Lobo? —le pregunté al cabo de unos minutos, durante los cuales hice hincapié en mi preocupación por su familia. Parecía más despejado y más centrado que unas horas antes. Percibí que se había quitado un gran peso de encima. ¿Sería el sentimiento de culpa, la traición a su familia, sobre todo a su padre? Su expediente escolar reveló que siempre fue un alumno espabilado pero atormentado. Sus problemas siempre giraban en torno a su obsesión por el sexo, pero no había recibido ni un sola sesión de terapia. Lawrence Lipton era efectivamente un pirado.

—¿Que cómo empezó mi relación con él? —repitió, al parecer formulándose la pregunta a sí mismo—. Verá, siento debilidad por las jovencitas, adolescentes o preadolescentes. Hoy en día hay muchas disponibles. Internet ha abierto nuevas vías.

—¿Para qué? Sea todo lo concreto que pueda, Lawrence.

Él se encogió de hombros.

—Para maníacos como yo. Actualmente podemos obtener lo que queramos y cuando lo queramos. Y yo sé cómo buscar en las páginas más morbosas. Al principio me conformaba con fotografías y películas, sobre todo me gustaban las filmadas en tiempo real.

—Hemos encontrado unas cuantas. En el despacho de su casa.

—Un día fue a verme un hombre. Acudió a mi oficina, igual que usted.

—¿Para hacerle chantaje? —inquirí.

Lipton negó con la cabeza.

—No, no quería chantajearme. Me dijo que quería saber lo que yo deseaba de verdad. Sexualmente hablando. Y que él iba a ayudarme a conseguirlo. Yo lo eché sin más, pero regresó al día siguiente. Tenía registros de todo lo que yo había comprado en Internet. Volvió a preguntarme qué era lo que deseaba de verdad. Yo quería jovencitas. Chicas guapas, sin ataduras, sin normas. Él me suministraba dos o tres al mes. Exactamente aquello con lo que yo siempre había fantaseado. El color del pelo, la forma de los pechos, los pies, con pecas, cualquier cosa que se me antojase.

—¿Qué les sucedía a las chicas? ¿Las asesinaba? Tiene que decírmelo.

—No soy un asesino. Me gustaba ver cómo se corrían. Porque algunas se corrían. Lo pasábamos bien y después dejaba que se fueran. Siempre. Ellas no sabían quién era yo ni de dónde procedía.

—¿Estaba usted satisfecho con aquel arreglo?

Lipton asintió y sus ojos se iluminaron.

—Mucho. Llevaba toda la vida soñando con algo así. La realidad era tan maravillosa como la fantasía. Naturalmente, había un precio.

—Naturalmente.

—Llegué a conocer a Lobo, al menos creo que era él. En los primeros tiempos enviaba un emisario a mi oficina, pero un día vino a verme. En persona, resultaba un individuo que daba mucho miedo. De la mafia rusa, dijo. Salió a colación el KGB, pero no sé qué relación había con él.

—¿Qué quería Lobo de usted?

—Que me metiera en el negocio con él, que fuera su socio. Necesitaba la experiencia de mi empresa en lo que se refería a ordenadores e Internet. El club sexual era algo secundario para él, un extra. Él se dedicaba sobre todo a la extorsión, al blanqueo de dinero, a las falsificaciones. El club era cosa mía. Una vez que cerramos el trato, me puse a buscar pirados con dinero que desearan ver cumplidos sus sueños. Pirados dispuestos a gastarse cifras de seis dígitos para adquirir un esclavo, hombre o mujer, no importaba. A veces había un objetivo concreto, a veces se pedía un físico determinado.

—¿Para asesinarlo? —pregunté.

—Para lo que fuese. A mi entender, con este club, Lobo buscaba implicar a hombres muy ricos y poderosos. Ya teníamos uno, un senador de Virginia Occidental. Tenía grandes planes.

—¿Lobo vive en Dallas? —pregunté por último—. Si quiere que lo ayude, usted ha de ayudarme a mí.

Lipton negó con la cabeza.

—No es de por aquí. No vive en Dallas, ni en Texas. Es un misterio de hombre.

—Pero usted sabe dónde se encuentra.

Lipton dudó, pero finalmente contestó:

—Él no sabe que yo lo sé. Es listo, pero no entiende de informática. En cierta ocasión indagué su pista. Él estaba convencido de que sus mensajes eran seguros, pero yo los descifré. Necesitaba tener algo que poder usar contra él.

A continuación me contó dónde creía que podía encontrar a Lobo. Y también de quién se trataba. Si yo debía creer lo que me estaba diciendo, Sterling conocía el nombre que utilizaba Pasha Sorokin en Estados Unidos.

Era Ari Manning.

99

Iba sentado en la cabina de un lujoso yate que navegaba por el canal Intercostero, cerca del Millionaires Row en Fort Lauderdale, Florida. ¿Estaríamos ya más cerca de Lobo? Yo necesitaba creer que sí. Sterling lo había jurado, y no tenía motivo alguno para mentirnos, ¿verdad? Tenía todos los motivos para decir la verdad.

A aquel lugar acudían los turistas en excursiones a bordo de barcos a motor, así que supuse que no llamaríamos mucho la atención. Además, empezaba a anochecer. Pasamos por delante de mansiones en su mayoría de estilo mediterráneo o portugués, pero de vez en cuando surgía una de estilo colonial georgiano que indicaba que allí había «dinero del Norte».

Nos habían advertido de que intentáramos pasar inadvertidos, que no hiriéramos sensibilidades en aquel barrio tan adinerado, lo cual francamente no iba a ser posible. En cuestión de minutos íbamos a herir muchas sensibilidades.

Me acompañaban Ned Mahoney y dos equipos de asalto compuestos por siete miembros. Por lo general, Mahoney no participaba directamente en las misiones, pero desde lo de Baltimore el director había cambiado de idea. El FBI tenía que hacerse fuerte sobre el terreno.

A medida que nos aproximábamos a un embarcadero, con los prismáticos contemplé una enorme casa que daba al agua. Cerca de ella se mecían varias lanchas rápidas y yates carísimos. Disponíamos de un plano de la casa, adquirida dos años antes por veinticuatro millones de dólares. Que no hiriéramos sensibilidades.

En la mansión, que pertenecía a Ari Manning, estaba celebrándose una gran fiesta. Según Sterling, Manning era Pasha *Lobo* Sorokin.

—Se lo están pasando en grande —comentó Mahoney desde la cubierta—. Tío, me encantan las grandes fiestas. Comida, música, baile, champán.

—Sí, está muy bien. Y eso que aún no se han presentado los invitados sorpresa —dije.

Ari Manning era conocido en todo Fort Lauderdale y Miami por las fiestas que daba, a veces un par de ellas por semana. Sus espectáculos eran famosos por las sorpresas que incluían, invitados sorpresa, como los entrenadores de los Dolphins de Miami y Miami Heat; actuaciones musicales y teatrales en boga traídas desde Las Vegas; políticos, diplomáticos y embajadores, hasta de la Casa Blanca.

—Digamos que nosotros somos los invitados sorpresa especiales para esta noche —dijo Mahoney con una ancha sonrisa.

—Venidos directamente de Dallas —precisé—. Acompañados por un séquito de catorce miembros.

Los invitados, la naturaleza de aquella ostentosa fiesta en sí, porporcionaban cierta tensión a la operación, razón por la cual seguramente Mahoney y yo nos sentíamos empujados a bromear. Habíamos hablado de esperar, pero el ERR quería entrar ya mismo, mientras tuviéramos la seguridad de que Lobo se encontraba allí dentro. El director se mostró de acuerdo, y de hecho fue él quien tomó la decisión definitiva.

Un tipo vestido con un ridículo traje de marinero nos hizo señas vigorosamente desde el embarcadero para indicarnos que nos alejásemos de allí, pero nosotros continuamos avanzando.

—¿Qué quiere ese gilipollas del muelle? —me preguntó Mahoney.

—¡Estamos hasta los topes! ¡Llegan demasiado tarde! —nos gritó el tipo del embarcadero. Su voz se elevó por encima de la música que atronaba desde la parte trasera de la mansión.

—La fiesta no puede empezar sin nosotros —gritó a su vez Ned Mahoney. E hizo sonar la bocina del barco.

—¡No, no! ¡No pueden fondear aquí! —vociferó el del traje de marinerito—. ¡Váyanse!

Mahoney volvió a accionar la bocina.

El barco chocó contra una lancha Bertram, y el tipo del embarcadero compuso una expresión de pánico.

—¡Por Dios, tengan cuidado! ¡Ésta es una fiesta privada! No pueden entrar aquí sin más. ¿Son amigos del señor Manning?

Mahoney le dio a la bocina otra vez.

—Por supuesto. Aquí tiene mi invitación. —Y extrajo sus credenciales y su pistola.

Yo ya había saltado del yate y corría en dirección a la casa.

100

Me abrí paso a empujones entre aquella asistencia de ricachos que se dirigían hacia unas mesas iluminadas por velas. En ese momento se estaba sirviendo la cena. Chuletón y langosta, abundante champán y vino del caro. Todo el mundo parecía llevar su Dolce & Gabbana, su Versace, su Yves Saint Laurent. Yo llevaba unos vaqueros desgastados y una chaqueta azul del FBI.

Varias cabezas muy bien peinadas se giraron hacia mí y varios pares de ojos me lanzaron miradas como si yo fuera un aguafiestas. Y lo era. El aguafiestas venido del infierno. Aquella gente no tenía ni idea.

—FBI —iba anunciando Mahoney desde atrás al tiempo que avanzaba entre los invitados al frente de sus chicos armados hasta los dientes.

Sterling me había dicho cómo era físicamente Pasha Sorokin, de modo que iba a la cabeza del séquito policial. De pronto lo vi. Lobo vestía un carísimo traje gris con una camiseta azul de cachemir. Estaba conversando con dos hombres junto a un ondulante toldo de franjas azules y amarillas, bajo el cual se encontraban las parrillas. Enormes trozos de carne y marisco se asaban al cuidado de unos chefs sonrientes y sudorosos, todos negros o hispanos.

Extraje mi Glock y Pasha Sorokin se me quedó mirando fijamente sin mover un músculo. Tan sólo se limitó a mirarme. No hizo ningún movimiento, no intentó huir. Entonces sonrió, como si estuviera esperándome y se alegrara de que hubiera llegado por fin. ¿Qué le pasaba a aquel tipo?

Súbitamente hizo una señal en dirección a un hombre de cabello blanco que tenía enganchada del brazo a una rubia curvilínea de la mitad de su edad.

—¡Atticus! —lo llamó Sorokin, y el otro se plantó a su lado en un instante.

—Soy Atticus Stonestrom, el abogado del señor Manning —declaró—. No tiene usted ningún derecho a estar aquí, a irrumpir de este modo en la residencia del señor Manning. Está completamente fuera de lugar, y le pido que se vaya.

—Me temo que eso no va a ocurrir. Ahora vamos a trasladarnos al interior de la casa —repuse—. Los tres solos. A no ser que prefieran que la detención se produzca delante de todos los invitados.

Lobo miró a su abogado, y acto seguido se encogió de hombros como si aquello no le importase lo más mínimo. Echó a andar hacia la casa, pero entonces se volvió, fingiendo acordarse súbitamente de algo:

—Su hijo pequeño —dijo— se llama también Alex, ¿verdad?

101

¡No estaba muerta! Aquello era maravilloso, asombroso.

Elizabeth Connolly estaba nuevamente absorta en su propio mundo, que era el mejor sitio. Paseaba por una playa perfecta de la costa norte de Oahu. Iba recogiendo conchas marinas realmente preciosas, una tras otra, comparando las texturas.

De pronto oyó gritar a alguien: «¡FBI!» No pudo creérselo.

¿Estaba allí el FBI? ¿En la casa? El corazón le dio un vuelco y estuvo a punto de parársele, y a continuación se le desbocó. ¿Por fin habían venido a rescatarla? Si no era para eso, ¿qué hacían allí? ¡Oh, Dios mío!

Empezó a temblarle todo el cuerpo. Las lágrimas le resbalaban por las mejillas. Tenían que encontrarla y ponerla en libertad. ¡Lobo estaba a punto de quemarse en su propia arrogancia!

«Estoy aquí dentro. ¡Aquí! ¡Estoy aquí mismo!»

De repente la fiesta enmudeció de forma sobrecogedora. Todo el mundo hablaba en susurros, y costaba oír algo. Pero tenía muy claro que había oído la palabra «FBI» y diversas teorías acerca del motivo por el que se encontraban allí los agentes. «Drogas», parecía murmurar todo el mundo.

Lizzie rezó para que aquella operación no fuera por un asunto de drogas. ¿Y si se llevaban a Lobo a la cárcel? Ella se quedaría allí encerrada. No podía dejar de temblar.

Tenía que hacer saber al FBI que se encontraba allí, pero ¿cómo? Estaba atada y amordazada. Se hallaban tan cerca… «¡Estoy en el armario! ¡Por favor, miren dentro del armario!»

Había imaginado decenas de planes de huida, pero todos a partir de que Lobo abriese la puerta y la soltase para que fuese al cuarto de baño o dar un paseo por la casa. Lizzie sabía que no tenía manera de salir del armario cerrado con llave, atada como estaba. No sabía cómo hacerle una señal al FBI.

Entonces oyó que alguien anunciaba algo en voz alta. Una voz de hombre, una voz muy grave. Calmada y controlada.

—Soy el agente Mahoney, del FBI. Todo el mundo debe abandonar la casa inmediatamente. Por favor, reúnanse en los jardines de atrás y esperen instrucciones. ¡Que todo el mundo salga de la casa en este momento! Nadie debe marcharse.

Lizzie oyó pasos en los suelos de madera… pasos apresurados. La gente estaba saliendo. Y ahora, ¿qué? Se quedaría sola del todo. Si se llevaban a Lobo ¿qué le sucedería a ella? Tenía que hacer algo para revelar al FBI su presencia.

Un individuo llamado Atticus Stonestrom estaba hablando a grandes voces. Entonces oyó hablar a Lobo, una voz que la dejó helada. Su captor seguía en la casa, discutiendo con alguien. No logró distinguir con quién, ni lo que estaban diciendo exactamente.

«¿Qué puedo hacer? ¡Algo! ¡Lo que sea! ¿Qué, qué? ¿Hay algo en lo que no haya pensado antes?»

De pronto se le ocurrió una idea. De hecho, ya se le había ocurrido anteriormente, pero la había descartado. Porque le provocaba un miedo atroz.

102

—Me alegro de que estés aquí para que veas esto por ti mismo, Atticus —dijo Lobo a su abogado—. Esto constituye un acoso, un ultraje. Mis negocios son de todo punto legales. Tú lo sabes mejor que nadie. Esto es un verdadero insulto. —Volvió la vista hacia mí—. ¿Sabe usted a cuántos socios comerciales ha insultado en esta fiesta?

Yo aún estaba conteniéndome para no responder a la amenaza que había insinuado contra mi familia, contra el pequeño Alex. No quería tumbarlo de un puñetazo, sino despedazarlo.

—Esto no es acoso —le dije al abogado—. Hemos venido a detener a su cliente por secuestro.

Sorokin puso los ojos en blanco.

—¿Están locos? ¿No saben quién soy? —exclamó.

Dios, en Dallas yo había oído casi la misma letanía.

—Pues si vamos a eso, sí lo sabemos —contesté—. Su verdadero nombre es Pasha Sorokin, no Ari Manning. Hay quien dice que es usted el padrino ruso. Usted es Lobo.

Sorokin lanzó una sonora carcajada.

—Pero qué idiotas son. Especialmente usted. —Me señaló—. No entiende nada.

De pronto se oyeron gritos procedentes de una habitación de la planta baja.

—¡Fuego! —gritó alguien.

—¡Vamos, Alex! —dijo Mahoney.

Dejamos a Sorokin vigilado por tres agentes y fuimos a toda prisa a ver qué sucedía. ¿Acaso se había declarado un incendio?

Pues sí, era un incendio. Al parecer se había iniciado en el amplio estudio que daba al salón principal, en el interior de un armario. Por debajo de la puerta salían volutas de humo. Mucho humo.

Accioné la manilla de la puerta, que estaba muy caliente. El armario estaba cerrado con llave. Entonces embestí la puerta con el hombro. Se hizo una grieta en la madera. La embestí una vez más, y la puerta se vino abajo. Del interior salió una nube de denso humo negro. Me acerqué e intenté mirar dentro. Entonces vi algo que se movía.

Allí había alguien. Distinguí una cara.

Era Elizabeth Connolly... y se encontraba envuelta en llamas.

103

Respiré hondo y me lancé al interior de la nube de humo y calor. Sentí que la piel de la cara se me chamuscaba, pero me obligué a entrar en aquel amplio armario. Me incliné. Tomé en brazos a Elizabeth Connolly y salí dando tumbos. Mis ojos no dejaban de lagrimear y notaba ampollas en la cara. Elizabeth me miró con los ojos muy abiertos mientras yo le quitaba la mordaza. Ned Mahoney se ocupó de las cuerdas que la maniataban de pies y manos.

—Gracias... —susurró ella con voz enronquecida por el humo—. Oh, gracias... —boqueó.

Las lágrimas le resbalaban por la cara, emborronando el hollín que le cubría las mejillas. El corazón me retumbaba en el pecho mientras le sostenía la mano esperando a que llegara la ambulancia. Me costaba creer que estuviera viva, pero aquello recompensó con creces todos mis esfuerzos.

Sin embargo, sólo pude saborear aquel sentimiento unos segundos, pues se oyeron disparos. Salí presuroso del estudio, doblé la esquina del pasillo y vi dos agentes en el suelo, heridos.

—Un guardaespaldas ha entrado disparando a mansalva —me informó uno de ellos—. Él y Manning han subido al piso de arriba.

Subí las escaleras a zancadas seguido por Ned Mahoney, que me pisaba los talones. ¿Para qué había subido allí Lobo? No le encontraba sentido. Acudieron más agentes y registramos todas las habitaciones. Nada. No logramos dar con Lobo ni con el guardaespaldas. ¿Por qué habían subido al piso de arriba?

Mahoney y yo efectuamos una batida por las habitaciones de la primera y la segunda plantas. Habían empezado a llegar efectivos de la policía de Fort Lauderdale, y ayudaron a controlar la casa.

—No entiendo cómo ha escapado —dijo Mahoney. Estábamos apiñados en el pasillo de la primera planta, desconcertados y disgustados.

—Aquí arriba tiene que haber una salida. Miremos otra vez.

Volvimos sobre nuestros pasos por el pasillo de la planta examinando varias habitaciones de huéspedes. Al final del pasillo había otra escalera, probablemente para uso del personal de servicio. Ya la habíamos registrado y acordonado. Entonces lo comprendí de pronto: había un pequeño detalle que nos había pasado por alto.

Subí hasta el primer rellano. Allí había una ventana y un asiento con bisagras en el alféizar. Los cojines del asiento estaban en el suelo. Entonces abrí la tapa superior del mismo.

Ned Mahoney resopló, viendo lo que yo había descubierto: la vía de escape. ¡Lobo se había escapado!

—Puede que todavía esté aquí dentro. Vamos a ver a dónde lleva esto —dije. Y acto seguido me introduje por la abertura.

Había unos estrechos peldaños de madera, media docena. Mahoney me alumbró con una linterna mientras yo descendía.

—Se han ido por aquí, Ned —dije. Habían huido por una ventana. Unos metros más abajo vi agua—. Han salido al canal —informé a Mahoney—. ¡Están en el agua!

104

Me uní a la frenética búsqueda en el canal y el resto del vecindario, pero ya era noche cerrada. Mahoney y yo recorrimos varias calles estrechas y bordeadas de grandes mansiones. Después pasamos en coche por el cercano bulevar Las Olas, con la esperanza de que alguien se hubiera fijado en dos hombres con la ropa empapada. Pero nadie había visto nada.

Yo no estaba dispuesto a rendirme. Regresé a la zona residencial de isla Bahía. Había algo que no encajaba. ¿Cómo era posible que nadie hubiese visto a dos hombres corriendo y chorreando agua? Me pregunté si tendrían equipos de buceo en el hueco del sótano. ¿Hasta qué punto había sido concienzudo Lobo a la hora de prever una eventual huida? ¿Qué precauciones había tomado?

Entonces pensé que era un tipo arrogante y temerario. No creía que fuéramos a dar con él y menos acudir a detenerlo. No tenía ninguna vía de escape. Probablemente aún estaba escondido en isla Bahía.

Se lo comenté a los del ERR, que ya habían empezado a ir de puerta en puerta por todas las mansiones. Ahora había decenas de agentes y policías locales peinando aquel barrio selecto de Fort Lauderdale. Yo no pensaba rendirme, y tampoco pensaba permitir que abandonasen los otros. Fuera lo que fuese lo que me impulsaba —la perseverancia, la tozudez—, me había servido de mucho en otras ocasiones. Pero el caso es que no logramos encontrar a Lobo, ni a nadie que lo hubiera visto en isla Bahía.

—¿Nada? ¿Ningún indicio? ¿Nadie ha visto nada? —pregunté a Mahoney.

—Así es. Hemos encontrado un cocker spaniel que se había escapado de su mansión. Eso es todo.

—¿Sabemos quién es el propietario de ese perro? —inquirí.

Mahoney puso los ojos en blanco. No se lo reproché.

—Voy a comprobarlo.

Se fue y regresó al cabo de un par de minutos.

—Steve Davis y señora. Viven al final de la calle. Les llevaremos su perro. ¿Satisfecho?

Negué con la cabeza.

—No del todo. Vamos a devolverles el perro —dije—. No sé por qué tiene que andar un perro suelto a estas horas de la noche. ¿La familia se encuentra en casa?

—No tiene pinta. Las luces están apagadas. Venga, Alex. Joder, no hay nada que hacer. Te estás agarrando a un clavo ardiendo. Ese maldito Pasha Sorokin ha escapado.

—Venga. Trae el perro —ordené—. Vamos a casa de los Davis.

105

Habíamos echado a andar hacia la casa de los Davis con aquel cocker spaniel marrón y blanco cuando el transmisor crepitó.

«Dos varones sospechosos. Se dirigen hacia el bulevar Las Olas. ¡Nos han visto! Vamos tras ellos.»

Nos encontrábamos a unas manzanas del distrito comercial, y llegamos allí en un par de minutos. El cocker spaniel iba ladrando en el asiento de atrás. Los coches patrulla de Fort Lauderdale y los sedanes del FBI ya habían rodeado la fachada de una tienda de ropa Gap. Iban llegando más coches patrulla, con las sirenas aullando en medio de la noche. La calle estaba abarrotada de gente y a la policía local le costaba impedir el flujo de curiosos.

Mahoney llevó el coche hasta la barricada misma. Dejamos una ventanilla medio abierta, por el perro. Nos apeamos y corrimos hacia la tienda. Llevábamos chalecos antibalas y pistolas.

Todas las luces de la tienda estaban encendidas. Dentro había gente.

—Creemos que está aquí —nos informó un agente en la entrada.

—¿Cuántos hombres armados hay dentro? —quise saber.

—Hemos contado dos. Podría haber más. Hay mucha confusión.

—¿De verdad? —ironizó Mahoney—. Ya me lo parecía.

Durante los minutos siguientes no sucedió nada, excepto que llegaron a la escena más coches patrulla. Y también una unidad del SWAT. Apareció un negociador de rehenes.

Al poco, dos helicópteros de la prensa empezaron a sobrevolar la tienda.

—No contestan el jodido teléfono —informó el negociador—. No hace más que sonar.

Mahoney me dirigió una mirada inquisitiva y yo me encogí de hombros.

—Ni siquiera sabemos si están dentro.

El negociador tomó un megáfono y dijo:

—Les habla la policía de Fort Lauderdale. Salgan de la tienda inmediatamente. No pensamos negociar. Salgan con las manos en alto. Sean quienes sean, ¡salgan de inmediato!

Aquel método me pareció erróneo. Demasiado agresivo. Me acerqué al negociador y me presenté.

—Soy del FBI, agente Cross. No creo que nos convenga acorralarlo así. Es un tipo violento y sumamente peligroso.

El negociador era un individuo fornido, con un poblado bigote; llevaba un chaleco antibalas, pero sin atar.

—¡Métase en sus asuntos, capullo! —me espetó.

—Éste es un caso federal —le espeté a mi vez, y de un tirón le arrebaté el megáfono.

El negociador se abalanzó sobre mí, pero Mahoney lo

sujetó y lo tumbó en el suelo. La prensa estaba observándolo todo; a la mierda con ella. Teníamos un trabajo que hacer.

—¡Les habla el FBI! —dije por el megáfono—. Quiero hablar con Pasha Sorokin.

Súbitamente, sucedió la cosa más extraña de toda la noche, y eso que había sido una noche extraña de verdad. Casi no pude creerlo.

Por la puerta principal de la tienda salieron dos hombres. Tenían las manos levantadas por delante de la cara para ocultarse de las cámaras, o quizá de nosotros.

—¡Túmbense en el suelo! —les grité, pero no obedecieron.

Eran Sorokin y su guardaespaldas.

—¡No estamos armados! —gritó Sorokin, lo bastante fuerte para que lo oyera todo el mundo—. Somos ciudadanos inocentes. No portamos armas.

No supe si creerle. Ninguno de nosotros supo cómo interpretar aquello. El helicóptero de la televisión que sobrevolaba nuestras cabezas estaba acercándose demasiado.

—¿Qué pretende? —preguntó Mahoney.

—No sé… ¡Túmbense en el suelo! —grité una vez más.

Ambos continuaron caminando hacia nosotros. Despacio y con precaución.

Avancé unos pasos acompañado de Mahoney, ambos empuñando nuestras pistolas. ¿Se trataría de un truco? ¿Y qué podían intentar, con decenas de armas apuntándolos?

Lobo sonrió al verme. «¿Por qué diablos sonríe?»

—Así que nos ha dado caza —dijo—. ¡Vaya mérito! Pero no me importa. Tengo una sorpresa para usted, señor FBI. ¿Está preparado? En efecto, mi nombre es Pasha

Sorokin, pero no soy Lobo. —Lanzó una carcajada—. Sólo soy un tipo que estaba comprando en Gap. Se me mojó la ropa en el lavabo. No soy Lobo, señor FBI. ¿A que tiene gracia? ¿Le he alegrado el día? Desde luego, esto me ha alegrado el día a mí. Y también se lo alegrará a Lobo.

106

Pasha Sorokin no era Lobo. ¿Era posible aquello? No había manera de comprobarlo. A lo largo de las siguientes cuarenta y ocho horas se confirmó que los hombres que habíamos capturado en Florida eran, efectivamente, Pasha Sorokin y Ruslan Federov. Pertenecían a la Mafiya Roja, pero ambos afirmaron que jamás habían visto en persona al auténtico Lobo. Dijeron que habían representado los papeles que les habían encomendado, papeles de «doble», según ellos. Y ahora estaban dispuestos a negociar el mejor acuerdo que fuera posible.

No teníamos modo de saber con seguridad qué estaba ocurriendo allí, pero la negociación del acuerdo duró dos días. Al FBI le gustaba hacer tratos. A mí no. Se hicieron contactos dentro de la Mafiya; surgieron nuevas dudas respecto de si Pasha Sorokin era Lobo o no. Por fin, se dio con los funcionarios de la CIA que habían sacado a Lobo de Rusia y los llevaron a la celda de Pasha. Dijeron que aquél no era el hombre al que ellos habían ayudado a salir de la Unión Soviética.

Luego fue Sorokin el que nos proporcionó el nombre que queríamos, un nombre que me dejó totalmente perplejo, que dejó perplejo a todo el mundo. Formaba parte de su acuerdo.

Nos dio el nombre de Esfinge.

A la mañana siguiente, acudieron cuatro equipos del FBI a la casa de Esfinge a esperar a que saliera para ir al trabajo. Habíamos acordado no detenerlo dentro de la casa; yo no pensaba permitir que se hicieran así las cosas, no podía permitirlo.

Todos pensábamos que Lizzie Connolly y sus hijas ya habían soportado un sufrimiento más que suficiente. No tenían ninguna necesidad de ver cómo detenían a Brendan *Esfinge* Connolly en la casa familiar de Buckhead. No tenían ninguna necesidad de descubrir la terrible verdad de aquel modo.

Yo estaba sentado en el interior de un sedán azul oscuro estacionado dos calles más arriba, desde donde tenía una buena vista de la amplia mansión de estilo georgiano. Me sentía entumecido. Me acordé de la última vez que había estado allí, de mi conversación con las niñas, y después con Brendan Connolly en su estudio. La pena que lo embargaba me pareció auténtica en aquella ocasión, tan genuina como sus jóvenes hijas.

Naturalmente, nadie había sospechado que él hubiera traicionado a su esposa, que la hubiera vendido a otro hombre. Pasha Sorokin había conocido a Elizabeth en una fiesta en casa de los Connolly. Y la deseó, mientras que Brendan Connolly no la deseaba. El juez llevaba años teniendo aventuras. A Sorokin, Elizabeth le recordaba a la modelo Claudia Schiffer, que aparecía en todas las vallas publicitarias de Moscú durante su época de gángster. Así que quedó cerrado aquel horripilante trato. Un marido había vendido a su propia esposa como esclava. Se había librado de ella de la peor manera imaginable. ¿Cómo era posible que odiase tanto a Elizabeth? ¿Y cómo era posible que ella lo amase?

Conmigo en el coche estaba Ned Mahoney, esperando a que comenzara la acción: la detención de Esfinge. Ya que no podíamos cazar todavía a Lobo, Esfinge era nuestra segunda opción, el premio de consolación.

—¿Tú crees que Elizabeth estaba al corriente de la vida secreta de su marido? —musitó Mahoney.

—Tal vez sospechara algo. No siempre dormían juntos. Cuando visité la casa, Connolly me enseñó el estudio. Allí había una cama, deshecha.

—¿Crees que irá hoy a trabajar? —inquirió Mahoney. Estaba comiéndose una manzana con parsimonia. Un tipo de cabeza fría con el que trabajar.

—Sabe que hemos detenido a Sorokin y Federov. Imagino que se mostrará cauto. Es probable que actúe con naturalidad. Es difícil de saber.

—Quizá debiéramos detenerlo en la casa. ¿Qué opinas? —Le dio otro mordisco a la manzana—. ¿Alex?

Negué con la cabeza.

—No puedo hacer eso, Ned. No puedo hacérselo a su familia.

—Vale. Sólo era una sugerencia, tío.

Seguimos esperando. Poco después de las nueve, la familia de Brendan Connolly salió por fin de la casa. El juez se dirigió a pie hasta el Porsche Boxster aparcado en el camino de entrada. Vestía un traje azul y llevaba una bolsa de gimnasio negra. Iba silbando.

—¡Pedazo de escoria! —susurró Mahoney. Y a continuación habló por su transmisor—: Aquí Alfa Uno… Tenemos a Esfinge saliendo de la casa. Está subiendo a un Porsche. Preparaos para converger sobre él. La matrícula es V6T-81K.

Al instante nos contestaron:

«Aquí Bravos Uno... También tenemos a la vista a Esfinge. Lo tenemos cubierto. Es nuestro.»

Y a continuación:

«Bravos Tres en posición en el segundo cruce. Estamos esperándolo.»

—Tardará entre diez y quince segundos. Ya está bajando por la calle. Ha doblado a la derecha.

Le dije a Mahoney en tono calmo:

—Estoy deseando detenerlo, Ned.

Él miró al frente a través del parabrisas. No me respondió, pero no dijo que no.

Vi cómo el Porsche avanzaba a una velocidad normal hasta el siguiente cruce, donde aminoró para girar. Y entonces, Brendan Connolly salió disparado.

—Ay, Dios —dijo Mahoney al tiempo que arrojaba la manzana.

107

Llegó un mensaje a través de la onda corta: «El sospechoso se dirige hacia el sureste. Debe de habernos visto.»

Pisé el acelerador y me lancé en persecución del Porsche. Conseguí poner el sedán a cien por hora por aquella calle estrecha y serpenteante, jalonada por supermansiones rodeadas de verjas. Seguía sin ver el Porsche plateado delante de mí.

—Me dirijo hacia el este —informé por el transmisor—. Voy a arriesgarme a suponer que intenta llegar a la autopista.

No sabía qué otra cosa hacer. Pasé entre varios coches que venían en el otro sentido por aquella tranquila calle. Un par de conductores me tocaron el claxon con furia. Aquello era lo que habría hecho yo también; circulaba a ciento veinte por una zona residencial.

—¡Lo veo! —anunció Mahoney.

Pisé el acelerador a fondo. Empezaba a ganar terreno. Vi un sedán azul que se aproximaba al Porsche desde el este. Eran Bravos Dos. Teníamos a Brendan Connolly atrapado por dos lados. Sólo faltaba saber si se rendiría.

De repente el Porsche viró bruscamente para salirse de

la calle y se metió entre unos arbustos que se elevaban por encima del techo del coche. Se inclinó hacia delante, y después desapareció por una pronunciada pendiente.

Yo no aminoré hasta el último segundo; entonces pisé el freno a fondo y terminé derrapando y haciendo un trompo.

—¡Joder! —exclamó Mahoney desde el asiento del pasajero.

—Yo creía que eras del ERR —comenté.

Mahoney se echó a reír.

—¡Conforme, colega! ¡Vamos a trincar a ese cabrón!

Metí el sedán entre los arbustos y me encontré en lo alto de una colina salpicada de rocas y árboles. Cuando se apartaron las primeras ramas, seguí disponiendo de una visión limitada por culpa de los árboles. Entonces vi cómo el Porsche se estampaba contra un roble de mediano tamaño y rebotaba hacia un lado. Después se deslizó de lado a lo largo de otros quince metros hasta que por fin se detuvo.

Esfinge había caído.

¡Íbamos a trincar a ese cabrón!

108

Mahoney y yo queríamos trincar a Esfinge, y en mi caso era una cuestión personal, tal vez en el caso de los dos. Dejé que nuestro sedán avanzase otros cincuenta o sesenta metros. A continuación pisé el freno y el coche se detuvo. Mahoney y yo saltamos fuera. Estuvimos a punto de deslizarnos por la pendiente, que estaba resbaladiza por el barro.

—¡Maldito loco hijo de puta! —gritó Ned Mahoney mientras avanzábamos a trompicones.

—¿Qué remedio le quedaba? Tenía que huir.

—Me refiero a ti. ¡Estás loco! Menudo paseíto.

Vimos que Brendan Connolly salía tambaleándose del maltrecho Porsche. Nos apuntaba con una pistola y disparó un par de veces seguidas. No se le daba bien manejar el arma, pero lo que disparaba eran balas de verdad.

—¡Será hijo de puta!

Mahoney disparó a su vez y le acertó al Porsche, sólo para demostrar a Connolly que podíamos abatirlo si queríamos.

—Tire el arma —gritó Mahoney—. ¡Tire el arma!

Brendan Connolly echó a correr colina abajo, pero

tropezaba constantemente. Mahoney y yo le fuimos ganando terreno hasta que estuvimos sólo a unos treinta metros de él.

—Déjame a mí —dije.

En aquel preciso momento el fugitivo volvió la vista atrás. Vi que estaba cansado o asustado, o ambas cosas, porque movía los brazos y las piernas desacompasadamente. Tal vez se ejercitara en algún gimnasio, pero no estaba preparado para aquello.

—¡Atrás o disparo! —gritó cuando le di alcance.

Entonces lo golpeé, y fue como si un camión tráiler a toda velocidad se estrellara contra un coche normal que apenas se moviera. Connolly se desplomó y empezó a rodar por la pendiente. Yo permanecí erguido, ni siquiera perdí el equilibrio. Eso fue lo bueno; casi sirvió para compensar parte de nuestros fallos y fracasos anteriores.

La vergonzosa caída cuesta abajo de Connolly se interrumpió al cabo de unos siete metros de rodar, pero entonces cometió su peor error: volvió a levantarse.

Me tuvo encima en cuestión de un segundo. Arremetí contra Esfinge, que era lo que más deseaba. Enfrentarme mano a mano con aquel cabrón que había vendido a su propia esposa, la madre de sus hijas.

Le asesté un fuerte derechazo en la nariz. Fue el golpe perfecto, o le faltó muy poco para serlo. Probablemente le partió el puente, a juzgar por el crujido que se oyó. Connolly cayó sobre una rodilla… pero se incorporó de nuevo. Antiguo deportista universitario. Antiguo tipo duro. Actual gilipollas.

La nariz le quedó colgando hacia un lado. Se lo tenía bien merecido. A continuación le propiné un gancho en la boca del estómago, y me gustó tanto la sensación que me produjo que le propiné otro más. Luego lo golpeé con la derecha en el vientre, que iba ablandándose. Después otro puñetazo rápido a la mejilla. Me sentía cada vez más fuerte.

Le lancé un golpe rápido a la nariz rota que le arrancó un gemido de dolor. Le aticé otro. A continuación le metí un gancho en redondo directo a la barbilla, y le acerté de plano. Los ojos azules de Brendan Connolly se pusieron totalmente en blanco. Las luces se apagaron y se desplomó sobre el barro, y allí se quedó, donde le correspondía estar.

Entonces oí una voz a mi espalda:

—¿Así es como lo hacéis en Washington DC?

Era Mahoney, que observaba unos metros más arriba. Me volví y le contesté:

—Exactamente así. Espero que hayas tomado notas.

109

Las dos semanas siguientes fueron tranquilas, lo cual resultó perturbador e irritante. Me habían nombrado para un puesto en la sede central de Washington, como ayudante del director de Investigaciones a las órdenes del director Burns. «Un verdadero chollo», me repetía todo el mundo. A mí me sonaba a trabajo de oficina y no deseaba algo así. Lo que quería era atrapar a Lobo, las calles, la acción. No me había metido en el FBI para ser un empleado de oficina del edificio Hoover.

Me concedieron una semana de vacaciones, de modo que me fui con Nana y los chicos a un montón de sitios. No obstante, había mucha tensión en la casa; estábamos esperando saber qué pensaba hacer Christine Johnson.

Cada vez que miraba al pequeño Alex se me encogía el corazón; cada vez que lo tomaba en brazos o lo acostaba en la cama al final del día pensaba en la posibilidad de que se fuera para siempre. No podía permitir que sucediera algo así, pero mi abogado me había dicho que podría pasar.

Durante mi semana de vacaciones, hubo una mañana en la que el director necesitó verme en su despacho. No me supuso gran problema. Acudí a su oficina después de dejar a los chicos en el colegio. Tony Woods, el asistente de Burns, pareció particularmente contento de verme.

—En este momento es usted un héroe. Disfrútelo —me dijo en un tono, como siempre, propio de un profesor de la Ivy League—. No lo entretendrá demasiado.

—Siempre tan optimista, Tony —repliqué.

—Ésa es la definición de mi trabajo, jovencito.

Me hubiese gustado saber cuánta información compartiría Ron Burns con su ayudante, y también qué tendría en mente el director aquella mañana. Tuve ganas de preguntar a Tony por aquel chollo de trabajo que me tenían preparado, pero no lo hice. Supuse que no me diría nada.

En el despacho de Burns aguardaba una bandeja de café y bollos, pero el director no se encontraba allí. Eran poco más de las ocho. Me pregunté si todavía no habría llegado al trabajo. Costaba imaginar que Ron Burns tuviera una vida fuera de la oficina, aunque me constaba que tenía mujer y cuatro hijos y que vivía en Virginia, aproximadamente a una hora de Washington DC.

Por fin Burns apareció en la puerta con corbata y camisa azul arremangada. Así que deduje que al menos ya había tenido otra reunión antes de la mía. De hecho, abrigué la esperanza de que la reunión conmigo no fuera sobre otro caso nuevo que quería encargarme. A no ser que tuviera que ver con Lobo.

Burns sonrió de oreja a oreja al verme allí sentado. Interpretó mi expresión al instante:

—Sí, tengo un par de casos aburridos para usted. Pero ahora no hablaremos de eso, Alex. Tómese un café. Relájese. Está de vacaciones, ¿no?

Tomó asiento frente a mí.

—Quiero saber cómo le van las cosas hasta el momento. ¿Echa de menos ser detective de homicidios? ¿Todavía desea quedarse en el FBI? Puede dejarlo si lo desea. El departamento de policía de Washington quiere que vuelva. Con desesperación.

—Me alegra saber que me echan en falta. En cuanto al FBI, ¿qué puedo decir? Los recursos son asombrosos. Y aquí hay un montón de gente competente, gente de primera. Supongo que usted ya sabe eso.

—Así es. Soy un admirador de nuestro personal, por lo menos en su mayoría. ¿Y en el debe? —me preguntó—. ¿Hay alguna área problemática? ¿Alguna cosa que debamos mejorar? Me interesa saber su opinión. Necesito saberla. Dígame la verdad, tal como ve usted las cosas.

—La burocracia. Es un estilo de vida, casi la cultura del FBI. Y el miedo. El miedo es casi de naturaleza política, y paraliza la imaginación de los agentes. ¿He mencionado la burocracia? Es mala, horrible, castradora. No tiene más que escuchar a sus agentes.

—Ya los escucho —repuso Burns—. Continúe.

—A los agentes no se les permite que sean, ni con mucho, todo lo competentes que pueden ser. Por supuesto, esa queja es habitual en muchos trabajos.

—¿Incluso en su antiguo trabajo en el departamento de policía de Washington?

—No tanto como aquí. Eso era porque yo me escaqueaba de muchos trámites y otras chorradas que se interponían en mi tarea.

—Bien. Siga escaqueándose de las chorradas, Alex —dijo Burns—. Aunque sea de las mías.

Sonreí.

—¿Es una orden?

Burns asintió con seriedad y dijo:

—Antes de que llegara usted he tenido una reunión difícil. Gordon Nooney dejará el FBI.

Sacudí la cabeza.

—Espero no haber tenido nada que ver en eso. No conozco a Nooney lo bastante bien para juzgarlo.

—Lo siento, pero sí ha tenido usted algo que ver. Sin embargo, ha sido decisión mía. Aquí las responsabilidades cambian de sitio a velocidad de vértigo, y a mí me gusta así. Yo sí conozco a Nooney como para juzgarlo. Nooney es el que filtraba información al *Washington Post.* El muy cabrón llevaba años haciéndolo. Alex, he pensado en ponerlo a usted en el puesto de Nooney.

Me quedé perplejo.

—Pero yo nunca he impartido cursos de formación. Ni siquiera he terminado mis clases de orientación.

—Yo creo que podría impartirlos.

Yo no estaba tan seguro.

—Es posible que pudiera hacer un esfuerzo. Pero a mí me gustan las calles. Lo llevo en la sangre. He aprendido a aceptar eso de mí mismo.

—Ya lo sé, y lo entiendo, Alex. Pero quiero que trabaje aquí mismo, en el edificio Hoover. Vamos a cambiar las cosas. Vamos a ganar más de lo que perdemos. Trabajará con Stacy Pollack aquí, en la sede central. Stacy es una de las mejores. Dura, inteligente, puede que un día ella dirija este cotarro.

—Puedo trabajar con Stacy —dije, y lo dejé tal cual.

Ron Burns me tendió la mano y yo la estreché.

—Esto va a ser de lo más emocionante —afirmó—. Lo cual me recuerda una cosa que he prometido. Hay un sitio para el detective John Sampson, y para cualquier policía de Washington que usted quiera. Cualquiera con espíritu ganador. Porque vamos a ganar, Alex.

Cerré el trato con otro apretón de manos. Lo cierto era que yo también deseaba ganar.

110

El lunes por la mañana me encontraba en mi despacho de la quinta planta de la sede central, en Washington. Tony Woods me había enseñado los alrededores en una visita guiada, y yo me quedé sorprendido por algunos detalles peculiares: las puertas de todos los despachos eran de metal, salvo en la planta ejecutiva, donde eran de madera. Pero las puertas de madera tenían exactamente la misma apariencia que las metálicas. Bienvenido al FBI.

Sea como fuere, tenía un montón de material que leer, y esperaba acostumbrarme a trabajar en un despacho de tres metros y medio por cinco más bien desnudo. Los muebles tenían pinta de ser un préstamo del Departamento de Trastos: una mesa y una silla, un armario archivador con una gran cerradura y un perchero del que colgaba mi chaleco negro de kevlar y mi cazadora de campaña de nailon azul. El despacho daba a la avenida Pennsylvania, lo cual suponía un incentivo del puesto.

Justo después de las dos de la tarde recibí una llamada, de hecho la primera que tenía en mi nuevo despacho. Era de Tony Woods.

—¿Todo bien? —me preguntó—. ¿Necesita algo?

—Estoy en ello, Tony. Todo va perfectamente. Gracias por preguntar.

—Bien. Alex, dentro de una hora saldrá de la ciudad. Hay una pista sobre Lobo en Brooklyn. Lo acompañará Stacy Pollack, así que la cosa es importante. Saldrá en helicóptero desde Quantico a las tres en punto.

Llamé a casa, y después recogí un poco de documentación sobre Lobo, agarré la bolsa de fin de semana que me habían aconsejado que tuviera siempre en la oficina y me encaminé hacia el garaje. Stacy bajó unos minutos después.

Condujo ella, y tardamos menos de media hora en llegar al pequeño aeródromo privado de Quantico. Por el camino Pollack me puso al corriente de la pista de Brooklyn. Al parecer habían localizado al auténtico Lobo en Brighton Beach.

Uno de los Bell negros ya se encontraba preparado y aguardándonos. Stacy y yo nos apeamos del sedán y fuimos andando hasta el helicóptero. El cielo estaba de un azul luminoso y salpicado de unas nubes que parecían hacerse jirones a lo lejos.

—Bonito día para un desastre, ¿eh? —comentó Stacy sonriente.

En ese momento sonó un disparo procedente de los árboles que quedaban a nuestra espalda. Yo había echado la cabeza atrás para reír el pequeño chiste de Stacy. Vi cómo la alcanzaba la bala y las salpicaduras de sangre. Me arrojé al suelo y la protegí con mi cuerpo.

Varios agentes acudieron corriendo. Uno de ellos disparó en la dirección del francotirador. Dos se acercaron a nosotros a la carrera. Los demás se precipitaron hacia los árboles en la dirección del disparo.

Yo estaba echado encima de Stacy, en un intento de protegerla, con la esperanza de que no estuviera muerta y preguntándome si aquella bala en realidad iba destinada a mí.

«Jamás atrapará a Lobo —me había dicho Pasha Sorokin en Florida—. Él lo atrapará a usted.» Y ahora aquella advertencia se había cumplido.

Aquella noche, la sesión informativa en el edificio Hoover fue la más emotiva que yo había presenciado en el Bureau hasta la fecha. Stacy Pollack se encontraba en situación crítica en el hospital Walter Reed. La mayoría de los agentes respetaban tremendamente a Stacy Pollack, y no podían creer que hubiesen atentado contra su vida. Yo todavía me preguntaba si la bala iba destinada a ella. Los dos nos dirigíamos a Nueva York para indagar acerca de Lobo; él era el principal sospechoso del tiroteo. Pero ¿contaría con la ayuda de alguien? ¿Tendría a alguien dentro del FBI?

—La otra mala noticia —anunció Ron Burns al grupo— es que nuestra pista de Brighton Beach ha resultado falsa. Lobo no está en Nueva York, y por lo visto tampoco ha estado recientemente. Las preguntas que tenemos que responder son: ¿sabía Lobo que íbamos tras él? Y si lo sabía, ¿cómo se enteró? ¿Se lo comunicó alguno de nosotros? No pienso escatimar esfuerzos para hallar respuestas a estas preguntas.

Después de la reunión, yo fui uno de los agentes invitados a otra sesión informativa, más breve, que se celebró en la sala de reuniones del director. El estado de ánimo continuaba sombrío, serio y de rabia contenida. Burns volvió a dirigir la sesión, y parecía más enfadado que nadie por la agresión sufrida por Stacy.

—Cuando dije que íbamos a cazar a ese ruso hijo de puta, no se trataba de un mero efectismo. Estoy formando un equipo DMQS para atraparlo. Sorokin dijo que

Lobo vendría por nosotros, y así ha sido. Ahora nosotros iremos por él, con todos nuestros recursos.

Todas las cabezas se inclinaron expresando aprobación. Yo ya había oído hablar de la existencia de equipos DMQS dentro del FBI, pero no sabía si eran reales o no. Sí sabía lo que significaban las siglas: «Del Modo Que Sea». Era lo que necesitábamos oír en aquel momento.

DMQS.

111

Daba la sensación de que todo sucedía muy deprisa, como si se nos estuviera yendo de las manos. Y tal vez fuera así. El caso se nos estaba yendo de las manos; quien lo controlaba era Lobo.

Dos noches después recibí una llamada en mi casa a las tres y cuarto de la madrugada.

—Más vale que sea algo bueno.

—No lo es. Se ha armado una buena, Alex. Una verdadera guerra. —Era Tony Woods, y su voz sonaba soñolienta.

Me masajeé la frente.

—¿Qué guerra? Dime qué ha pasado.

—Hace unos minutos nos ha llegado una información desde Texas. Lawrence Lipton ha muerto, asesinado. Lo han matado en su celda.

Me despejé al instante.

—¿Cómo? Estaba bajo custodia nuestra, ¿no es así?

—Junto con Lipton han matado a dos agentes. Él ya lo predijo, ¿no?

Asentí con la cabeza y contesté:

—Sí.

—También han matado a la familia de Lipton. Todos muertos. En estos momentos varios miembros del ERR se dirigen hacia tu casa, y también a la del director y la de Mahoney. Todo el que ha trabajado en el caso se considera que corre peligro.

Aquello sí me sacó de la cama. Extraje mi Glock del armario con llave que tenía al lado.

—Aguardaré a que lleguen los del ERR —le dije a Woods, y acto seguido bajé a toda velocidad a la planta baja pistola en mano.

¿Vendría Lobo a mi casa?, me pregunté.

La guerra llegó minutos después, y aunque se trataba del ERR, no podría haber sido más inquietante. Nana Mama estaba levantada y saludó a los fuertemente armados agentes del FBI con cara de pocos amigos, pero les ofreció café. A continuación ella y yo fuimos a despertar a los chicos lo más suavemente que nos fue posible.

—Esto no está bien, Alex. Aquí, en casa —me susurró mientras subíamos por Jannie y Damon—. Hay que marcar un límite, ¿no crees? Esto me huele muy mal.

—Ya lo sé. La situación se nos ha ido de las manos. Todo es un caos. Ahora el mundo es así.

—¿Y qué piensas hacer al respecto?

—En este preciso instante, despertar a los chicos. Darles un abrazo y un beso. Sacarlos de casa y que no vuelvan hasta que todo se aclare.

—¿Te estás oyendo a ti mismo? —repuso Nana cuando llegamos al dormitorio de Damon. El chico ya estaba sentado en la cama.

—¿Papá? —dijo.

Detrás de mí apareció Ned Mahoney.

—Alex, ¿tienes un momento?

¿Qué hacía él allí? ¿Qué más había ocurrido?

—Ya me encargo yo de despertarlos —dijo Nana—. Tú habla con tu amigo.

Salí al pasillo con Mahoney.

—¿Qué sucede, Ned? ¿No puedes esperar un par de minutos? Por Dios.

—Esos hijos de puta han entrado en casa de Burns. Todos están bien, logramos llegar a tiempo.

Lo miré a los ojos.

—¿Y su familia?

—Está fuera de la casa. De momento se encuentran a salvo. Tenemos que encontrarlo y machacarlo.

Asentí con la cabeza.

—Déjame que levante a los chicos.

Veinte minutos después, mi familia era escoltada hasta una furgoneta que aguardaba fuera. Subieron a ella como si fueran temerosos refugiados de una zona en guerra. En eso se estaba convirtiendo el mundo, ¿no? Toda ciudad, todo pueblo, era un potencial campo de batalla. No existía ningun lugar seguro.

Antes de subir a la furgoneta descubrí un fotógrafo apostado enfrente de nuestra casa. Parecía estar fotografiando la evacuación de la vivienda. ¿Por qué y cómo lo había sabido?

No sé cómo supe quién era, pero de algún modo lo deduje. «No es de ningún periódico», pensé. Y me inundó una oleada de rabia y asco. «Trabaja para los abogados de Christine.»

112

El caos.

Al día siguiente, y a lo largo de dos días más, permanecí todo el tiempo en Huntsville, Texas, la prisión federal en que había estado Lawrence Lipton mientras se encontraba bajo custodia del FBI. Allí nadie tenía explicación de cómo habían matado a Lipton y a dos agentes.

Había ocurrido durante la noche. En el interior de su celda. Ninguna cámara de vídeo había registrado visitas. Ninguna entrevista ni interrogatorio había señalado un sospechoso. A Lipton le habían roto casi todos los huesos del cuerpo. *Zamochit*. La marca de fábrica de la mafia rusa.

El mismo método se había empleado el verano anterior con un padrino de la mafia italiana llamado Augustino Palumbo, según se contaba, en la prisión de máxima seguridad de Florence, Colorado.

A la mañana siguiente llegué a Colorado. Iba a visitar a un asesino llamado Kyle Craig, otrora agente del FBI y también amigo mío. Kyle había cometido decenas de crímenes; era uno de los peores asesinos psicópatas de la historia. Lo había capturado yo. A mi amigo.

Nos vimos en una sala del corredor de la muerte, en la unidad de aislamiento. Kyle, sorprendentemente, parecía encontrarse en muy buena forma. La última vez que lo había visto tenía un aspecto pálido y demacrado, con profundas ojeras. Parecía haber engordado por lo menos quince kilos, todos de puro músculo. ¿Qué le había dado esperanzas? Fuera lo que fuese, me dio un poco de miedo.

—¿Todos los caminos llevan a Florence? —bromeó con una ancha sonrisa cuando entré en la sala—. Ayer estuvieron aquí varios socios tuyos del Bureau. ¿O fue anteayer? Mira, Alex, la última vez que nos vimos dijiste que no te importaba lo que opinara yo. Y eso me dolió.

Yo lo corregí, lo cual sabía que iba a molestarle:

—No fue exactamente eso lo que dije. Tú me recriminaste ser condescendiente y añadiste que eso no te gustaba. Y entonces yo contesté: «Ya no me importa lo que te guste o no.» Pero sí me importa lo que opinas. Por eso estoy aquí.

Kyle rió de nuevo, y aquella especie de rebuzno, aquella forma de enseñar los dientes, me heló la sangre.

—Siempre has sido mi favorito —aseguró.

—¿Me esperabas? —inquirí.

—Mmm... Es difícil de decir. En realidad, no. Tal vez en algún momento posterior.

—Das la impresión de tener planes importantes. Se te ve radiante.

—¿Y qué planes podría tener yo?

—Los habituales. Delirios de grandeza, fantasías de homicidios, violaciones, matanzas de inocentes...

—Te odio cuando ejerces de psicólogo, Alex. Hay razones de peso para que no hayas conseguido triunfar en ese mundo.

Me encogí de hombros.

—Ya lo sé, Kyle. Ninguno de mis pacientes del sureste tenía dinero para pagarme. Necesitaba montar una consulta en Georgetown. Quizá la monte algún día.

Kyle rió otra vez.

—Hablando de delirios de grandeza. Y bien, ¿a qué has venido? Te lo diré yo. Se ha producido un terrible error en la justicia y van a ponerme en libertad. Y tú eres el mensajero de las buenas noticias.

—El único error es que aún no te hayan ejecutado, Kyle. —Le chispearon los ojos. En efecto, yo era uno de sus favoritos.

—De acuerdo, ahora que ya me tienes fascinado, ¿qué quieres?

—Ya lo sabes, Kyle. Sabes exactamente qué estoy haciendo aquí.

Él batió palmas.

—*Zamochit!* ¡El ruso loco!

Durante la siguiente media hora le conté todo lo que sabía de Lobo; bueno, casi todo. Y luego solté la bomba.

—Lobo se vio contigo la noche en que vino aquí a matar a Little Gus Palumbo. ¿Le preparaste tú el asesinato? Porque alguien lo hizo.

Kyle se reclinó en la silla y pareció estudiar sus opciones, pero yo sabía que ya había decidido lo que quería hacer. Él siempre iba uno o dos pasos por delante. Se inclinó y me indicó que me acercara un poco más. Yo no le temía, al menos físicamente, ni siquiera con aquellos kilos extra de músculo. Casi esperaba que intentase algo.

—Voy a hacer esto por amor y respeto hacia ti —dijo—. En efecto, el verano pasado conocí a ese ruso. Un tipo despiadado, sin conciencia. Me gustó. Estuvimos jugando al ajedrez. Y sé quién es, amigo mío. Es posible que pueda ayudarte.

113

Me obligó a permanecer un día más en Florence, pero por fin conseguí negociar para sonsacarle un nombre. Ahora bien, ¿debía creerle? El nombre que me dio fue comprobado y vuelto a comprobar en Washington, y el FBI fue convenciéndose poco a poco de que Kyle nos había proporcionado al jefe de la Mafiya Roja. Yo tenía mis dudas, dada la fuente de la información. Pero carecíamos de más pistas.

Cabía que Kyle estuviera intentando hundirme o avergonzar al FBI. O que quisiera demostrar cuán inteligente era, los buenos contactos que tenía, lo superior que era a todos nosotros. El nombre y el puesto de aquella persona hacían que su detención resultase polémica y arriesgada. Si deteníamos a aquel hombre y se trataba de la persona equivocada, el FBI jamás se libraría del bochorno que le caería encima.

Así que esperamos casi una semana. Comprobamos una vez más toda nuestra información y llevamos a cabo varias entrevistas sobre el terreno. Al sospechoso se le puso bajo vigilancia.

Una vez terminadas las investigaciones preliminares,

me reuní con Ron Burns y el director de la CIA en el despacho del primero. Ron fue al grano:

—Estamos convencidos de que es Lobo, Alex. Es muy probable que Craig haya dicho la verdad.

Thomas Weir, de la CIA, hizo un gesto con la cabeza en dirección a mí.

—Llevamos algún tiempo vigilando a ese sospechoso en Nueva York. Creíamos que en Rusia pertenecía al KGB, pero no teníamos pruebas concluyentes. Jamás sospechamos que tuviera que ver con la Mafiya Roja, ni que fuera Lobo, dada su posición en el gobierno ruso. —La mirada de Weir era penetrante—. Hemos aumentado los niveles de audio de la vigilancia para incluir también el apartamento de Manhattan en que vive el sospechoso. Está haciendo nuevos preparativos para atacar al director Burns.

Burns me miró.

—Lobo no perdona ni olvida, Alex. Y yo tampoco.

—Pues entonces vayamos a Nueva York y lo detenemos.

Burns y Weir asintieron con gesto solemne.

—Así debería terminar el asunto —dijo Burns—. Detenga a Lobo y tráigamelo.

114

«Así debería terminar el asunto.» De los labios del director Burns a los oídos de Dios.

El Century es un famoso edificio de apartamentos neoyorquino de estilo *art deco* en Central Park West, al norte de Columbus Circle. Durante varias décadas ha sido el lugar de residencia de actores acomodados, artistas y gentes del negocio, sobre todo aquéllos lo bastante humildes para codearse con familias de clase trabajadora que han ido heredando sus apartamentos con el paso de los años.

Llegamos al edificio alrededor de las cuatro de la madrugada. De inmediato los hombres del ERR se apostaron en las tres entradas principales: Central Park, la Sesenta y dos y la Sesenta y tres. Aquélla iba a ser la redada más grande en la que yo había participado, y desde luego la más complicada. Era una operación en la que tomaban parte la policía de Nueva York, el FBI, la CIA y el Servicio Secreto. Estábamos a punto de detener a un importante ruso, el jefe de la delegación comercial en Nueva York. Un hombre de negocios supuestamente a salvo de toda sospecha. Si resultaba que nos equivocábamos, las repercusiones serían graves. Pero ¿podíamos estar equivocados? No lo parecía.

Yo me encontraba en el Century, junto con el que había sido mi compañero durante la última semana o así. Ned Mahoney era un agente infatigable, honesto y duro en los momentos de crisis. Este jefe del ERR había estado en mi casa e incluso había superado la inspección de Nana, sobre todo porque había crecido en las calles de Washington.

Ned y yo, y otra docena de agentes, estábamos subiendo las escaleras que conducían a los pisos del ático, dado que el sospechoso ocupaba los apartamentos del 21 y el 22. Era un individuo poderoso y adinerado. Poseía una buena reputación en Wall Street y en los bancos. ¿Sería Lobo? Si lo era, ¿cómo es que su nombre no había surgido antes? ¿Se debía a que Lobo era muy bueno, muy precavido?

—Tengo ganas de que esto acabe de una puta vez —comentó Mahoney subiendo las escaleras sin jadear ni resoplar una sola vez.

—Las cosas se han sacado de quicio —respondí—. Aquí sobran polis.

—Acostúmbrate a los equilibrios políticos. Así es el mundo en que vivimos. Demasiados trajes pero pocos trabajadores.

Por fin llegamos al piso 21. Ned, yo y otros cuatro agentes nos detuvimos allí; el resto continuó hasta el 22. Esperamos a que estuvieran en posición. Había llegado el momento. ¿Estaría el auténtico Lobo en uno de aquellos dos pisos?

En ese momento, una voz apremiante sonó en el auricular que llevaba en el oído:

«¡Sospechoso saliendo por una ventana! ¡Va en ropa

interior y salta de la torre! ¡Joder! Está abajo, en el rellano entre las torres. En el tejado. Ahora echa a correr.»

Mahoney y yo bajamos a la carrera hasta el piso 20. El Century tenía dos torres a partir del piso 20, conectadas entre sí por un amplio tramo de tejado.

Salimos al tejado y vimos a un hombre descalzo y en ropa interior. Era corpulento y con barba, y con una calva incipiente. Se volvió y nos disparó con una pistola. ¿Era Lobo? ¿Calvo y corpulento? ¿Podía ser él?

¡Logró herir a Mahoney!

¡Y después me hirió a mí!

Caímos pesadamente al suelo. ¡Disparos en el pecho! ¡Cómo dolían! Me dejaron sin respiración. Por suerte, llevábamos puestos los chalecos de kevlar.

Pero nuestro agresor no llevaba ninguno.

El disparo con que respondió Mahoney le acertó en la rodilla y el mío le dio en el abultado vientre. Se desplomó sangrando a borbotones y lanzando aullidos.

Corrimos hasta Andrei Prokopev y Mahoney lo desarmó de una patada.

—¡Queda detenido! —le espetó Ned al ruso herido—. Sabemos quién es usted.

En ese momento apareció un helicóptero entre las dos torres del Century. Una mujer gritaba desde una de las ventanas del edificio, varios pisos por encima de donde nos encontrábamos. ¡El helicóptero se disponía a aterrizar! ¿Qué diablos era todo aquello?

De una ventana de la torre salió un hombre que se dejó caer sobre el tejado. Después otro más. Parecían pistoleros profesionales. ¿Guardaespaldas?

Desenfundaron rápidamente y comenzaron a disparar en el instante mismo en que tocaron el tejado. El ERR respondió al tiroteo. Hubo unos momentos de fuego cruzado. Los dos pistoleros fueron alcanzados y cayeron. Ninguno de los dos volvió a levantarse. Así de eficaz era el ERR.

El helicóptero se posó sobre el tejado. No pertenecía a la prensa ni a la policía; estaba allí para recoger a Lobo y llevárselo. Desde el aparato nos dispararon. Mahoney y yo respondimos intentando darle a la cabina. Hubo otro rápido intercambio de fuego cruzado. Después, los disparos procedentes del helicóptero cesaron. Durante varios segundos, el único sonido que se oyó en el tejado fue el fuerte estruendo de las palas del rotor del helicóptero.

—¡Despejado! —gritó por fin uno de nuestros agentes—. ¡Están muertos!

—¡Queda detenido! —le repitió Mahoney al ruso en ropa interior—. Usted es Lobo. ¡Usted ha atacado la casa del director del FBI y a su familia!

Yo tenía otra cosa en mente, un mensaje de otro tipo. Me acerqué y le dije:

—Esto te lo ha hecho Kyle Craig.

Quería que lo supiera. Tal vez se lo pagaría a Kyle algún día con *zamochit*.

115

Anhelaba que todo hubiera terminado por fin. Lo anhelábamos todos. Ned Mahoney regresó a Quantico aquella misma mañana, pero yo pasé el resto del día en la sede del FBI en el bajo Manhattan. El gobierno ruso había presentado protestas en todos los sitios en que había podido, pero Andrei Prokopev continuaba bajo custodia, y en las oficinas del FBI había personal del Departamento de Estado. Incluso hubo varias agencias de Wall Street que cuestionaron la detención del ruso.

Hasta el momento no había podido hablar con el detenido. Iban a operarlo, pero su vida no corría peligro. Iba a ser interrogado por alguien.

Por fin, a eso de las cuatro, Burns me telefoneó al despacho que yo estaba usando en la oficina del FBI de Nueva York.

—Alex, regrese a Washington —ordenó—. Ya están hechos los preparativos para el vuelo. Estaremos esperándolo.

Luego cortó la comunicación, de modo que no tuve la oportunidad de hacer preguntas. Resultaba obvio que él no quería que preguntase nada.

Alrededor de las siete y media llegué al edificio Hoover y me dijeron que fuese a la sala de reuniones del COIE. Allí estaban aguardándome. Aunque no estaban aguardando exactamente, porque ya se estaba celebrando una reunión informal. Ron Burns estaba sentado a la mesa, lo cual no era buena señal. Todo el mundo parecía tenso y agotado.

—Permítanme que ponga al corriente a Alex —dijo Burns cuando entré—. Relájense un momento, descansen. Ha surgido un problema. No estamos muy contentos al respecto, y usted tampoco se alegrará.

Meneé la cabeza y tomé asiento. No me hacían falta más problemas, ya había tenido bastantes.

—Los rusos están colaborando, cosa sorprendente —me informó Burns—. Al parecer, no niegan que Andrei Prokopev posee conexiones con la Mafiya Roja. Ellos mismos llevan una temporada vigilándolo. Abrigaban la esperanza de servirse de él para penetrar en el mercado negro de Moscú.

Me aclaré la garganta.

—Pero…

Burns asintió con la cabeza.

—Exacto. Los rusos nos dicen ahora que Prokopev no es nuestro hombre. Están seguros de ello.

Me sentí abrumado.

—¿Por qué?

Esta vez fue Burns el que meneó la cabeza.

—Saben qué aspecto físico tiene Lobo. Al fin y al cabo, perteneció al KGB. El verdadero Lobo nos hizo creer que era Prokopev. Andrei Prokopev era uno de sus rivales en la Mafiya Roja.

—¿Para ser el padrino ruso?

—Para ser el padrino, ruso o lo que sea.

Apreté los labios y respiré hondo.

—¿Saben los rusos quién es el verdadero Lobo?

Burns entornó los ojos.

—Si lo saben no quieren decírnoslo. Por lo menos, todavía no. Quizás ellos también le tengan miedo.

116

Aquella misma noche me senté al piano con uno de los poemas de Billy Collins. Se titulaba «Tristeza» y me inspiraba tanto que compuse una melodía para los versos. Habíamos perdido la partida frente a Lobo. Ocurría muy a menudo en el trabajo de la policía, aunque nadie quisiera reconocerlo. Sin embargo, se habían salvado vidas. Habíamos encontrado a Elizabeth Connolly y otras dos víctimas, y Brendan Connolly estaba en la cárcel. Andrei Prokopev había sido detenido. Pero por lo visto habíamos perdido al pez gordo… al menos de momento. Lobo seguía estando en libertad. El padrino seguía libre como el viento para cometer sus fechorías, y aquello no era bueno para nadie.

Por la mañana acudí temprano al aeropuerto Reagan a recibir a Jamilla, que llegaba en un vuelo de Hughes. Antes de que aterrizara su avión sentí las habituales cosquillas en el estómago; estaba deseando ver a Jam. Nana y los chicos habían insistido en acompañarme al aeropuerto. Una pequeña muestra de apoyo para Jamilla. Y para mí. Para todos nosotros, en realidad.

El aeropuerto estaba abarrotado de gente, pero relativamente silencioso y sereno, probablemente debido a la gran altura del techo. Mi familia y yo nos encontrábamos junto a una salida de la terminal A, cerca del control de seguridad. Vi a Jam, y también la vieron los chicos, que empezaron a reclamar mi atención. Iba vestida de negro de los pies a la cabeza y se la veía más guapa que nunca, y eso que para mí Jamilla siempre estaba guapa.

—Es preciosa y muy guai —dijo Jannie, tocándome ligeramente la mano—. ¿No crees, papá?

—Ya lo creo que sí —repliqué—. Y además es inteligente. Salvo en lo que se refiere a los hombres, por lo que parece.

—Nos gusta de verdad —continuó Jannie—. ¿Es que no lo ves?

—Lo veo. También me gusta a mí.

—Pero ¿la quieres o no? —preguntó Jannie con su habitual indiferencia pero yendo al meollo de la cuestión—. ¿Estás enamorado?

No contesté. Aquella parte nos incumbía a Jam y a mí.

—Bueno, ¿qué? ¿Sí o no? —se unió Nana.

Tampoco contesté, así que Nana sacudió la cabeza y puso los ojos en blanco.

—¿Qué opinan los chicos? —Me volví hacia Damon y el pequeño Alex. Damon estaba batiendo palmas y sonriendo, de modo que estaba claro de parte de quién estaba.

—Decididamente, lo tiene todo —declaró Damon con una sonrisa. Siempre se ponía un poco bobo cuando estaba Jamilla por medio.

Me acerqué a ella, y los chicos me permitieron ir solo. Yo les lancé una mirada furtiva, y vi que todos sonreían de oreja a oreja, igual que una familia feliz. Sentí un nudo en el estómago, no sé por qué. Me notaba un poco ingrávido y me flaqueaban las rodillas. Tampoco sé por qué.

—No puedo creer que hayan venido todos —comentó Jamilla al tiempo que nos dábamos un fuerte abrazo—. Eso me hace muy feliz. No sabes cuánto, Alex. Vaya. Me parece que voy a llorar, aunque sea una detective dura como el pedernal. ¿Estás bien? No estás bien, lo noto.

—Oh, estoy perfectamente. —La estreché con más fuerza, tanto que de hecho la levanté del suelo. Volví a bajarla y nos miramos en silencio.

—Vamos a luchar por el pequeño Alex —me dijo al cabo.

—Por supuesto —respondí. Y a continuación le dije algo que nunca le había dicho, aunque habían sido muchas las veces que lo había tenido en la punta de la lengua—: Te quiero.

—Yo también —dijo ella—. Más de lo que imaginas. Más de lo que imagino yo, incluso.

Una lágrima le resbaló por la mejilla. Yo la borré con un beso.

En aquel momento vi al fotógrafo, tomando instantáneas de nosotros. El mismo que estaba frente a casa el día en que fuimos evacuados por motivos de seguridad. El contratado por los abogados de Christine. ¿Habría captado en una foto la lágrima de Jamilla?

117

Un día vinieron a casa, aproximadamente una semana después de que Jamilla regresara a California.

Ellos otra vez.

Fue uno de los días más tristes de mi vida.

Indescriptible.

Impensable.

Christine se presentó acompañada de su abogada, un guardián judicial para Alex y una encargada del caso designada por el Servicio de Protección de Menores. Esta última portaba una identificación de plástico colgada del cuello, y probablemente fue su presencia lo que más me molestó. Mis hijos se habían criado con mucho afecto y atención, jamás habían sufrido malos tratos ni descuido por mi parte. No había necesidad de traer a alguien de Protección de Menores. Gilda Haranzo había acudido al juzgado y obtenido una orden que concedía a Christine la custodia temporal del pequeño Alex. La había conseguido basándose en que yo era «un pararrayos que atraía el peligro» y que suponía un constante riesgo para el niño.

La ironía era tan profunda que casi no pude soportarla. Yo intentaba ser un policía honesto y abnegado, ¿y esto era lo que obtenía a cambio? ¿Que me dijeran que era un pararrayos que atraía el peligro? ¿Eso era yo?

Sin embargo, sabía exactamente cómo tenía que actuar aquella mañana. Por el bien del pequeño Alex. Dejaría a un lado toda mi rabia y me concentraría en lo mejor para él. Me mostraría colaborador durante la entrega. Si era posible, no permitiría que nada asustara ni perturbara al niño. Incluso tenía para Christine una larga lista impresa de las cosas que le gustaban y las que no le gustaban.

Por desgracia, Alex se asustó. Corrió a esconderse detrás de mí, temeroso de Christine y la abogada. Yo le acaricié la cabeza con ternura. Temblaba de arriba abajo, debido a la rabia.

Gilda Haranzo dijo:

—Quizá debiera ayudar a Christine a llevar al coche al pequeño Alex. ¿Le importaría?

Me volví y lo abracé. A continuación, Nana, seguida de Damon y Jannie, se arrodilló a su lado y nos abrazamos todos juntos.

—Te queremos mucho, Alex. Iremos a verte. Y tú vendrás a vernos. No temas.

Nana entregó al pequeño su libro favorito, *¿Dónde está Willie?* Jannie le dio su manoseada vaca de peluche, *Mu*. Damon abrazó a su hermano mientras las lágrimas le resbalaban por las mejillas.

—Esta noche te llamaré por teléfono, a ti y a *Mu* —le susurré yo al tiempo que besaba su querida carita. Sentía lo rápido que le latía el corazón—. Todas las noches. Para siempre y un día, cariño. Para siempre y un día.

Y el pequeño Alex respondió:

—Para siempre, papá.

Y a continuación se lo llevaron.

Epílogo

Lobos

Pasha Sorokin debía presentarse en el tribunal de Miami a las nueve de la mañana del lunes. La furgoneta en que salió de la prisión federal iba escoltada por media docena de coches; ninguno de los conductores conoció la ruta hasta el último momento.

El ataque tuvo lugar en un semáforo, justo antes de que la comitiva tomara por Florida Turnpike. Utilizaron armas automáticas y también lanzacohetes, que acabaron con los coches de la escolta en menos de un minuto. Por todas partes quedaron desparramados cadáveres y trozos de metal humeante.

La furgoneta negra en que iba Pasha Sorokin fue rodeada rápidamente por seis hombres vestidos con monos oscuros, a cara descubierta. Arrancaron violentamente las puertas y acto seguido golpearon y después mataron a tiros a los policías que iban dentro.

Un hombre alto y de aspecto fiero se acercó a la puerta abierta y se asomó al interior. Sonrió divertido, igual que un niño que tuviera la oportunidad de husmear por dentro una furgoneta de la policía.

—Pasha —dijo Lobo—. Tengo entendido que pensabas traicionarme. Eso me han informado mis fuentes, mis fidedignas y bien pagadas fuentes. ¿Qué tienes que decir?

—No es verdad —balbuceó Pasha, que había ido encogiéndose en el asiento del medio. Iba vestido con un mono naranja, y llevaba las muñecas y los tobillos sujetos con grilletes. Había perdido totalmente su bronceado de Florida.

—Puede que sí, puede que no —repuso Lobo.

Y entonces vació su pistola contra Pasha a quemarropa. No falló.

—*Zamochit* —dijo, y soltó una carcajada—. Hoy en día toda precaución es poca.

Índice